有爱的青春陪伴者

空窗游戏

余姗姗 著

青岛出版集团 | 青岛出版社

图书在版编目（CIP）数据

空窗游戏 / 余姗姗著. -- 青岛 : 青岛出版社,
2025.3. -- ISBN 978-7-5736-2939-5
Ⅰ. I247.5
中国国家版本馆CIP数据核字第2025ST5383号

KONGCHUANG YOUXI
书　　名	空窗游戏
著　　者	余姗姗
出版发行	青岛出版社（青岛市崂山区海尔路182号）
本社网址	http://www.qdpub.com
责任编辑	梁　娜　张　鑫
特约编辑	蒋彩霞
责任校对	言　一
装帧设计	Insect　唐卉婷
封面绘制	王点点
印　　刷	长沙鸿发印务实业有限公司
出版日期	2025年3月第1版　2025年3月第1次印刷
开　　本	32开（880mm×1230mm）
印　　张	9
字　　数	251千
书　　号	ISBN 978-7-5736-2939-5
定　　价	42.80元

编校印装质量、盗版监督服务电话：4006532017　0532-68068050

目录 CONTENTS

第一章 001
·周越

第二章 029
·礼物

第三章 050
·女朋友

第四章 075
·拉扯与试探

第五章 100
·来日方长

第六章 111
·你喜欢我吗

目录 CONTENTS

第七章 137
·假戏真做

第八章 149
·陆荆

第九章 171
·出差

第十章 198
·危机

第十一章 225
·理智与情感

第十二章 247
·抉择

第十三章 271
·当我真正开始爱自己

第一章
周越

刚认识周越时,周越是有女朋友的。

萧瑜也有一个正在考察的交往对象,距离对外宣布关系只差一步。

那时候,周越和萧瑜的老板萧固刚建立合作,来往密切,经历了几个月的"蜜月期"后,短期试探变为长期合作,你来我往的客套次数才逐步减少。

萧瑜和萧固并没有亲戚关系,只是恰好都姓萧。

萧固这人是很会做事的,对下属也足够大方,给的自由空间大,但要求也高。

因周越样貌、气质、背景都摆在这里,年纪轻且未婚,萧固和他两个男人谈来谈去没什么意思,缺少调剂,那时候萧瑜便经常被叫去当黏合剂。

在夜场,大家即便谈生意也随意些,总是风花雪月居多,利益拉扯藏在杯酒说笑之间,外人见了便以为是玩乐为主,萧瑜听了却是明刀暗枪,从中学了不少花样。

萧固见萧瑜成长快,就将她从一群普通助理中提拔为特别助理。两者头衔差距不大,收入差了三倍。

所谓特别助理,还要兼顾萧固的生活琐事,而且那些事多少与工作也有粘连,萧固还真需要一两个帮手。

萧固只给萧瑜定了一个要求，不能与同公司的人发展感情，公司之外的随她自己喜欢。这个要求，当然也包括萧固自己，以及和萧瑜平级的男特助。

萧瑜觉得萧固挺有意思，不在公司内发展，难道和重要客户发展就是允许的吗？不怕泄露商业机密吗？

这个疑问很快就有了答案，萧固的手下没有人敢这样做。

萧固的客户要么已婚，要么颇有些社会地位，即便看上萧固的助理也是一时兴起。这帮人心思比鬼都精，知道总有人想不劳而获，将他们当跳板。他们也不傻，不会做亏本生意，花钱买消遣，点到为止。

眼皮子浅的，大概会想靠第一手消息挣个一两桶金也就够了，得罪萧固就换一份工作。

只是这个圈子并不大，坏名声散播得尤其快，人事之间都是通气的，窝边草没什么，若是反手背叛东家，去哪儿都没有人要。

听闻秘书室就曾有过这么一位，结果人财两空，圈层大降级，现在都不知道在哪里混。

几年特助做下来，萧瑜知道在外人眼里，她和萧固要么就是亲戚，要么就是那种关系，不可能绝对单纯。

萧瑜对此并不在意，被误解是职场女性难以摆脱的枷锁，好处就是可以少些怠慢，省些麻烦。尤其当地位、工资、提成、分红水涨船高时，她对于藏在他人笑脸背后的非议也多了几分宽容。

她与萧固之间的话题也逐渐宽泛——这是避免不了的，萧固的前女友和现在的未婚妻，总有一些需求要用到她，男特助总是不方便。

有一次，萧瑜忍不住问起萧固："萧总，你就这么放心我，就没有担心过有一天我被哪个大客户洗脑，把你的私事和商业机密一起打包卖了吗？"

萧固笑道："你有事业心，野心也大，那些快钱入不了你的账本。"

嗯，她还真是个喜欢放长线的人。

萧瑜又玩笑道："那你一直'撮合'我和周总，是因为对我的信任喽？"

萧固问："怎么，他挖我墙脚了？"

萧瑜说："提过两次，我没答应。"

萧固笑了："这个周越。"

萧瑜又问："周总每次来，都是我负责接待，怎么不换个人呢？"

萧固指了指自己的眼睛："他看你的眼神不一样。有你在，我就能多拿几分利。"

萧瑜不知道所谓的不一样是怎么个不一样。

实话讲，周越看她的眼神的确容易让人生出错觉，好像他看中了她这个人，谈生意只是借口。只是几年合作下来，他也不见有任何动作。而且他那双桃花眼，看谁都像在放电。

要说超出工作范围以外的交往倒也不是没有。有那么一次，萧瑜到萧家旗下的男士品牌店拿新一季样衣，出来时刚好见到一个打扮时尚的女人与周越纠缠。

周越当时的表情比往常淡了些，似笑非笑的样子像是在安抚女人，但脚尖却朝着另一边，显然极想脱身，不愿站在商场里上演分手戏。

女人被激怒了，临走之前将手里的咖啡泼向周越。

周越及时退了一步，但西装与衬衫还是挂了彩。

萧瑜等那女人离开之后才走上前："周总，这么巧。"

周越眸中滑过一丝狼狈，并不想在这里遇见熟人，但还是露出笑容："来逛街？"

萧瑜："帮萧总拿些衣服。"

随即，她看了看周越身上的咖啡渍，又道："店里来了新款，如果周总不忙，我很乐意做向导。"

周越轻笑，很快随萧瑜进了店。

萧瑜在这里轻车熟路，店长出来都只是站在一旁任由萧瑜发挥。

萧瑜挑选出符合周越身材的尺码，虽然成衣不如定制款来得贴身，幸而周越肩宽腿长，样衣上身几乎不需要修改。

付款时，周越说："你可真会替你们萧总做生意。"

萧瑜笑道："多谢周总给我这个机会。"

…………

如今回想起来，周越这个人还是很有魅力的，但也有些危险，令女人缺乏安全感。萧瑜自问她一直与周越客套，并将那些若有似无的信号一概屏蔽处理，大概就是因为这一点。而且她不想惹麻烦，不想去体验分手之后再见面谈合作的尴尬。

周越的花边新闻总在小圈子里流传着，他是一些女人茶余饭后的谈资，也是一些男人嗤之以鼻的对象。不过在合作上，他一向磊落，并不是斤斤计较的人，在给对方面子之余掌握着自己的分寸尺度，起码萧固对他的评价一向不低。

萧瑜对周越的评价是，态度暧昧，但话题总是规规矩矩，从不在口头上占便宜。

事实上，周越的话题是有些单一的，偶尔面向她，也是问工作怎么样，生活怎么样，兴趣怎么样。

她的回答非常标准，工作很好，生活很好，兴趣就是工作。

后来有一次，周越喝多了些，萧固让萧瑜与男特助覃非一同送送周越，两人一左一右搀扶周越，将他送上车。

周越坐进车里，靠着椅背，窗户落下来，酒气飘出来，他眯着眼睛看向车边正在回信息的萧瑜，忽然说了一句话。

萧瑜没听清，回过身弯下腰："您说什么周总？"

周越又重复了一遍："萧固是从哪里找到你的？"

萧瑜听清了，看向周越。他的脸微红，睫毛很长，本就多情的眼睛多了一层氤氲，直勾勾地看着她。

萧瑜半真半假地说："从秘书室。萧总说，我与别人沟通轻松，会举一反三，做事逻辑清晰有条理，语速不会太快，不会太慢，声音好听不尖锐，出去谈事带着我客户的笑容会更多一些。"

周越笑出声，嗓音低沉，还带了点酒后的沙哑。

萧瑜直起身，很想揉一揉仿佛遭到骚扰的耳朵，又看他胸膛起伏，越笑越开心，直到呛着自己咳嗽出来。

004

而后,周越的司机买了解酒药赶回来,萧瑜适时离开。

在某个非常普通的夜晚,萧瑜出于一点说不清道不明的心态,参加了大学同学聚会,但到场之后又感到后悔。

聚会上难免要互相问起工作、家庭,男同学成家的居多,女同学却有一半还在奔波奋斗。

几个女同学聊起来说,在婚姻中男人占便宜,往往会先选择成家。

萧瑜对婚姻话题毫无兴趣,并不搭茬儿,待话题换了几次,有人问她现在的工作内容。

萧瑜对外的介绍就是总裁助理,可总裁的助理需要做什么呢?

萧瑜说:"把人做好,把事办周全,把话说漂亮,顾全双方的面子,维护公司的利益。"

要说技术含量呢,真比不了技术人才,也不用负责具体的营销、策划,似乎就是靠一张嘴,与上下级沟通,与部门沟通,与客户沟通,与外界沟通。

萧瑜:"我现在一天的说话量比上学时一个礼拜都要多。"

说到最后还是"做人",萧固说她给人的感觉如沐春风,没有咄咄逼人的棱角,这就是老天爷赏的饭碗,利用好了够吃一辈子。

说起来,萧瑜见过一些面相"带凶""带丧"的人,就差将"不好惹""倒霉"写在脑门上,做生意的最讲究运势与和气生财,见到这样的人老远就躲开了。

一场聚会下来,似乎只是在闲聊。

萧瑜耐着性子坐到最后,连自己都感到惊讶,对她这种恨不得一天有三十六小时的人来说这简直是无效社交。

走出饭店时,旁边已经交换过微信的女同学对她说:"哎,我还以为今天陆荆会来呢。"

陆荆。

萧瑜对着前方缓慢眨了下眼,转向女同学:"哪个陆荆?"

女同学说:"你这什么记性啊,咱们系系草。本来是要来的,又说突然有个急事要出差，来不了了。"

萧瑜："哦。"

女同学说："我记得你们当时关系挺近的啊。怎么，这些年没联系了？"

萧瑜："哪有近不近的，都是好同学。"

女同学喊了声："他啊，之前还问过呢，女同学都有谁来啊，虽然没有指名道姓，但我觉得他问的就是你。呵呵，总不能是许方圆吧。"

萧瑜没接话，直到女同学叫的网约车来了，女同学比了个手势，意思是保持联系。

萧瑜微笑着挥手，这才想起自己是打车来的。

公司其实给她和覃非配了车，不过使用机会不多，他们出行多半是作为萧固的左右手，一般场合就出一个，重要场合就是一左一右男女搭配。

萧瑜来到路边，点开打车App，就在这时，有辆车缓慢地停靠在路边。

萧瑜抬了下眼，看到车牌，先是眼熟，随即想起这是谁的车。

眼皮再抬高，看到车门开了，从车里走出一个男人，对她笑着："一个人？"

萧瑜放下手机，走上前："周总，这么巧。"

周越："又是这句开场白。没跟你们萧总在一块儿？"

萧瑜："私人聚会，刚结束。"

周越："去哪儿，我送你。"

萧瑜望向周越眼里的笑，停顿一秒："不麻烦的话。"

"周总晚上有应酬？"萧瑜上车后如此问道。

她记得周越说过，他一个人时没有喝酒的习惯。一个并不喜欢饮酒的人，一周超过五天都在碰酒精。

"嗯。"周越笑道，"有个新的投资项目。"

006

萧瑜没有继续往下问,只说:"那祝周总成功。"

"好。"

周越应了一个字,又笑了。

萧瑜看他,不知道他为什么笑。周越这个人总是笑呵呵的,好像一点烦心事都没有,笑起来时如春风拂面。生意人和和气气是自然的,但他也笑得太多了些。

周越这时说:"承你吉言。每次你祝我成功,项目都能成。"

萧瑜不敢居功,而且生意场上说客气话是家常便饭:"是周总慧眼独具,看项目准,出手更准,哪有不成的?除非是对方没眼光。"

"呵……"周越不知道又想起了什么,直接笑出声。

周越:"有眼光的是你们萧总。"

萧瑜没有接话。男人与女人,上层与中层,文字游戏太多,过度解读容易暧昧,她不是自作多情的人。

幸而后来那段路周越话不多,酒劲儿上头,他闭着眼好一会儿没动静,像是睡着了。

萧瑜这边的窗户原本开了一道缝,从缝隙里涌进一阵小风到处钻,她就将窗户关上,那阵风引起的呼呼声也消失了。

萧瑜住的地方比较近,快到时,她身体前倾,一手扶着前面的椅背小声和司机说话。司机和萧瑜见过许多次,但这还是第一次知道萧瑜家的地址。

"对,这里左转,哦,前面就是了……"萧瑜指着路,直到车子缓慢靠边,停下。

萧瑜拿好自己的包,一只手落在车门把手上,下意识地看了周越一眼。

周越不知什么时候醒了,眼睛半睁着,视线落在她的身上,这会儿倒是没有笑了。

萧瑜:"周总,我到了,先走一步。您早点回去,早点休息。"

周越嘴角动了动,声音很低地嗯了一声。

萧瑜下车,合上车门,目送车子离开。

走进小区，萧瑜深深吸了口气，用手背碰了下有些热的脸，大概是被周越的酒气熏到了，连她都有点上头。

快进家门之前，萧瑜接到了张乾的电话。

张乾是她现在的男朋友，但还不到介绍彼此给对方朋友认识且坐下来一起吃饭的程度。事实上，他们已经将近十天没有见面了。一开始是萧瑜忙，后来是张乾出差，算起来他应该傍晚就回来了。

"想不想我？"张乾问。

实话是这几天都没有想。萧固要做一个新的投资项目，虽然还没到忙的阶段，但她和覃非的脑子都在跟着一起转。

萧瑜笑着说："嗯。出差回来累不累？"

张乾："还好。明天我有一天假，来我这里？"

萧瑜没有让张乾进过她的住处，每次约会不是出去，就是在他尚在还贷的二室一厅里。

萧瑜暂时没有买房的打算，就算买也不会选现在住的小区，买不起。但她不得不住在这里，因为业内人士和圈层就固定在这一片。

萧瑜跟着萧固，算是混到中级管理层，却又比中级管理层多了许多便利，是总裁的亲信部队。各行业的人都有扎堆和抱团取暖的习惯，她住的小区聚集了行内差不多阶层的朋友，就算不认识，稍微打听一下也有间接的朋友圈。

这个小区里的住户，文化、金融、娱乐行业的人都占据相当一部分。不过户型面积有限，做大老板的一般不会住在这里。到了萧固那个圈层，就是独门独栋，或是一层一户的大平层、商圈的高层公寓。

萧瑜的打算是，先买一套便宜的、远一些的小房子，暂作投资。就算买了房子，她也会住在这里，这里租金是贵了点，但有圈子限制，她需要待在人堆里。

萧瑜进门后看了眼手机里的备忘录，都是推不开的事，便与手机另一头的张乾说："明天安排工作了。"

张乾叹气道："我就这一天假期，后面又要忙了，你请个假不行

008

吗？"

萧瑜并没有立刻回答，进卫生间后将手机架在支架上，换浴袍时忍不住想，这似乎已经不是第一次他们因为请假而生出分歧了。

萧瑜知道自己有问题，起码不如其他女人体贴。但她也会想，为什么张乾从不问她安排的工作是不是很重要，或许在他看来，她的事是可以做取舍的。

当这样的想法生成时，萧瑜就意识到她对张乾已经有了看法。起初在一起时尚算甜蜜，她不会想这些。

萧瑜边卸妆边说："真的不行。"

随即，她又想了一些安抚的言辞，但张乾没有耐心等："我有时候真的觉得，如果你能再温柔一点、再多体谅我一点就好了。我不知道和你提过没有，我们公司也有个女主管，四十好几了一直单着，什么都以事业为重，生病了都是一个人死撑，真的很可怜。我们部门那几个女生，有一个刚毕业，人就比较通透，跟她男朋友的感情……"

萧瑜有些惊讶张乾竟然一股脑叨了这么多例子，不过他的语气还算平稳，大概这些话他装在心里很久了，只是因为忙，因为没有合适的机会，到今天才说。

萧瑜没记错的话，张乾曾说过最喜欢她目标明确、知道自己要什么不要什么、独立自主这些特点，她给他许多上升的动力，他总怕配不上她。

在他们交往这半年里，张乾升了一级半，他说她旺他。

同样的话萧固也说过，不过语气和角度不同，萧固说她的面相好，气场既顺且正，与覃非一样是他最得力的助手。

萧瑜洗掉脸上的泡沫，用毛巾热敷着脸，同时在心里吐槽，她的独立自主大概在这一刻又成了"缺点"，因为不合时宜，因为不愿意退让，最好是该独立的时候独立，该体贴的时候体贴，减少一些自我属性，增加一些小鸟依人的态度。

直到张乾说完一串例子，又往回找补："我不是说你不好，你比她们都要好。"

萧瑜却不想与别人比较，何况是不认识的人。

萧瑜说："你刚回来一定累了，早点休息吧。"

"可我还想多跟你说会儿话，我明天可以睡懒觉。"张乾说着又换了一个话题，"你知道吗，我这次出差收获有多大……"

这之后张乾一直在说，萧瑜时不时嗯一声，适时发出疑问，很像是捧哏。

她很会听人讲话，这也是助理的"技能"之一，不管是老板还是客户，不管是正事还是闲事，多听少说总是没错的。

张乾原本就是个口才很好的人，用词丰富，思维敏捷，气又足，说了半天也不累。从出差说到升职有望，最后又提到自己出色的表现，虽然稍有小错但领导大体满意，到最后话锋一转，说到进修培训的事。

有些职位是需要海外镀金的，萧瑜原本忍不住打了哈欠，听到这里集中了精神："短期的长期的？是在国内还是国外？"

张乾说："还没定下来，有好几个竞争对手，但我的希望很大。去英国进修一个学位，两年。不过依我看，就算定下来也是一两月以后的事了，这段时间我的表现很重要……"

张乾又说了一堆"我如何如何"，随即说："咱俩的事，正好你趁这段时间也考虑一下。"

考虑什么，无非是她要不要跟去，是选工作还是选他。

不等萧瑜回应，张乾便先发制人："我知道咱们在一起时间不算长，你还在考验我，咱俩又没提过将来，趁着这个机会，你刚好可以想想。咱们都不小了，这次的机会太难得，如果三十岁之前没有抓住，往后也不会再有。你也知道男人的上升期多重要，过期了，以后只能局限在现有的圈层，圈层固化一直到退休。如果你愿意跟我去，咱们可以在英国把未来规划一下，可以结婚，你也可以在当地找个事情做，以你的能力不会比国内差。还有收入，咱俩的收入如果加在一起……"

张乾一长串的安排，终于被萧瑜打断："这是什么时候的事？"

张乾愣了下："就前两天领导和我提的。"

哦，那也就是说，他这几天没有消息，除了忙也是因为一直在思考这件事，把什么都想清楚、计划好了，包括说服她的说辞。

萧瑜不想现在就说出拒绝的话，这无疑是往人头上泼冷水，于是说："这样吧，你先让我想想，今天都早点休息，我明天还要早起。"

"好吧，那你想想吧。"张乾的语气明显降温，又扯了几句就挂断电话。

萧瑜揭掉脸上的面膜，做完护肤步骤也钻进被窝。

意外的是，张乾发来的难题并没有令她失眠，她竟然半点焦虑、紧张都没有。

又或者是，张乾对她来说并不重要。

不知道怎么回事，一天之内好像她身边所有男人都开始关心她的终身大事。

翌日上午，萧固参加一个视频会议，萧瑜在旁做记录。

会议结束，萧瑜将咖啡端给萧固，萧固又夸奖了一次她的手艺。

萧瑜知道这句夸奖是真诚的，自从喝了一次她冲泡的咖啡，助理小妹就失去一项竞争力。

萧固从不说破，萧瑜也不会主动提，可他们都知道她的手艺出处是哪里——萧固从未公开的前女友，一个主动和他提分手，来去无痕的女人，叫叶沐。

因为一次接触，萧瑜和叶沐成了朋友，叶沐也是萧瑜现在为数不多的私交之一。

萧固喝了几口咖啡，道出正题："有个事。"

萧瑜抬眼，看向他。

萧固露出一个意味深长的笑容："下一个项目是我们公司和周越那边一起投资的，这是一次锻炼机会，需要你的地方罩非更多。但你也要有个心理准备，到时候恐怕会没有时间陪男朋友。对了，你今年没有结婚的安排吧？"

"没有。"萧瑜老实地回答，同时品着萧固没有说出来的深意，回忆着前一晚周越的眼神。

一个项目，萧固与周越两个负责人。

她虽然是萧固的助理，但在合作中，两个人都是她的老板，事情做好了，或许可以拿双份奖励，哪怕就是老板私人补贴的红包都要收到手软。

钱，机会，一套暂作投资的小房子。

萧瑜脑子里快速掠过这些，然后又想到自己。

萧瑜笑了："我会做到最好，谢谢萧总给我机会。"

萧瑜的工作范畴包括萧固的私生活，她知道一个女人给男人做私人助理很容易引起误会。

新项目合同签订，即将步入正轨，在这之前萧瑜先去了一趟萧固前女友叶沐的画廊。

其实画廊是叶沐的父亲开的，叶沐是小老板，现在已经接管大部分业务，手下也有一男一女两名助手，得力能干。

萧瑜没有闺密，工作繁忙，新朋友旧朋友来来往往，发展到私交的不多，和叶沐成为朋友也是误打误撞，气味相投。

萧固常年在画廊里选购艺术品，有时候会定制，他尤其欣赏叶沐手下那个叫陆晟的青年画家。而陆晟据说和叶沐也有过一段感情。

这就是萧瑜佩服叶沐的地方，若她和张乾分手，必不会做朋友。倒也不是要撕破脸交恶，而是大家不同行业，分开了怕是也没机会再遇见。再说在一起时都不常见面，不在一起了似乎也没有理由叙旧。

萧固和叶沐分手之后，他便很少亲自到画廊，不是萧瑜来就是覃非来。

和过去一样，萧瑜在VIP室里检查油画，前前后后仔仔细细，待确认后，叶沐让人小心翼翼地包好。

萧瑜不忙着走，叶沐亲手煮了咖啡给她。

萧瑜喝了口说："萧总夸我手艺好，他知道我是跟你学的。"

叶沐玩笑着说："这算是睹物思人吗？"

叶沐很喜欢开一些无伤大雅的玩笑,连自己都会调侃,也不会避而不谈自己与萧固的关系。于她而言,他们既谈了感情,她还在生意上赚了他不少钱,这是好事。

萧瑜也在笑,她和覃非都知道萧固对叶沐难以忘情,虽然不知道这个"情"字有多深,衡量标准是什么。但不管怎么说,那和萧固的利益是不能比的。

萧固现在的未婚妻与他门当户对,他们都需要这段联姻的加持,感情有没有无所谓。

叶沐问:"他最近怎么样?"

萧瑜说:"老样子,只是比以前更忙了。"

叶沐:"还是要劳逸结合,又不是二十几岁。"

萧瑜:"前阵子萧总还提起你,问我去没去过你家。"

叶沐没有和父母一起住,住的是单身公寓,和萧瑜同一个小区。

叶沐父母早已离异,父亲没有再婚。母亲是名噪一时的画家,如今与萧固的小叔叔订婚了。

是的,没有错,就是萧固的小叔叔。

叶沐安静了一秒,倏地笑出声:"他很介意吗?"

萧固曾经提过要去叶沐家里看看,但被叶沐拒绝了。

萧瑜说:"我记得刚开始看中这个小区的时候,我还问过萧总的意思。萧总说咱们都是一个人住,又谈得来,相互能有个照应,挺好。"

说到这里,萧瑜看了眼时间,起身道:"我该走了。"

叶沐一路送萧瑜走出VIP室,助理已经先一步送画上车。

但两人还没有走到门口,萧瑜就在外面的展览厅瞄到了一个人影。

萧瑜有一瞬间的停顿,却没有驻足,视线在那人身上停留了几秒,便若无其事地滑开。

那位男客人正在听叶沐的助手介绍眼前的油画,并未注意到身后的动静。

当萧瑜与他距离拉到最近时,她刚好看到他一点侧脸,平视的目光,挺拔的鼻梁上有一块并不明显的起伏。

还有略带鼻音的一声"嗯"。

离开画廊坐上车,萧瑜缓慢呼出一口气,一手扶着同样放在后座上的油画,透过前面椅座的间隙看着路况。

萧瑜嘱咐了司机两句,先去萧固的别墅,再回公司。

油画今天就要送过去。

后面的路程,萧瑜一直看着窗外的车水马龙,道路虽堵,却好像与她无关。

她记得大一的那个秋天,秋老虎来势凶猛,不比夏天凉快多少。她捂了一夏天的皮肤,几天时间就黑了。

晒伤的地方先是发红,然后有点疼,涂了防晒霜都扛不住那发了疯一样的紫外线。

开学不到半个月,系花系草就选了出来。

那个叫陆荆的男生,小麦色的皮肤,体型偏瘦但结实,笑起来一口白牙,头发颜色偏浅,经常在操场上打球,意气风发。

当时系里大部分女生的目光都集中在他身上,她也从同学口中认识了这个陆荆。

陆荆,她大学时唯一一个异性朋友,也是唯一一个意难平。

关系好是好,但是太好了些,令她总会产生一些不切实际、伤人伤己的想法。毕业后断了联系,她反思过自己的问题,她真不该投入那么多心力,也不必花心思去试探陆荆的想法。

她喜欢他,他也喜欢她,但他只想和她做朋友。

现在想想,那样没有自我,只一心要得到他的她,真是难看死了。

一段车程,萧瑜收敛了心思,拿着备用钥匙进门,洗了手将油画拆出来,挂到萧固指定的位置上。

萧瑜给萧固发了信息,并拍了照片发过去。

没一会儿,萧固打来电话问道:"她怎么样?"

萧瑜:"一切如旧,很好。"

萧固没有接这茬儿，片刻后说："回头带周总过去，介绍的工作交给你。"

既然新项目是密切合作，两家公司关系会更近，两位老板的来往也要更上一层楼。

萧瑜："明白。"

连续几天忙碌，张乾给萧瑜打了几次电话，她不是在会议中，就是在见客户。

萧瑜回电话的时候又赶上张乾不方便，大多是晚上，他在应酬。

这样连着错过，磨光了张乾的耐心，待终于联系上，张乾提起海外培训的事，还说已经定下来是他，问萧瑜的意思。

跟他去？不跟他去？

"跟"，这个字眼就像是定义了附属与牺牲，还是感情深厚的标尺。萧瑜自问，他们的交往程度绝不到将张乾和她的工作放在一个天平上衡量的地步，不是张乾不配，只是时间还不够。

如果再多交往几年，她或许会纠结。

视频里，萧瑜非常平静且冷静地告诉张乾："我去不了，我的事业也在上升期，未来几年对我很重要。错过了这次，我以后或许不会再有这样的机会了。"

和张乾上次一样的说辞，张乾却感觉受到冒犯，他又一次口若悬河地给萧瑜讲道理，指出男人与女人的不同，事业上升的高度也是有区别的。比如男人能爬到的台阶，女人爬不到；男人能融入的圈子，女人很难进去。这不是他歧视女性，而是这个社会的性别就是"男"。

萧瑜明白张乾的意思，她不想与他争论，这毫无意义。

其实就某个角度来说，张乾说的话都对。现实与公平不公平、是否心服口服无关。现实就是现实，安静地待在那里，不会为任何人的脾气、性格、思想改变。

"你说的有道理，但这是我的选择。"萧瑜如此说道。

张乾一时无力，又试图说服她："你想清楚了萧瑜，你不能和你的工作过一辈子。不管是我还是其他人，你们之间总要做个取舍，不可能两个人都闲着，或都忙着。你太要强了，如果我想当个闲人，我肯定很高兴，但是那样你也不会看上我对吗？"

萧瑜没有吭声。

这大概是她的矛盾之一，一个没有能力的男人她看不上，一个因有能力而忙碌的男人，他们之间要有人牺牲。但反过来，张乾恐怕也是一样的。

张乾又道："我不是大男子主义，我只是希望你明白，这个社会有分工。生孩子的功能男人没有，所以就注定了女人要完成这部分分工。就算你强悍到可以大着肚子完成高强度工作，也总得把孩子生下来吧，生完之后还要坐月子，要带小孩……到时候就算你不想，你的事业也会暂停。爬那么高做什么呢？到时候会有人取代你，你的老板会有新的助理……"

萧瑜就和过去一样，耐心听完张乾所有苦口婆心的劝说，情绪一直没有什么起伏，有时候还会走神。

直到张乾歇下来喝水，萧瑜忽然发问："你喜欢我什么呢？张乾。"

张乾说："你有很多优点，而且性格好。"

萧瑜却在想，不，她有很长一段时间性格非常糟糕，患得患失、喜怒无常，只是现在的社会关系里没有人见过。那些过去已经被她"封印"了。

萧瑜："那你想不想知道我喜欢你什么？"

张乾："我记得你说过，我有上进心，没有不良嗜好，也不花心。"

萧瑜："还有最重要的一点，你是个爽快的人，从不与人斤斤计较。"

沉默了许久，视频里，张乾放下水杯，欲言又止了几次，终于说："我明白了。我只是不想就这样结束，我舍不得。"

萧瑜笑道："又不是以后都不联系了。"

张乾点了下头。他的确有遗憾，但他忍住了，没有让自己因无法

016

掌控的发展而做出任何失态的举动,更没有说出难听的话。就这一点来说,萧瑜对这次分手是满意的。

男人嘛,有的是。

中国的男人比女人多几千万。

但性格相投、两情相悦、感情相契的人,太少,太稀缺,凤毛麟角。

如果是解决需求,露水姻缘就够了。

如果要交心,需要大把的时间和心力,宁缺毋滥是更经济务实的选择。

结束视频通话之后,张乾发来一段话,最后还有一句祝福。

萧瑜回道:也祝你得到你想要的,早日成功。

萧瑜走进社会的初衷并不是做助理,其实那时候她也不知道该做什么、能做什么。

结识萧固是因为都姓萧,就在校友会上多说了两句。随后,她帮了萧固一个小忙,萧固对她初印象不错。

后来她应聘几次碰壁,萧固便建议她到他投资的一个小公司试试。

那家公司规模是真的小,员工还不到五个人,初建立什么都没有,要从头拾掇。萧瑜忙前忙后,只为那超出预期的工资。

说是超出,也没有超出太多,应该说是她对自己预期不高,自知专业能力一般,又是初入职场,这家公司连试用期都没有,直接给她开正式员工的工资,她高兴还来不及。

半年之后,公司步入正轨,萧固又将她提拔到主投的公司,说她会办事,有眼力见儿,同事和客户对她评价都不错,她很适合做秘书。

萧瑜没有坚守本专业,萧固也比较含蓄,说大多数人毕业后都没有从事自己所学的专业,有些东西要上手了才知道适不适合,专业报考不能随意更改,毕业后重新学也不晚。

就这样,萧瑜去了秘书室,工资高了,花销也上去了,眼界开了,却有一种井底之蛙终于扒到井口的兴奋和胆怯。

不到一年时间，萧瑜的工作和生活三级跳，秘书室组长对她格外照顾，耐心教导。萧瑜对组长很感恩，对方是她第一个社会上的老师。尽管萧瑜知道，秘书室的人都以为她和萧固是远亲，不敢怠慢"皇亲国戚"。

萧瑜从没有主动点破这件事。一来是没机会，没有人当面问她，她也只是听说，不好突然宣布自己只是刚好也姓萧；二来她认为这也是一层社会资源，一种关系，现在是关系社会、人情社会，没有一点关系、人情的人将会寸步难行。

后来萧瑜想，萧固必然是将这些事都看在眼里，他夸她聪明，会利用资源，这是好事，他身边的人要忠诚，但不能太实诚。

萧瑜不懂萧固对"忠诚"的定义，同一个词在不同人看来总会有不同的解释。她当时的"忠诚"是因为那些超出预期的工资，还有秘书室的额外奖励、分红。她迫切地要守住这份工作，积极做好每一件事，不允许任何人来破坏。

再后来，萧瑜对"忠诚"有了全新的认知，因为她看到背叛萧固的那个助理的下场。她想，果然啊，忠诚就和他人交付的信任、惩罚一样，没有无缘无故的。

萧瑜听说自己在同学圈里出了名，她不知道那是怎样的"名气"，只是从一个在校期间关系还不错的学姐口中得知，私下里很多人在聊她，说想不到她在学校平平无奇，毕了业居然开挂了，不仅得到萧固的赏识，还有机会接触他那个阶层的项目。听说有的校友在萧家企业的营销部奋斗了五年，才刚够到大项目的边。

萧瑜解释说，她并不做项目，只是个小助理，连边都沾不上，那是项目经理的主舞台。

学姐却说，听闻她是萧固身边的红人，哪个项目经理不巴结她。

看，同一件事不同人的理解会不同，萧瑜自觉什么都不是，他人眼中她却已颇有地位。

这样的传闻越发多起来，越传越夸张，令她有时候不免生出惶恐，总觉得自己的能力匹配不上这样的"成就"，要更小心谨慎才行，

千万不要掉下来摔死了。

叶沐曾好奇地问,她这样谨慎的性格是不是从小养成的,很少能在这个年纪看到这样稳重的同龄女性,每一步都走得小心翼翼。

萧瑜说:"因为摔过,实在太疼了。不想再体验一次。"

两年后的某一天,萧瑜又听到另一个关于自己的消息,那位学姐告诉她,陆荆在找她。

萧瑜不知道这种"找"背后是怎样的过程,她说:"很多同学都有我的新号码,旧的也还在用,他应该有。再说我现在的工作也不是秘密,怎么好像是在大海捞针一样。"

萧瑜并没有给陆荆打电话。

为什么不联系呢?她想过。哦,大概是那些难堪的、尴尬的事,回想起来会无地自容,恨不得钻地缝,自己无法面对吧。

那个陌生的她,她至今回想起来都觉得自己是中邪了。那些行为若放在别人身上,她若只是个网络上的旁观者,大概会评价说是"绿茶""白莲",并站在道德制高点指责几句。人都是这样的,只会说别人,不会说自己,以"自认完美"的形象去衡量他人。事实上,他人眼中的自己,就和自己眼中的他人一样,半斤八两。

新项目开始了,萧瑜将此视作又一个新起点,无论是存款上还是工作经验上。

萧固没有多余的叮嘱,但萧瑜和覃非都意识到这个项目的重要性,两人私下商量过好几次怎么打配合——外人眼中本该是竞争对手的两人从未给对方使过绊子,这不是人性的光辉,而是这种事逃不过萧固的眼睛,那样做他们只会被一起打包踢出局。

项目的另一个负责人是周越,他是个大忙人,萧瑜一直知道,但具体有多忙,怎么个忙法,忙什么,她没有机会了解。这次周越与萧固合作,她倒是可以了解了解。

萧固说让她介绍周越去画廊参观,她好不容易通过周越的助理和他约定了时间。

周越才出差回来,但精神尚佳,见到她还问,怎么不直接找他,还让助理传话。

萧瑜说:"我也是助理啊,哪能越级找您。"

周越看了她一眼,没说话。

画廊里,叶沐闻讯出来迎接,在一阵寒暄过后,叶沐来了电话,她看了看周越,又看了看萧瑜,说画家的背景、能力萧瑜门清,两人可随便看。

VIP室里摆放着数幅油画,还有一些刚拆外封,来不及做目录,有的摆在桌上,有的靠墙放着。

通常这时候画廊的工作人员一定会在,不可能放任客人自己随便看随便摸,叶沐之所以这样放心,萧瑜知道是因为一旦有损毁,萧固会照单赔偿。

萧瑜一幅幅看过去,并没有急于介绍,艺术品还得看买家个人的审美,别人都说好的也不一定就合心意。

然而,周越看了许久目录,也没有一句提问。他似乎不关心画家是谁,也没有让她估计价格,他就只是看。

在这样漫长的沉默中,萧瑜等了许久,顺手拿走他的杯子,续了半杯咖啡。

待她折回,周越终于开口:"你经常来这里帮萧固取画?"

萧瑜嗯了声,琢磨着这句话的潜台词。

周越笑意温和:"我下次未必有时间过来,你也帮我取。"

萧瑜说:"取画的时候要检查的,万一……"

周越:"你检查就好了,我放心。"

萧瑜:"好的周总,那我送去您的办公室。"

周越:"送去我家,有套房子刚装修好。"

萧瑜也只是笑,没接话。

周越喃喃自语着"门卡""钥匙",随手便拨了通电话,交代两句。

这之后又只是看画,关于画的问题一概不问。

萧瑜觉得,其实也不需要她陪同。来当哑巴吗?

020

她的视线随着周越的动作移动，他不时翻看着目录，有的页面会多看几眼，再去找目录上对应的油画，有的没有录入的，他就边走边看，很随缘。

周越最终选定三幅画，萧瑜将号码记下来，轻声说："我要先去问问叶老板有没有下定。"

周越："下定也不要紧，我可以加价。除非你们萧总要，我会考虑让。"

没多久，周越的助理来了，还拿来了一些门卡和钥匙，它们整整齐齐地装在一个包里。助理取出一张卡和一把钥匙递给萧瑜，并将地址发到萧瑜的手机上。

周越笑道："就是这套公寓。"

萧瑜接过："我会办妥的，周总放心。"

周越又道："房子有些空，还差点什么，你也帮我看看。"

萧瑜："好。"

萧瑜是有些室内设计才能的，不是专业的那种，纯属本能审美。萧固意外发现这件事，有时候送客户艺术品就交给她去做。

萧固在应酬时和周越提起过，周越当时还玩笑说，等房子装修完也让萧瑜看看。没想到他说真的。

萧瑜收好卡和钥匙，问："房子是周总自己住，还是家人住？几口人住？周总喜欢什么样的风格？"

周越说："我一个人住。风格不定，房子里现在太素了，想多添几种颜色。"

房子、房子。

人对房子的追求是一种刻写在基因里的本能。见多了装修精美的大房子，以及各种奢侈软装，萧瑜难免也会"做梦"，梦想自己的房子会是什么样，要怎么折腾、怎么布置，花费多少，等等。

当这种"梦"和现实结合，用计算器敲出数字之后，热情又会瞬间冷却。

想想就好了，命运不同，还是要脚踏实地点好，只要吃饱喝足，有屋顶遮挡风雨就够了。

周越下定后便离开，萧瑜折返画廊，在微信里和萧固汇报工作。

萧固在外面见客户，覃非陪着，许久才回消息：务必照顾好周总。

不需要额外的说明，萧瑜明白了。

覃非会处理其他客户，她只需要对接周越。

萧瑜没有急着回公司，就在画廊里溜达半圈，边走边看。

叶沐忙完一圈过来找她，说这次带来的老板可真阔绰，看着也不像是暴发户，竟一口气买了三幅定价最高的。

画廊定价是有策略的，周越选的几幅画叶沐很喜欢，但它们需要特定小众人群才会欣赏，对于大众难以推销，倒不如将定价拉上去，遇到特别喜欢的人会更加激发凡勃伦效应。周越没有事先问价，只负责选，可见他并不在乎价格。

叶沐又问萧瑜是不是故意的，特意来关照她的生意。

萧瑜说："他是萧总看中的大客户，画是他自己选的，我都没机会介绍。"

叶沐惊讶："那他算是胸有丘壑了。不仅眼光毒，还有钱，难怪萧固会让你跟过来。"

叶沐又说，站在她的角度，那些大众喜欢，谁都能看得懂且品评几句的东西，在圈内只属于下乘，却也是最容易混饭吃的"商品"，画廊需要这样的艺术品来维持日常生计。这就是为什么有人会说越合群的人越平庸，因缺乏性格，少了棱角，人人都觉得他好相处。

其实周越给萧瑜的感觉也是随和的，却又不是好相处的那种。

她对周越反而更加谨慎，虽然他总是带着笑。

周越的画取回来以后，萧瑜直接去了他说的房子。

视野开阔，空空旷旷，除了装修时做好的橱柜、衣柜，倒是添置了那么几件家具，但可以忽略不计，连个歇脚的地方都没有。

几幅画摆进去确实增色不少。

萧瑜将画挂好，拍了全景照，想了想还是发信息给周越本人：周

022

总,画已取,请查收。

当晚,萧固有个局叫上萧瑜和覃非。

覃非负责给萧固挡酒,萧瑜处理细节,时不时给萧固提醒,某某在哪里见过、某某是谁的朋友。

酒局过半,萧固和几位老板进了雪茄房,覃非也跟去了。

萧瑜留在外面稍稍垫了垫肚子,就见周越被一行人簇拥着进来,他夹在中间笑着应对,一个助理根本挡不开。

萧瑜就站在角落里没有上前,转眼又见到周越也被请去雪茄房。

萧瑜看了眼时间,正准备进去替换覃非,覃非先来了微信:萧总累了。

萧瑜意会,拿着手机走向雪茄房,敲门进去,一眼看过去,一屋子男人和半屋子女人。

萧固身边只有覃非,周越旁边有个美女,却没有肢体接触。

萧瑜走到跟前,几个男人的目光都投过来,身着职业装的美女也是一种风情,这里的女人就她穿得最多,看着一本正经,借着酒劲儿看更有滋味儿。

萧瑜权当没有看到,低身用所有人都能听到的音量说:"萧总,顾小姐刚来过电话,提醒您吃药。"

萧固一顿,瞥了萧瑜一眼。

周越也看过来:"什么药?"

萧瑜说:"治疗头疼的。"

有人接腔:"难怪今儿个萧总没怎么喝。"

萧固略带歉意地笑了笑,与主办方老板礼貌地寒暄几句,表示要先走一步,谁也不好拦着。

萧瑜和覃非跟在萧固身后,正要走出雪茄房,周越开口了:"小瑜,我的画取了吗?"

萧瑜停下,她听得很清楚,是"小瑜",不是"萧瑜"。

"取了,周总。"萧瑜笑着回身,翻出手机找到那几张照片,没有提已经发过信息的事,只递给他看。

周越坐着，萧瑜微微倾身，边用手划拉屏幕边说："现在房子太空，以后等整体布局定了再调整。"

周越："嗯。"

萧瑜的指甲没有做彩绘，只是基本护理搭配透明甲油，手指修长却不露骨，指尖偏粉，手背皮肤细腻。

因受到母亲的观念灌输，她很注重手部皮肤保养。母亲就有一双粗糙皮肤发皱的手，是长期做家务的结果，涂抹再多护手霜都没用，手指骨节也因此突出，母亲自己形容说像老母鸡鸡爪，叫她一定要爱惜自己。看一个女人过得累不累、辛不辛苦，不是看脸，是看手。

每次萧瑜回老家，母亲抓着她的手都会说，小手真嫩，没吃苦就好。

母亲还说，女人因为爱和母性会愿意照顾男人，但如果男人真爱女人，不会舍得让女人操劳成这样，还一副天经地义、理所应当的态度。

母亲的话处处指向父亲，容忍了半辈子，嘴里总是唠唠叨叨，父亲大多不还嘴，但有些毛病也不会改。

萧瑜展示完照片，低声说："钥匙今天没带，改天我交给郭力。"

郭力就是周越的助理。

周越抬眼看她："不是叫你看家具吗？"

萧瑜："房子太空，不知道怎么着手，也不了解您的喜好。"

周越："你就看着选，不要紧。结账叫郭力过去。"

郭力十分懂事，递出一张家居店的名片，显然这家是可以记账的。

萧瑜接过只扫了一眼就放进手包，这家店的名字她听过，她上大学时它刚开业，三层小楼开在商业区，一个看上去再普通不过的落地灯都要将近五位数，每一件都像是艺术品。

她和陆荆经过橱窗，她忍不住停下来多看了几眼，说住在这样的房子里一定很幸福，下班回家就是双向奔赴，回到家就不想出去。

陆荆笑了她两句，她只顾着看里面那个漂亮的单人沙发，也没听清。

萧瑜离开酒会,萧固正在车里接电话,覃非刚去过洗手间,在车边吹风。

萧瑜将顺手拿出来的水和零食递给他,覃非道了声谢,随便吃了两口零食,水一口气喝了半瓶。

待覃非缓过来,他说:"刚刚李总和王总还问起你,开了几句玩笑,你留点心。"

萧瑜:"好。"

不用过多的解释,萧瑜便明白。

这是她和覃非的默契,有些场合不会让她跟进去。

萧瑜回忆着刚才在雪茄房里那些男人的眼神、笑容,其中数李总和王总的最油腻,而且一直在她和周越之间转悠。

她忽然明白了——周越当着一群人的面提取画的事,这根本不像他的作风。

萧固接完电话,落下车窗说了句:"萧瑜留下,照顾一下周总。"

说话间,萧固的司机开来另外一辆车,下车将钥匙交给萧瑜。

待萧固的车走远,萧瑜将车挪到路边,就坐在里面等。

她正要给周越发信息,又怕他事忙看不见,于是改给郭力发。

发完信息没多久,郭力回:可能还要半个小时。

萧瑜又在手机上下单,叫跑腿送来水和解酒药。

不到半小时,跑腿送到了,周越也被一群人送到门口。

萧瑜下车上前,再次和几位老板照面。

周越面色微红,他酒力一般,喝点酒就看得出来,走路脚下打晃,郭力撑着他。

在众人的目光之下,萧瑜来到周越另一边,扶住他的手臂。

"好好照顾周总啊!"王总说着,手落在萧瑜的背上,还拍了两下。

萧瑜没有躲,就着扶周越的力道往前走。

郭力松手,先一步走向车去开后门。

萧瑜还怕自己撑不住周越,却感觉到落在自己身上的分量并不重。

待周越坐进后座,萧瑜拧开水瓶盖,开了一小瓶解酒药递给他:"周总。"

周越上车就装死,眼睛只眯了一道缝。

萧瑜又叫了一声,周越才接过来,喝了解酒药又喝了水。

萧瑜回到驾驶座,对郭力说:"你们的车明天再取吧,地址先给我。"

郭力也喝了酒,将地址输入导航:"辛苦你了。"

萧瑜:"客气。"

其实萧瑜早就想问,周越怎么不多请几个人,就郭力一个人当两个人用哪里够,喝了酒就不能开车,不喝酒就没人给周越挡酒。

不过再一想,有些老板比较注重隐私,连贴身助理都没有,有的则觉得麻烦,亲力亲为习惯了。

郭力喝得不多,半路上和萧瑜闲聊了几句,问她住在哪里,又问起她大学专业、老家是哪儿的。

这都不是什么机密,萧瑜一一答了。

直到车子来到周越住的房子外,护栏门是自动的,车子停进车库,郭力下车搀扶周越,但周越完全不配合。

萧瑜透过后照镜观望片刻,也走下车,从另一边帮郭力。

二对一,这次周越倒是配合了。

两人扶着周越进门,送到起居室。萧瑜一路气喘吁吁,周越的手臂搭在她肩膀上,她低着头也顾不上欣赏屋内陈设,参考周越对家居的喜好。

起居室有一张宽大的懒人沙发,周越倒在上面,萧瑜直起身喘了口气,刚要走就听郭力说:"你照顾一下周总,我去倒水。"

这下萧瑜倒不好走了,索性环顾四周。

整体色调比较单一,都是冷色,黑白灰和一点蓝色,各式各样的

蓝，深蓝、浅蓝、藏蓝、靛青色、湖水蓝。

萧瑜仰头看顶上的灯，目光定住了。

这盏灯她认识，也是那家家居店的，只有一盏，她当时喜欢得不得了。

她还厚着脸皮问过店员，这盏没有标价的灯多少钱，要定多久。

店员知道她是学生，也不会买，却还是回答说，从欧洲定，最快要半年，价格要 188888 元。

那时候她觉得有钱人真是疯了，一个照明工具要一辆车的价格，如果不是这样好看的设计，靠什么吸引人呢？

后来她见识到有钱人一杯酒就要花几千欧元，就知道不是他们疯了，而是习惯了。金钱对于一些人来说就只是数字，他们玩的是数字游戏。

"你的脖子不累吗？"不知过了多久，低处的懒人沙发上响起一道声音，沙哑且带着笑意。

萧瑜又低下头，见周越一手枕着后脑正看着自己。

"这盏灯也是那家家居店的吧，我见过。"萧瑜说，"我上大学的时候去看过它好几次，后来才知道是有人定了，只此一件。"

周越也抬起眼皮朝它看去，说："你喜欢，我让人给你打包送过去。"

萧瑜吓了一跳："周总真是醉了，我哪能夺人所好。等您明天清醒要后悔的。"

周越："我现在就很清醒，我就没喝多。"

萧瑜看向他的眼睛，果然，他的眼底是清澈的，静如湖水，没有半点混浊，更没有酒气蒙蒙。

萧瑜："您的体质就是容易上头吗？"

周越："嗯，喝点就脸红。"

萧瑜："那是皮肤在代谢，说明您身体好。而且这样的体质占便宜啊，说喝多了都会信。"

周越弯了弯眼睛，目光在她脸上游走，又看向那盏灯。

萧瑜说："我住的地方很普通,强行配对会不伦不类。"
　　话落,她对周越笑了笑,心想着,郭力是去钻井了吗,倒杯水怎么还不回来?

第二章
礼物

正如萧固所说,萧瑜是很聪明的,她不止聪明而且敏锐,还有一点"自知之明"。

她很明白职场女性会遇到的性暗示、性骚扰有多频繁,尤其是一个注重穿衣打扮、气质不那么强势的女人。有些男人过于自大自负、自作多情,女人举手投足的小动作都会令他们浮想联翩。

虽然周越不是这种人,他也不需要自作多情,但眼下的情况还是过于明显了,就差捅破一层窗户纸。

萧瑜有一瞬间在想象,如果她就势坐到他腿边,说要帮他脱外套,接下来的事是否会水到渠成,更符合男欢女爱的模板呢?

然而萧瑜只是站在那里保持着笑容,在"强行配对会不伦不类"的暗示之后,她这样问:"周总要喝水吗?"

周越深深看了她一眼,隔了几秒才道:"有劳。"

萧瑜径直走出起居室,就好像没有看到旁边不远处就有水壶水杯一样。

萧瑜来到客厅和开放式厨房,果然不见郭力,不用问应该是回到车里了。以郭力的眼力见儿,他会睡在车里,或者等周越发来消息说今晚不用他,他才好放心回家。

萧瑜在厨房里煮了一壶热水,兑了些凉的,温度刚好入口,这才原路返回。

也就是这短短几分钟里,她想清楚了整件事,也整理好了自己的情绪。

说不动心,没有躁动,那是骗人的。

周越要什么有什么,像是动画片里摆在小老鼠面前的一大块起司,就等着老鼠去吃。

他不油腻,身体健康,没有不良嗜好——起码她没见过。

他在老板行列中算是英俊潇洒的,不能和影视明星比,但有眼界和金钱加持,气质又截然不同。该怎么说呢,即便只穿着基础色——黑白灰驼,没有一个LOGO(商标),只要站在那里就能让人感觉到不一般。

人都是慕强的,她出来打拼图的就是钱,目标是将生存升格为生活,获得更好、更舒适、更自我的生活。独立自主为的是什么,是不被人干涉命运,是手握选择权。而这些都需要金钱加持,虽然这样的现实太过简单粗暴——金钱自由,约等于人生自由。

周越什么都有了,而他现在对她示好,这意味着他敞开的不只是怀抱,还有钱包。

但她不能要,起码在这一刻,这个晚上,以这种方式,不能要。

萧瑜低眉敛目地走进起居室,思路也跟着走到这里,可起居室里却不见周越。

她扫了眼他躺过的看上去格外舒适的懒人沙发,又看向半开的卧室门:"周总?"

如果周越已经躺下了,她到门口看一眼确认过了就得离开,什么宽衣解带脱鞋脱袜都不能有,谁知道那些动作会不会变质。

"嗯。"周越应了一声,听声音是清醒的。

接着,他又道:"进来吧。"

萧瑜脚下一顿,还是走向卧室门,直到来到门口。

周越就站在床边,一手正拿着电话,这时侧身看向她。

他的外套落在卧室门口,他的衬衫已经完全解开,露出里面的胸膛腹肌，他朝她抬起一只手，眼神平淡且平静。

萧瑜和他对视一眼，便迈过那件外套，将杯子递给他。

他接过后喝了口，又继续讲电话。

萧瑜又转身将外套捡起来，正要找地方放下，却见周越用下巴示意里面。

里面是更衣室，萧瑜进去后很快找到放西装的柜子。

萧固名下常住的几套房子她都去过，见识过各种各样逼格型男的更衣室，知道电子的怎么玩，也见识过古朴款的暗藏玄机。

周越属于简约派，到处是黑白灰蓝的基础色调，没有花哨的遥控装置。

西装是按照颜色分类的，萧瑜用旁边的毛毡简单处理了外面沾的细碎，就将它挂到同色系"兄弟"中间，又看了眼旁边几套浅色、暖色的西装外套，或笔挺，或休闲，有的定制款软趴趴的不像是西装，却依然做出每一道细节。

不过她好像没见过周越穿暖色系，蓝色已经是极限了。

外面讲话的声音不知何时停了，萧瑜关上衣柜门，刚要走，周越就进来了。

他并不避讳她，走向另一个柜子，从里面拣出一件灰色套头T恤，布料柔软服帖，脱掉衬衫就将T恤换上。

"郭力呢？"他面前有一面风水镜，原本藏在柜子里，柜子打开了镜子便露出来，照到他的前身，与站在身后的萧瑜。

萧瑜说："应该在车里，我去叫他？"

周越："不用，待会儿让他送你回去。"

萧瑜："谢谢周总。"

隔了一秒，萧瑜又自觉说道："如果没有我的事，我就先回了。"

"萧瑜。"萧瑜走了几步，周越又出声叫她。

萧瑜转身微笑："是，周总。"

周越立在柜子边，一手搁在旁边的矮柜上，矮柜上面是玻璃盖，里面是手表、袖扣、领带夹，其实男人的首饰也可以让人看花眼。

周越说:"不要将总啊总的挂在嘴边,尤其是私底下。那是在社交场合给人面子才用的称呼,现在没有别人。"

萧瑜轻轻眨眼,品着他话里的深意——到底是她想多了,还是他说话总是有多重意思?这件事萧固就没有提醒过。

萧瑜:"您现在也是我的老板,不用尊称,叫名字就太不礼貌了。"

周越笑了笑:"过度礼貌,会让人有距离感。"

她一个助理,是应该保持距离啊。

萧瑜却没有与他争论,因这已经不是职位和上下级的话题,而是男人与女人。

几秒的间隔,周越依然看着她,似乎在等她改变称呼,似乎好奇她会怎么叫,是"周越",还是"周先生"?

萧瑜泛起笑容,却说起另一件事:"听说今天在包厢里,王总和李总开了几句玩笑。我还要谢谢您帮我解围。不然以后面对那两位,一句'总'怕是无法礼貌地拉开距离。"

周越扬了下眉,有点惊讶她将话题拐到这里,随即读懂了她的意思。

礼貌和距离是要双方都配合的情况下才能成立的,某些不知道边界感、故意散发恶意、制造尴尬的人,他们永远不明白退一步是双方都有颜面。

王总和李总开了萧瑜的玩笑,这事是覃非说的。覃非没有详细描述,也没必要,只是让萧瑜"小心点"。男人深知男人的劣根性,覃非怕萧瑜碍于职位、场合、工作而吃亏。真要是发生性骚扰,她不可能闹大,也不敢闹大。大多时候不是看道理站在谁一边,而是看影响,看名声,看大局。

这种事吃亏的一定是女人,道理上女人赢了,老板也不会再敢用,甚至有人会觉得请了个矫情的姑奶奶,摸一下怎么了,会少块肉吗?

即便是萧固一向反感老板与助理乱搞那一套,也会在"总"和助理之间作取舍,难道要因为一个助理损失一个客户吗?

总归这种事,就只能靠她自己"小心",否则一定是她吃亏,必然是她受损,因面对着男权思维,她在阶层和性别上都"矮"了一截。

萧瑜当然不想这样自我比喻,平等谁不想?可现实不是扬言平等就能改变,她不是思想上的法官,没本事去宣判他人的思维。

萧瑜说:"有了您的维护,我以后应该会少些麻烦,起码那两位总会更礼貌些。"

周越当着众人的面叫了声"小瑜",又提起画,提到房子。

别说那两位总,不明内情的人都会想歪,认定他们有超出老板和助理之外的关系。

周越的面子摆在那儿,李总和王总不敢动,他可比职场性骚扰的后续要麻烦多了。

周越嗯了声,笑意浓了些,许是因为萧瑜的通透,许是因为她及时回应他的好意:"我是举手之劳。但我是生意人,举手之劳也会希望有回报,你怎么谢我?"

"这可难倒我了。"萧瑜说,"能否容我想想?"

周越:"好,我等着。"

萧瑜:"那您早点休息。"

话落,萧瑜走出更衣室。

郭力果然在车里。

萧瑜"完好"地坐进后座,郭力虽然惊讶,却还是叫了代驾将萧瑜送到家。

路上萧瑜还忍不住想,到底周越属于哪个剧本呢?女人留宿是常态,所以她出来了,郭力觉得意外。还是说这是一次破例,结果失败了,郭力觉得她疯了?

唉,她可不是放长线钓大鱼,而是某种不希望得到一个"很轻易"的评价。如果周越不是老板,今天也不是去应酬,只是在夜场看对眼的男人,她倒是没这些顾虑。

临下车前,郭力问起她的母校,还说他有个亲戚也是读的那所学校。

萧瑜笑着说，世界真小，萧总也是那里毕业的。

郭力连忙说可不敢高攀，也不是这个意思。

萧瑜下了车，在回家的短暂路途中，接到张乾的信息。

他的语气很体面，用词也算讲究，说他即将去海外培训，很可惜与她错过，祝她职场一路顺风顺水，得偿所愿。

或许站在张乾的角度，他还是希望她能惋惜后悔的吧，如果她真混得风生水起了，那就说明舍弃他是正确的、明智的。那是对他的一种否定。虽然他人的否定不该作为自己人生的标尺，但没有人会想得到，当然是肯定越多越好。

萧瑜同样礼貌地回：你也是，祝你前程似锦，春风常在。

如无意外，这应当是他们最后一次联系。

已经过去了。

放下手机，心里也放下一块小石子，萧瑜便去洗澡。

出来时，她见手机里又有信息提示，以为是张乾的客套结束语，不想拿起来一看，是一条好友申请：我是陆荆。

萧瑜盯着屏幕静立许久，盯着这个引发她思维风暴、瞬间卷起无数片段回忆的名字，感受着心口一下下的酸痛，回味着没有任何现实考虑、利益规划以及社会地位，只从心里发出的名为喜欢的情感。

随即，她指尖滑动，退出窗口。

都过去了。

萧固的现任未婚妻顾荃联系了萧瑜，说要选购一些艺术品。

顾荃这样提，不用问，就是想萧瑜引路去叶沐家的画廊。

萧瑜问过萧固的意思，萧固说不打紧。

其实不用问萧瑜也有数，按理说顾荃应当不知道萧固和叶沐那档子事，只知道萧固有一家小投资的画廊，和那里的小老板很熟。

即便知道了也没什么，他们的订婚就是一场利益结合，能维持多久还不一定。事实上，这已经是萧固第二次订婚了，上次结束是因为一场乌龙狗血事件，幸而结果还算和谐。

抛开身份不讲，顾荃是个很可爱的女人，甚至有点小女生，她没什么事业心与烧钱的兴趣爱好，无非就是谈谈恋爱搞搞投资，不用她自己出力，只管出钱而已，偶尔也会追追星、嗑个 CP 什么的。

说顾荃散漫吧，她对投资却有独到的看法，据说运气也好，十次有九次都是赚的，可是她并不喜欢事业将精力彻底套牢的生活，最多玩票。

和顾荃除了聊艺术品，难免就会提到萧固，提到萧固的生意圈，比如周越。

顾荃的评价是："哦，周越呀，他那个人很有意思的，精得跟鬼一样，却又让人觉得他很随和，被算计了还在帮他数钱。萧固有的头疼了。"

周越是很精，但还没机会精到萧瑜头上。

不过上次周越替她解围，她欠了他一个人情，倒的确有种被拿住的感觉，何况手里还攥着他公寓的房卡，若迟迟不去帮他选上几件家具还真有点说不过去。

家居店距离萧瑜的母校不远，不过这还是她毕业后第一次踏足。

以前，她常和陆荆一起来，大学毕业后，她就没再来逛过了。

店面装修一点没变，变的却是她，蜕掉了青涩与学生时期爱穿的 T 恤、牛仔裤、白球鞋，换上了成熟干练的职场套装、公文包与中跟鞋。

店员是有眼力见儿的，见到她就上前招呼，不动声色地打量她的装束。

萧瑜懒得互相试探，直接报上周越的名字，店员立刻肃然起敬，态度比方才的热情又多了几分恭敬。

萧瑜趁机问起周越的喜好，店员将周越订购过的家具记录拿给萧瑜看，显然周越是重要客户，才会记录得这样清楚。

萧瑜被请到里面的 VIP 室，花了一点时间研究。

没多久，外面就来了客人，店员送了花果茶进来，就出去招呼了。

萧瑜专心看着目录，发现有几件精品是她曾经看上过的，想不到都被周越买走了。

她又翻了翻店员之前拿过来的iPad，里面是新品目录。

奢侈品家居更新并不频繁，因不属于消耗品，不像服装还有什么应季过季的说法，有的越老越值钱，有的则讲究设计感。

她从目录中选了一组椅子、一套沙发，却又不敢自作主张，就将图片拍下来，先发给周越过目。

这时，店员进来和萧瑜道歉，说没想到有个熟客今天突然过来，怕怠慢了她。

萧瑜笑着说没事，指着目录问店员："这几件有买主吗？"

店员说印象里没有人定，不过国内没有现货，要从国外下定，最快也要一个月才能运过来。

萧瑜应了，见周越还没有回复，便说："我先问问周总的意思，稍后告诉你。"

话落，萧瑜起身要走。

店员将她送出VIP室。

只是没走几步，就听到外面扬起一个女人清脆的声音："陆荆你看，这件怎么样？"

萧瑜站住了，像是被什么东西劈中了似的，下意识朝声源望去。

被叫住的男人正在看一组灯具，听到女人的声音便侧了下头。

正是这个动作，令萧瑜看到他的侧脸与颀长挺拔的身材。

他没有大学时那么瘦，多了些肌肉与精英派头，脸上没什么表情，半垂着眼睛扫过女人指向的花瓶。

也正是这个动作，令陆荆的余光瞄到侧后方的人影。

陆荆扭头看过来，原本平静无波的眼睛一瞬间泛起波澜，很细微，但存在。

先是脚尖转向，随即整个人都朝向她，迈出几步。

萧瑜有一瞬间没有思考，没有行动，但她很快恢复，先看了眼手机上的时间，又对旁边的店员说："我还有事，先走了。"

这个动作和这句话都是说给陆荆听的，她本来就要走。

"好久不见。"

陆荆已经来到跟前，盯着她说。

萧瑜扬起笑："这么巧，来逛街？"

她刻意看向他后面的漂亮女人，随即又道："我赶时间。"

"你换电话了？"陆荆突然开口。

萧瑜嗯了声："回头再说哈，我已经迟到了。"

她加快了脚步走出店门，而不是跑出去。

陆荆没有追，她也没有回头看。

萧瑜庆幸自己的沉着，多亏了这些年来在职场上的历练，即便猝不及防地撞见昔日最尴尬的存在，也不至于狼狈。

是的，于她来说，陆荆就意味着大型黑历史回忆录，那上面每一页都是提醒，看到他的脸就像看到那个荒唐的自己。

她一边想一边上了车，今天开的是萧固的座驾之一，不是公司给她用的，但她要去接萧固。

取车经过家居店门口，她没有往里面看，却有种感觉或是幻想，觉得陆荆就在里面透过大片落地窗看着她。

她开着好车，穿着体面，妆容与发型干净利落，从VIP室出来，店员很热情。

很好，一切都很好，比她脑补的再见场景都要从容高级。

车子一路开到某私家菜餐厅。

萧瑜将车钥匙交给服务员，便进去找萧固。

她的手机响了一次提示音，她以为是周越，点开一看却是好友申请：我是陆荆。

萧瑜仍旧按掉提示没有通过。

不通过申请，不联系，难道不明白什么意思吗？都是成年人，又不是小孩子过家家，单方面拒绝来往了为什么还要强求？

这事很快就在萧瑜这里翻篇，她已经花了太多时间反刍，这不利于心理健康，更不利于职场女性一心追逐事业。

如果一味地自我为难，时间长了，负面情绪累计多了，就要花时间花钱去找心理咨询师。对不差钱的人来说，花钱找人聊天是一种时尚与消遣，但这不在她的清单里。

萧瑜接上萧固先回了公司，路上萧瑜汇报上午的琐事，有和项目经理沟通方面的，也有顾荃、叶沐那里的。

萧瑜还顺嘴提到自己去给周越看家具，试探萧固的反应。

萧固似乎并不介意她打理周越的"家务事"，只说了一句："可别让周越挖了墙脚，那我损失就大了。"

萧瑜笑道："不会的，萧总。"

她想这大概是萧固在点她，让她不要一头陷入周越的迷魂阵。

当然，顾荃对周越的评价，她一个字都没提。

回到公司，萧固就去和几个经理开会。

萧瑜回到工位处理了几件公事，周越终于回了信息：你眼光不错，是不是偷看了我的购物车？

萧瑜将这句幽默视为认可：没问题的话，我就和店员下定了。

周越：OK！

萧瑜联系上店员，将桌椅和沙发组定下。

店员又推荐了一些配套色系的摆件，其中就包括陆荆女伴很喜欢的花瓶。

萧瑜："这个花瓶有几个？"

店员："原本是一对，同一个设计师的作品，今天出掉一个。我们不会再进货了。"

萧瑜："少了一个，可惜了。如果一对都在就好了，我会一起要。"

店员："那萧小姐，我再去核实一下，如果还有……"

萧瑜："不是说不会再进了吗？还是算了，我想周总不会喜欢与人分享这对花瓶。"

店员忙说明白，可见周越的"独占欲"她也是清楚的。

"周总"两个字还真好用。

后来再见到李总和王总，他们对萧瑜的态度礼貌许多，但喝多了以后话里话外却时不时往她和周越身上拐，还调侃说萧固会用人，好钢用在刀刃上。

言下之意，萧瑜是特意安排给周越的一颗棋。

萧瑜不接这茬儿，一贯地用四两拨千斤的方式绕开，覃非直夸她聪明。

这种场合只要自己不尴尬，尴尬的就是别人。男人开女人玩笑，总是女人脸皮比较薄。如果女人故作不在意开玩笑回去，又会被视为作风大胆，下一次开的玩笑会更过分。可反过来，女人若是当场变脸，又是开不起玩笑的表现。

萧瑜的处理方式就是，既不装作听不懂，也不会因此脸红下不来台阶等别人来救，而是听懂了，但不在乎、无所谓，对这种话题不感兴趣，这是我自己的事，不必正面回应，再将话题引到正题上来。

不过覃非夸她聪明之后，她又不免想到母亲的话。

母亲说女孩子不好太聪明了，笨一点可爱一点，能少很多麻烦。

母亲年轻时是吃过亏的，因为对外很会社交，八面玲珑，遇到一些实际性质的好事，比如升职那些，反而轮不到她。同事们都夸她长袖善舞，更适合那个位子，可是那个位子偏偏落到能力不如她，性别为男的同事的手里。

母亲说，如果她是个男人，当时坐上去的就是她。

也因为八面玲珑这一点，母亲给外人的印象就是精明的、不好忽悠的。其实母亲对外经常吃亏，并没有占到什么便宜。

人会受到家庭教育的影响，萧瑜也是如此，她始终记着母亲的嘱咐，小心收敛锋芒。

但有些时候锋芒是藏不住的，她若不聪明就做不了萧固的助理，她若不聪明遇到这样只有女人才会尴尬的场合，就只能剩下尴尬。

到时候尴尬的是她，口头上吃亏的是她，还会落下一个不够灵活应对的印象。这时候觉得委屈、不公平，都是没有意义的。很多时候公平是一回事，实际是另一回事。

后来这件事不知道怎么就传到周越耳朵里,他只笑着说,老王、老李就是喜欢背后开玩笑,下回当面问问,看他们怎么说。

这话听上去半真半假,萧瑜却听出来几分以牙还牙的意味。

有周越在的局,他一向是喝得最少的,多亏了容易上脸这个体质,一杯下肚脸就红了,又有郭力这样能挡酒的助理在。

但郭力喝了酒就不能开车,以往都是叫代驾。现在司机的工作就落在萧瑜头上。

萧瑜开车的时候还在想,事情是怎么发展到这一步的?她先是"拿"了一张房卡,又和郭力一起送周越回了别墅,如今又因为充当司机,对另外两处落脚地也认了门。

这几栋房子都没有女人或家人,只有周越自己。

周越说,这些都是用作投资的,并不打算住,但后来考虑到方便,还是留了几套出来,这样东南西北都有一处,若应酬太晚不至于赶长路或者住酒店。

周越还说,房子多了大了,人丁单薄,这可不是好事,会消耗人气,所以古代人添屋都是按照家里人口计算的,对姨太太和子女也用几房来称呼。

萧瑜有些意外,周越这样年轻竟然这么讲究。

车子开到目的地后,周越没有急着下车,待萧瑜将车子入库停稳,这才不紧不慢地从后面递过来一个盒子。

此时郭力已经下车。

萧瑜看着盒子,又看了看周越修长有力的手,她没有立刻接,而是用询问的目光转向他。

周越始终在笑,看上去温和好说话,动作却是不容拒绝的,好像她不接,他就不会收回手。

直到萧瑜将盒子接了过来,周越说:"这段时间辛苦你了。随手买的小礼物,不要有负担。"

这话把萧瑜婉拒的借口以及顺手将盒子放在驾驶座置物格的打算全都堵住了,他一个顺手买的东西,她也不至于太往心里去,否则反

040

倒令事情升级。

萧瑜自觉不是个"无私"的人,捧的也不是公家饭碗,不用避嫌,而且圈内互相送个见面礼是家常便饭,就像是家里请修缮工人上门修管道,顺手给工人递包烟、递瓶水一样正常。

她打开一看,是一枚动物胸针。

其实看到这醒目的象征着某品牌指定颜色的盒子时,萧瑜就隐隐猜到一点。

她和周越还曾经有过这样的话题,前因她已经不记得了,只是记得他们聊起动物,她说她喜欢大象。

这个牌子的动物系列价格不算昂贵,却并不容易买,在途中的都是被全款预订的,到货了也不会摆在店里,会直接联系客人来取货。

这样投其所好的礼物,价格也不至于让人心生却意,还真是周越所说的"小礼物",收礼的人也不好忸怩。

萧瑜就势将胸针别到衬衫领子尖上,又对着车上的化妆镜照了照,遂笑着说:"谢谢周总。"

就当是加班费好了。

周越瞥了一眼,说:"很适合你。"随即推门下车。

周越临走前说,让萧瑜把车开回去,明天郭力会去取。

萧瑜又应了声,将周越送到电梯口便折返。

回到车里,萧瑜又对着镜子看了看胸针,越看越喜欢。

她想了想,还是拍了张照片发了朋友圈,没有指名道姓,只说:意外获得的小礼物,一直想要,很惊喜。

很快,朋友圈就有一个朋友回复说,这个系列现在好难买了,因为冷门,又是动物公益系列,早就停产了,一直想要一直没出手,现在真的后悔死了。

萧瑜并不知道停产的事,她的心理和这个朋友一样,有很多喜欢的"小废物",因为不属于不差钱的人,钱攒着还有大用,不敢为日常的各种心动瞬间买单,就错过了许多。

因为这份工作,有些钱不能省,虽然有置装费,但超出的部分该花还是要花，不能丢了公司和萧固的颜面。

再者，萧固也从不亏待她和覃非，他们不好斤斤计较。

但有一件事萧瑜始终警惕着，也是母亲的耳提面命，说大城市诱惑多，消费陷阱多，花钱要买实际的、用得到的东西，不要等过几年转眼一看，买回来的"精品"都只能当废品处理。

不差钱的女人，买包不会考虑保值的问题，还会说"难道你买了还要卖掉吗，送人就好了呀"。

萧瑜真的会考虑。

如果这个包买回来一万五，二手市场全新的转手只有几千块，她是真的不舒服。就为了从装修高档的店里抱出一个包装精美的全新款，就要多花一倍的钱吗？

当然，品牌那套营销策略是很会抓心理的，她不得不承认，看着Chanel（香奈儿）门口大排长队，自己坐在里面挑选刚到货还没来得及上架就被抢购一空的爆款，看到门口排队的顾客眼红地看着那个包，抢到包的SA（销售人员）都像是宝贝一样抱在怀里等待自己的VIP将它买走，那一刻她心里的虚荣感是填满的——何况它转手还能卖个高价，而不是出门就"骨折"。

物以稀为贵，停产的"小废物"也是一样的道理。

"停产"二字令萧瑜感到满足，母亲也看到了朋友圈，还问多少钱。

萧瑜不知道具体价格，只知道是五位数，但她对母亲说是四位数，母亲还是吓了一跳，问送礼的人是不是请她办事，办多大的事送这么贵的东西，会不会害她触犯公司章程等等。

母亲年轻时是做财务的，对这种事尤其敏感。

母亲还讲过自己以前的经历，比如几个厂子都来结算，有位女老板想先结，当场就把手上的宝石戒指脱下来给了她，母亲收了戒指，就把对方往前排了排，争取早点拿到尾款。这样虽然也是行方便，但都在制度之内，反正最终都是要结算的。

萧瑜安抚母亲说不是帮忙，这个圈子都是这样，这不算多么贵重的东西，就是她在能力与人情范围内帮了对方，对方表达谢意而已。

母亲直说不得了。

待车子开回到租赁公寓的地库，萧瑜边看手机边往家里走，这才发现这条朋友圈众多点赞中多了一条周越的。

其中也有人留言问停产了怎么还能买到、在哪里买的、是真品吗、能不能介绍SA等等。

萧瑜没有理会，因为不熟，也因为感受到对方的不善。

对方没等到回复，跟着又问，送东西的人该不是把自己用过的拿出来了吧，这分明停产了呀，没道理现在还能买到，接着还劝萧瑜小心，最好拿去专柜鉴定一下。

萧瑜忍了忍，看在对方是一位客户的女朋友的分上而没有拉黑，只回道：原来要查吗？长知识了。

对方回：要呀，万一是假的戴出去多丢人啊！

萧瑜没有再理会，卸完妆又看了一次手机，郭力发了消息过来。

郭力：周总说明天不用我去取车了，他中午有个餐会，让你十一点直接开车去接他。

萧瑜看了两遍这句话，又看了看自己的行程安排，萧固带覃非出差了，她这几天都有空。

萧瑜：好的。

随即，她又给周越发了条消息：请周总放心，明天十一点我会准时来接您。

放下手机，萧瑜又不免想，周越真不愧是生意人，一个小礼物将她用得彻底，那她也不用不好意思了，让他尽情使唤就好了。

正想到这儿，周越回了消息：麻烦你了。一个小餐叙，不用穿得太正式。

言下之意，她也要出席。

萧瑜：明白，周总。

周越提到的小餐叙阵仗果然不大，对面两位也都是年轻英俊的富家子,但都是早早就跟着家族长辈学着经商,养在身边,并非放出去留学不闻不问的纨绔。

对于这样的人家,萧瑜多少了解一些,就拿萧固家举例好了,看重的孩子都搁在跟前,手把手教,十几岁就让他们开始独立投资,大学时期就要学着管理公司、基金,这每一步的成绩都决定了他们将来的高度。

商贾人家对培养子女也是精打细算的,计算回报率要高出投资多少。萧固就是家里培养出的好苗子,当然萧家也有一些不被看中的子孙,随他们做什么学什么,干涉不多,也会给一些支持,但也就这样了。

萧瑜并不了解周越的家境,听过一些未经证实的小道消息,只知道周家不在本市,周越是独自过来开疆拓土的。

周越有钱有脑子有眼光,起码就萧固的态度来看,周越有些分量。只是不知道他独自过来,在周家属于发配还是派遣。

那边,周越和他们正有说有笑,谈的也不是什么正正经经的话题,多少夹杂一些风花雪月。

这边,萧瑜就在一旁时不时走神,因周越说不需要记录,坐一会儿就好。起初她还仔细听三人谈话,直到其中一人提到外面的女人以及家里安排的相亲,她便选择性地闭上耳朵。

也不知道过了多久,那位姓丰的年轻人将话题扔了过来。

"周越讲究多,不好糊弄吧?"

这话落地,三人的目光一同看过来,萧瑜后知后觉地抬头,这才意识到话是对她说的。

丰公子又道:"怎么,你不是跟着他的吗?"

萧瑜瞥了周越一眼,见他眉宇带笑,似乎也在等她的回答。她没有摇头,只是说:"周总讲究些,是对我们的提拔。感谢周总栽培。"

"你这助理——"这四个字是丰公子对周越说的,也不知道是什么意思。

周越这才说道:"她是萧固的助理。特殊情况,我借来用一天。"

"哦。"丰公子与旁边姓许的公子神色各异,一个挑眉,一个眼神意有所指。

许公子问:"要是喜欢,就要过来。"

周越轻咳一声,只是笑。

随即,许公子像是想起什么,问萧瑜:"对了,你也姓萧……"

萧瑜解释:"只是刚好同姓,不是萧总家里人。"

"这样啊,可惜了。"许公子这话是对周越说的。萧瑜一时不懂。

丰公子见状,为她解答:"老周可是带着任务来的。两家紧密合作,少不了要亲上加亲。"

萧瑜恍然,没有看周越,却感觉到周越在看她。

她维持着笑容,对丰公子的答案只点了下头,表示知道了,但这件事与我无关,我只是个助理。

不一会儿,周越又将目光挪开。

餐叙过后,许公子先一步离场,丰公子还约了下一波。

周越和萧瑜一同走出去,临走前她听到这里的人都称丰公子为丰总,态度和语气与对旁人不同,才知道这家会所姓丰。

上了车,萧瑜负责驾驶,周越在后座一边处理公事一边说,许、丰都是他的朋友,家里是世交,大家知根知底关系很熟了,所以说话没有把门的,以为她是他的助理,也就没有拿她当外人。

萧瑜品了品这话,接道:"我已经不记得了,周总。"

她以为周越是在暗示她,回去不要和萧固乱说话。

周越动作顿了顿,抬眼看向后照镜,说:"我的意思是,让你不要介意。"

萧瑜透过镜面和他目光对了一瞬,又看向道路:"哦,我不介意。"

她在心里默念着,与我无关,我为什么要介意,真拿自己当盘菜了,无谓的自作多情不会影响周越,只会耽误自己。

这之后周越不再说话,萧瑜也没有找话题,只专心开车。

待车子经过一条熟悉的道路,萧瑜往外看了眼,忽然说:"周总,那家家居店就在前面不远。"

周越:"你要过去?"

萧瑜："我是想，如果您不忙……说实话，我对您的喜好还是有些吃不准，我怕选错了东西。"

只是刚提完要求，萧瑜就有点后悔。

周越放下手里的iPad，朝外面看了眼，说："也好。"

萧瑜松了口气，等路口变灯，就将车子驶向拐角。

周越却又补了一句："是应该让你多了解我。"

萧瑜眼观鼻鼻观心，面无表情一心看路。

上一次萧瑜只是报上周越的大名，店员就多了几分热情和慎重，这一次萧瑜和周越一同前来，店员老远看到，直接出门迎接。

萧瑜看了店员一眼，几乎看到了店员眼里冒出的金钱符号。

他们被迎进VIP室，店员先是奉茶，随即递上目录。

萧瑜接过来，翻开沙发组那一页，指给周越看："上次选的就是这一套。周总再看看别的。"

有萧瑜在，就不需要店员介绍，周越问萧瑜："你觉得呢，还有什么印象深刻的？"

萧瑜说："说不上深刻，但有几件在配色和设计上比较适合那套房子，整体会更和谐。"

萧瑜边说边找到那几页，示意周越。

周越低眉看着："是不错。"

萧瑜观察着周越的表情，见他眉开眼笑，便问店员这几件家具是否限量，要等多久。

店员终于派上用场，立刻介绍起来。

萧瑜认真听完，又转向周越："周总的意思呢？"

周越却将问题丢给她："你拿主意。"

萧瑜一下子吃不准，看了看周越，遂对店员说："那这三件我们要了，这件再考虑一下。"

店员喜笑颜开地出去做单。

萧瑜这才回过头对周越说："周总什么都让我来选，我还是不了解您的喜好。您什么都是笑着答应，到底是真喜欢，还是无所谓呢？"

周越仍是笑："你怎么老您您的，我很老吗？"

萧瑜回答："不老，您……周总年轻潇洒，这是尊称，表示我对您……对周总的尊敬。"

周越靠向椅背，双手环胸："讲道理，你选的都是我觉得这里面最好，也最符合我眼光的，换我自己选也是这几样，我还有什么可说的。"

萧瑜一时无语："怎么可能都押中，周总是给我找台阶下。"

周越："可见咱们眼光一致，这是缘分。"

真是各说各话，萧瑜不再接茬儿。

"不过我觉得……"周越又道，"配色方面可以再大胆一点。我是很喜欢冷色调，但偶尔有些暖色融入进来也不错，会更显得活泼一些。"

这话说到了萧瑜心坎上，她看他喜欢黑白灰蓝，选择的颜色也都是围绕着这几个颜色打转，最多在深浅和比例上稍做改变，其实她觉得多一抹明黄或湖绿，或是一点点浅紫，甚至是橘色，会更让人眼前一亮。

萧瑜边想边翻开目录的另一页，她那天将自己喜欢的产品页码也记了下来："那这件怎么样？"

周越定睛看了几秒，神色看不出变化，只是看她的眼神多了几分温度。

萧瑜心里不确定："不好？"

周越叹了口气，说："如果我说很好，和我刚才的想法不谋而合，你是不是又要说我是在给你找台阶下。你弄得我都不敢有意见了。"

如果不是身份有别，萧瑜真想白他一眼。

萧瑜垂着眼睛说："周总真会说笑。"

而且还很记仇，这才过几分钟就拿她的话堵她。

周越笑道："好，我坦诚一点，我很喜欢。"

萧瑜抿了抿嘴唇，心里快跳一拍。

这时店员敲门进来，萧瑜若无其事地将这件也一并问了，并痛快地下定。

店员高兴得脸上要开花了，萧瑜也充分感受到购物的乐趣。

都说消费购物可以刺激多巴胺分泌，不亚于谈恋爱的兴奋感，所以女人沉迷于逛街购物，这话倒是有几分道理的。

虽然她没花自己的钱，买的东西也不是给自己的，却还是满足了购物欲。

这样也好，这么贵的家具她若真一时脑热买回去，事后一定要后悔。为了一瞬间的欢乐，往后几年看到它都要唏嘘，为它的金额感到心痛，真是没必要。

临走之前，周越来了电话，到一旁角落接听。

店员趁机对萧瑜说："萧小姐，您上次提到的花瓶，之前那位客人退单了，不知道您是否还有意向……"

按理说，那是别人不要的东西，萧瑜也不想要。可那对花瓶不仅漂亮，颇具艺术感，还很适合周越那套房子的装修。

萧瑜问："那么好看的设计，怎么退了？"

店员说："那位客人说回家看了看，和房子不太配，就算了。"

萧瑜又问："只有那一对，对吗？"

店员："对的对的，那位设计师很少走量，很多设计都只有一件。"

萧瑜没有立刻接话，只是环顾半圈，目光落在那对花瓶身上。

随即，她走过去仔细看了看，店员就跟在旁边。

萧瑜检查两遍，没有磕碰或瑕疵，便对店员说："那我们要了，你下单吧。"

店员立刻去办了。

周越接完电话过来，问："看上这个了？"

萧瑜说："周总的公寓门廊那里有个条桌比较空，摆上去刚刚好。其实我上次就看中了，但当时有位客人定了其中一件,留下一个孤零零的，我也没要。"

周越："这种花瓶设计要么就买一对，要么就不要。好事成双嘛。"

萧瑜转身给店员留下地址，并约好送货上门的时间。

离开之前，萧瑜又给花瓶拍了照，经过周越同意发了朋友圈，这样写道：帮人选购的花瓶，算是失而复得，今天运气不错。

没多久，下面一群人点赞。

萧瑜感叹着大家都很空闲，好像时刻蹲守着朋友圈。

数分钟后，郭力来到家居店取车接周越。

周越透过车窗笑着说："今天辛苦你了小瑜。"

萧瑜挥手道："周总再会。等东西送到了，我拍照给你看。"

随即，萧瑜也叫了车。

上车后，微信里跳出一个对话框，是一个大学同学。

同学说：你刚才发的花瓶好眼熟啊，我还以为我记错了，你看。

随即，她又发来一张截图，是一个陌生人的朋友圈，那上面也有一张花瓶照片，还写了这样一句话：一眼看上很喜欢，挑了左边这个，男朋友买单。

再看照片背景和构图，显然就是在家居店拍的。

萧瑜又扫过这个陌生人的微信昵称，想起那天在家居店看到的女人，以及她身边的陆荆。

萧瑜问：这是谁的朋友圈？

同学说：我一个客户，好像是陆荆现在的女朋友。但我不确定啊，都是这个客户自己说的，也不知道是真的还是在炫耀。陆荆这几年啊变化太大，外面宣称是他女朋友的不要太多，我听说的就有三个。

萧瑜回了个笑脸表情，并在心里默默道："与我无关，祝他幸福。"

第三章
女朋友

萧固出差回来后不到两天，萧瑜的工作量明显增加。

晚上的饭局大多是覃非陪着，萧瑜有时候只会被叫来开车接送。

一时间，不只是部门里在传言，连萧瑜自己都感觉到一丝备受冷落。她倒不是非要去酒桌前吃吃喝喝，只是突然的落差感需要调适。

萧瑜当然不会问萧固，也不会主动提要求，她手里的工作已经多得做不完，但主战场已经从前线变成了案前。

后来还是覃非抽空跟她提了一句，说最近萧总接触的客户，在这个圈子也算是惯犯了，就爱吃窝边草。萧瑜这才明白。

说到实力，萧固不至于怕得罪对方，但除非必要，生意桌上谁愿意撕破脸那么难看呢，有些事事前就可以避免。

萧瑜给覃非买了杯咖啡，以表对他通气的谢意，随即说："职场不易，我感觉我的运气已经算好了，但有些事真是不知道怎么躲。"

覃非说："你不止运气好，有能力，长得还漂亮。总之，自己小心点。"

萧瑜笑笑没接话，就安定地坐着冷板凳。

又过了几天，萧固和那位难缠的客户签了合同，将人送走，萧瑜也适时递上工作汇报与热乎乎的企划书。

做企划不是她的工作，但她既然被萧固派去看着项目，什么都得做。萧固是个工作狂老板，恨不得手下都是多面手，不用每一项专精，但每一项单独拎出来都要会，要有精准快速的判断力，要有主见和自信。

萧瑜没有将她和周越的交集写到工作汇报里，用口头形式转告给萧固。

萧固听了不置可否，过了一会儿才点了个题外话："其实周越这次来是有任务的，家族任务。"

萧瑜对此略有耳闻："老板的事我不该打听，但也收到一点风。"

萧固点头："你明白就好，注意尺度。"

萧瑜有时候忍不住想，萧固一路提拔她，是否因为她是会"听"他说话的人。萧固的语言艺术过于含蓄，如果没有眼观六路耳听八方举一反三，事后不定要琢磨多久。

萧瑜在原地定了两秒，最终还是在萧固带着询问的目光扫过来时，忍不住说："既然您知道有些事要避嫌，怎么周总那里还是让我去？我不是质疑您的判断，也不是怕工作辛苦，只是好奇您的决定。"

"企划做得不错。"萧固笑了下，将企划书合上，又道，"如果不是让你去，换一个人我就要防着她了。"

萧瑜这才明白。

不是说换其他女助理"照顾"周越这位新的项目老板就一定会生出二心，只能说这样的可能性比较高，毕竟周越的背景与自身条件都摆在那里，哪个女人能不动心呢？

"可我也只是个普通人，也喜欢帅哥——有钱的帅哥更好。"萧瑜坦白道。

萧固笑出声："可是在你心里，工作比有钱的帅哥更重要。"

萧瑜："萧总这是在给我出选择题。"

萧固："职场上到处都是题，这次的答卷你做得漂亮点，我不会亏待你。"

萧瑜想不到的是，当她决定收敛心思，专心致志完成萧固的难题时，接下来又有两道难题相继出现。

第一道来自陆荆。

萧瑜接到一通陌生来电，就在某个下班之后的晚上。

"喂，萧瑜吗，我是陆荆。"

在听到这道熟悉却又透着遥远陌生感的声音时，萧瑜下意识地眯了眯眼。

他的声腔变了，没有在校园时上扬的意气风发，却更为笃定，游刃有余。

"你好，陆荆。"

要不是这通电话她都要忘记了，她早已将他所有联系方式全部拉黑——就在毕业那天。

但她有些好奇，他应当还记得她的号码，他若想联系她有的是方法。可毕业这么多年他没有试图找过她，这在她看来就是有共识地断交。

怎么现在又想找她了？

"我一直想找你，微信申请了几次好友申请。"陆荆说。

萧瑜垂下眼，一时不知道该不该笑："我有看到。你是想听我说拒绝的理由吗？你打电话就是为了问这个？"

陆荆："不是，我知道你为什么拒绝。我也只是想碰碰运气。打这个电话，是希望再努力一次。"

"努力。"萧瑜重复着他的字眼，"努力是需要有诚意的，到目前为止我都感受不到任何诚意。还有，你的努力是为了什么，总有个目的吧，不如直接一点，我可能还会考虑。"

"好，那我直接一点。"陆荆也很痛快，"我们公司有个项目将要和你们合作，我知道你现在是萧固的助理。"

萧瑜一边讲电话一边来到浴室，就站在镜子前，刚好看到自己脸上浮现出的嘲讽。

她盯着镜子里的自己，看着自己用一种近乎愚弄的表情说："原来你是来走关系的，你觉得这可能吗？"

陆荆："你误会了，我不是要你通融，只是想提前通知你。后面的合作如果见到我，希望你有个心理准备。"

萧瑜："你想太多了，一个合作，一位大学同学，我需要什么心理准备呢？不过你提醒我了，我到时候会注意避嫌。"

话落，萧瑜看了下手机上的时间，又道："如果没别的事，我要忙了。"

陆荆："好，你忙，先说晚安。"

电话切断，萧瑜皱着眉盯着屏幕，耳边回荡着那两个字：晚安。

这是他们上大学时，他每一次做结束语的两个字，她总是先说，再等他说。似乎这样将最后一句留给他，就会显得他更在乎。有时候与人对话，自己会作为结束语，对方没有任何表态，这会让她觉得空空的——当然工作上的对话除外。

萧瑜放下手机，叹了口气，安静片刻后又稍稍改变了一点态度。

这时手机响起提示音，她点开看了，又是一个好友申请，来自陆荆。

她没有犹豫，直接通过，但没有对话。

他也没有发来任何消息。

这样也好，就算现在不加，合作的时候多半还是要加上好友，而且现在她太过坚持这件事，反倒显得她有多在意。

之后，萧瑜便去洗澡，洗完澡就开始回复邮件，处理留言。

家居店来了信息说，花瓶已经保养好，明天会有专人送货上门，并和她确定时间。

萧瑜将时间定在下午，她有一小时可以外出。

这时候的她不会想到，那下一道难题就在第二天等着她。

翌日上午，萧瑜忙得就像是打仗一样，到中午终于歇了口气，喝上第一口水。

萧瑜没有在节食，她一定要吃碳水和肉，不吃脑子会转不动，她需要动脑，需要能量。

前两年有段时间她一直在吃素，那阵子整个人都寡淡了，对什么都无欲无求。还是现在这样好，她有野心，有企图心，虽然不多，但它们需要能量燃烧。

午饭后，萧瑜抽空在休息间眯了十五分钟，整理了发型补了妆便回到岗位。

眼瞅着下午三点将至，萧瑜提前完成萧固的交代，便开车赶去周越的公寓。

送货员尚算准时，花瓶当面交接，没有破损和瑕疵。

萧瑜将花瓶摆在门廊的条桌上，对着它们拍了几张照，并发给周越。

然而等她拿着钥匙要离开时，周越的信息回了过来：等一会儿，我这就到。

周越要来？

萧瑜没有多问，只走进客厅等待。

整套公寓后添置的家具还不满一半，现有的大多是连同装修一起定制的，厨具倒是齐全，不过电器都只是摆在那里，连外面的保护膜、插头上的保护套都没有拆。

萧瑜将热水壶消毒清洗，又烧了壶热水，从橱柜里拿出上次顺手带过来的一小罐手冲咖啡粉，以及网购的用惯的手冲壶。

95℃的水温，淡黄色的滤纸，习惯的咖啡粉量，流畅的手冲节奏，最终将咖啡注入透明的咖啡壶。

大门那里响起电子音，很快门开了。

周越换了鞋进来，手里还拿着手机和钥匙。

他绕过门廊，将它们放在距离最近的台面上："小瑜？"

因为中间的装饰隔档以及上面的绿植，他看不到她，却能闻到咖啡香。

萧瑜的声音传了出来："周总，我在厨房。"

周越的脚步声又渐渐近了，他从绿植后面走出来，带着笑容，看看她，又看向那杯咖啡。

杯子颇有艺术感，外面是手绘图层，家居店送的赠品，单买也要大几百块。

萧瑜："咖啡刚刚好，晾晾就可以喝了。"

周越绕进厨房洗手，随即来到岛台前，端起杯子吹掉浮头的热气，细细抿了一口。

"我好像没喝过你冲的咖啡，但这个味道有点熟悉。"周越评价道，"是我的错觉吗？"

萧瑜笑了："不是。之前在画廊你喝的咖啡，是叶沐冲的。我是跟她学的，从选滤纸、容器，到咖啡豆以及磨粉的比例，再到水温，和手冲的速度、水流。我可以做到一比一复刻。"

周越望过来的眼神透着惊讶，虽然只有一瞬间。

他说："难怪萧固看重你。"

这话透露的信息很多。

虽然外界并不知道萧固和叶沐曾有过一段关系，周越按理说也不会知道。可萧固说过，周越是个眼睛很毒的人，看事情很精准。他这样一句话等于告诉萧瑜，他明白她在这件事情上用心的目的。

如果她对萧固有情爱企图，她做这种事难免会有点上赶着当替身的意思，但她只想做好助理，满足老板的喜好也在她的工作范围。

"真是聪明。"周越又喝了口咖啡，落下四个字，目光透着若有所思。

萧瑜看了看时间："周总，我要赶回去了，先走一步。"

"好，那我长话短说。"周越说。

萧瑜又顿住，看向他："有事要我做？"

周越看着她，缓慢露出笑容，眼神里滑过一些她看不懂的东西，好像在措辞，又莫名透出暧昧。

萧瑜不想回避他的眼神，好似受不住这双桃花眼的放电一样："周总？"

"我需要一个信得过的异性帮我一个小忙。"周越这样说道，"我需要一个名义上的女朋友。"

需要，信得过的异性，一个小忙。

名义上的，女朋友。

萧瑜并没有立刻回应周越，周越也只是笑着看着她。

萧瑜将两个句子拆开，逐个词解读。

她是萧固口中的解语花，意思就是她很会解读没有说出来的潜台词。

周越的话也是一样，她读出了背后的意思。

他有需求，他有麻烦，他需要一个和他站在一起、维护他利益的女人配合他。

当然，这个女人会有丰厚的回报。

名义上的女朋友，那就是不谈感情，所以当结束时，他不希望这个信得过的异性给他带来新的困扰、麻烦。

难怪他前面说她聪明。

这两个字从不同的人口中说出来，出自不同的语境，发生在不同的情景下，就会有不同的含义。

换一个爱慕周越的女人，怕是要多想了，兴许会觉得这是一个机会，凭着自己的魅力与周越对自己的好感，能将他一举拿下也说不定。这岂不是一本万利？到头来，误会的是自己。

萧瑜终于开口："周总不是正在与萧总家里的小姐们接触吗？"

既然两家有联姻的意思，要在项目合作上亲上加亲，婚姻就是最简单也最稳固的方式。

项目上双方各出一位负责人，周越和萧固，项目之外萧固已经订婚，不好再出面，便让适婚的萧家小姐们一一与周越相看。

周越笑道："我本人并没有这个意愿，又不好推掉。其实我可以将问题放在自己身上，但这样一来又无法跟家里交代。"

是啊，即便周越不喜欢女人，那也无碍婚姻。这在豪门也不稀奇，婚前讲明，摆清楚利害关系就好，婚后各玩各的，生个孩子就算交差了。

萧瑜好奇地问:"周总是不想利益结合,还是不想和萧家的关系更进一步?"

周越应当明白亲上加亲对他本人是加分项,在这样的家庭里长大的孩子自小接受利益和家族为先的教育,遇到这种事一定会算尽自己的好处,怎么还往外推?

看看萧固,站在萧瑜的角度看,萧固对叶沐算不上什么海枯石烂的感情,可他是真的关心、在意,分手后还经常关照叶沐家的生意,因为她学会叶沐冲咖啡的手艺而"睹物思人"。可结果呢,萧固还是去和顾家千金订婚了。

其实萧瑜有些羡慕这样的生活方式,如果她是男人,就更能体会到什么叫好事占尽——做"空中飞人",全球到处跑,几乎脚不沾地,大后方有一位睁一只眼闭一只眼稳坐如山的妻子,一儿一女两个孩子。而为了犒劳忙碌的自己,世界各地都可以安个小家,私生子多生几个,直到中年节奏缓慢下来,再从孩子中选择最优秀的几个重点培养,良性竞争。

当然,以上种种的前提是,这个男人首先就要是家族中最出类拔萃的那个,他自己就是这样杀出重围的。他的实力与能力不允许他故步自封,只守住一亩三分地过慢生活,注定了能者多劳,注定了不能老婆孩子热炕头。

萧瑜的问题似乎问到了关键,周越垂眸想了想,回答:"这次合作短则三年,长则五年十年。如果联姻,那绝不是一两年就可以交差的。"

是啊,如果项目顺利,回报喜人,必然所有人都希望延长合作期。周越是生意人,当然希望项目长久,这也是他能力的证明,有利于家族将更大的盘子交给他。

可这样一来,在项目稳固的过程中,他就不好提出任何结束婚姻的理由。因为不管双方是否有感情,是否因为利益在一起,结束婚姻在观念中都是一件"坏事",意味着散伙。

旁人一定会问为什么,也一定会劝,再等等吧,反正是各玩各的,有没有婚姻都无所谓啊,有什么特别的理由吗,为什么要急于一时,等等。

换句话说就是,周越现在的想法是,只想做项目,不想连自己也放进去。

萧瑜笑了下,拿起自己的包,说:"我真要走了周总。"

周越没有拦住萧瑜,他一向绅士,但他也没有让萧瑜这样打发掉:"等再见面时,给我一个答复。"

周越一路跟着萧瑜,将她送到门廊,看着萧瑜拿出放在鞋柜里的中跟鞋,看着她利落地换鞋,目光落在她小腿和脚踝上。

可周越嘴里说的却是:"你选的花瓶很漂亮。"

萧瑜看向那对花瓶,正要接话,周越又道:"进来第一眼,就会想到住在这栋房子的人,一定非常有眼光,有品位,懂生活。"

萧瑜又收回目光:"周总回见。"

周越的笑声从身后传来:"回见。"

萧瑜进了电梯才长舒一口气,看着上面变化的数字,抬手轻轻拍了下脸颊。

清醒。

她取车回公司,回到自己的工位继续处理琐事,一直到夜幕降临。

萧固还没有下班,萧瑜就在外面随传随到。

直到萧固结束一个视频会议,萧瑜端进去一杯红茶,并告知萧固,视频会议是今天最后一个日程安排。

萧固笑道:"难得这么早结束。"

喝了两口茶,萧固就要回别墅,让萧瑜也早点回去。

萧瑜却没动,只半低着头好像在走神。

萧固起身走了两步又折回来,问:"有事?"

萧瑜这才抬头:"是有点事。"

萧固便靠坐在桌沿:"说吧。"

萧瑜说:"覃非现在的工作我也可以胜任,如果将我和他调换,我保证会妥善处理可能会遇到的麻烦。"

萧固只问:"为什么?"

萧瑜坦白道:"周总有件事要我帮忙,我不该帮,又不能拒绝。"

萧瑜看了看萧固的脸色,停顿一秒,又道:"他需要一个女朋友,临时的。"

萧固一下子就明白了:"这个周越。"

萧瑜又一次垂下眼,好像自己什么都没说过,将难题丢给萧固。

她仔细想过,这件事瞒着谁都不能瞒着萧固,他才是她的衣食父母。结果只有两个,一种是萧固同意,后面的相处她自己掌握火候;另一种则是萧固不同意,调岗是最妥善的处理方式,周越那边也不至于下面子,更不会死缠烂打。

再者双方都是聪明人,萧固不会去与周越说破,周越也不会问萧固为什么调走她。

半晌,萧固说:"覃非那边进行到关键,换人会动摇军心。你去也不合适。"

萧瑜点头:"明白。"

萧固又道:"至于周越这里,我能明白你的难处。"

沉吟片刻,萧固说:"你先告诉我,你对周越这个人怎么看,有好感吗?"

这该怎么回答呢?

萧瑜措辞道:"周总是很出色的老板。"

萧固摇头笑了,随即说道:"我这里对你只有一个要求,你应该知道。"

萧瑜愣了一瞬,有些不能相信地扫过萧固的眉眼,像是为了确定什么。

"萧总同意?"萧瑜问。

萧固说:"他无意联姻,我看得出来。站在我个人立场,我也不赞成。你是我这里的人,你去,我放心。外面的人听说了,也只会以为是我授意的。"

若不是萧固这样明确表示,萧瑜都不会往这个方向想。

萧家那些与周越相看的小姐,都不是萧固这一房的姐妹,若真联姻,利益就会被那边分走。相比之下,萧固会更放心萧瑜。

萧瑜问:"萧总就不怕我一时抵抗不了诱惑,假戏真做?"

萧固笑道:"你要真能做到,我一定给你包个大红包。"

萧瑜:"可您之前不是才说……"

希望她这次能交个漂亮的答卷。

而且派她去周越身边,也是因为她看重工作。

萧固说:"此一时彼一时。若是你一厢情愿,中了他的迷魂药,影响公司利益,我这里绝不留。但如果是周越也愿意,我可不能棒打鸳鸯。"

到那时候,萧固还会落下一个人情。不管萧瑜最终是什么身份,他都是她曾经的老板,对她有知遇之恩。

说白了就是看得利还是失利。失利就要算账,得利就是皆大欢喜。

萧瑜叹道:"您算得可真远,我这只是多打一份工,跟您打了个报告而已。"

萧固:"现在是不是松口气?后面的事,你自己拿主意吧。"

萧瑜并没有因此松口气,晚上收邮件时还忍不住脑补以后。

真要是建立起对外关系,不管真假,外人都会当作真的看待。

她可不是站在周越旁边当花瓶,什么都不用做,事情没这么简单。

难度一定会有,麻烦一定会出现,身份会有变化,工作强度加大……但如果回报率高,那就另当别论了。

奢侈品结算就不必了,最好是直接给钱。

不好让她先开价,这样不利于讨价还价,还是要先听听周越的意思——他说出来的数字,就意味着这件事的难度。

周越说下次见面要听她的答复,她可不能上赶着提醒。

如果他变卦了、换人了,她就当作无事发生,继续做现在的分内事。

如果关系改变后,周越作为男人向她提出进一步要求,其实她也不吃亏。

周越年轻,身材好,有资源。

等将来"演戏"结束,他绝不会亏待她,萧固这边仍需要她这条"纽带"。

就这样,萧瑜坐在单人沙发里精打细算,分析利弊。

她没有多大的志向,没想过要自立门户搞创业做老板,更没想过有一天成为女强人,全世界到处飞。

眼前只有一个小目标,落地生根。

在过去,她跟着萧固去了无数个谈判桌,出席不知道多少场饭局。谈判的话术,做事的手段,每天都在学习。

其实她和周越——既有甲乙双方,也要计算利益,这不就是另一种生意吗?

不管是什么性质的生意,在谈判桌上最重要的就是摆清自己的位置,确定自己的目标,不要太贪,且知己知彼,事情成功的概率就会提高。

那么,她对自己的定位是什么呢,周越给她的定位又是什么?

萧瑜一边想一边随意划拉着手机,点开朋友圈,刚好看到周越发了一条。

配图是门廊那对花瓶,还有这样四个字:

赏心悦目。

萧瑜看了片刻,指尖移动,在点赞区多加了一颗心。

萧瑜并不知道她的FB(脸书)账号被周越找到了。

她从没有在社交账号上发过自己的照片,无论是朋友圈、微博、FB、小红书还是短视频网站的账号。

朋友圈是给这个圈子看的,并不代表真实生活的现状。这就像是明星在镜头面前表演的是镜头里的模样,而非私底下的自己一样。

只要有镜头对着,就会激起表演细胞,这和萧瑜的朋友圈是一个道理。

　　FB和朋友圈不一样,她没有在上面加任何真实的好友,她"扮演"的是一个全然的陌生人,甚至不会将朋友圈发过的图文发到这里。

　　萧瑜并不经常发送状态,隔几天发一条。

　　有一个互相关注的"陌生人"朋友,经常会给她点赞,有时候还会留下一两句留言。

　　她以为,那就是来自国外的某个网友。

　　就在周越提出"恋爱关系合约"的两天后,萧瑜想起这茬儿,在FB上发出疑问:有点好感的男人向女人提出假扮情侣,要不要答应?

　　这赢来许多陌生朋友的回复,大家似乎都对这个话题很感兴趣。

　　有人说,也许他也对你有好感,害怕如果直接说,会被你拒绝呢?

　　有人说,那要看看他提出恋爱合约的理由是什么了,牵强不牵强。

　　还有人说,提出合约的一方是不是要付出相应的条件呢,你既可以和有好感的男人"约会",又能得到好处,为什么不呢?如果在观察和相处过程中,你觉得他并不好,不是你想象的那样,等到合约结束你们就可以分开啊。

　　这些留言听上去都是对她有利的。

　　还有一些留言担忧居多。

　　比如说,恋爱合约是什么,他是不是想拿你当挡箭牌,替他处理掉麻烦?如果是两性之间的问题,他自己不能处理吗,一定要用这种方式?

　　比如说,也许是他有喜欢的人,利用你当工具人去刺激对方,或者是他自己觉得这样很刺激吧。

　　其中还有一个网友问她:看来这件事已经给你造成困扰。如果你不愿意,你应该已经拒绝了。是什么原因令你烦恼,那些好感吗?

　　萧瑜和这位名叫BK的网友有时候会聊上几句,他的表达也总是一针见血,但态度和语气都是礼貌的,也有一定的边界感。

　　萧瑜说:也许是吧。你说得对,如果我不愿意,我已经拒绝了,可我没有。

BK回复：那么你就要想清楚，令你犹豫不决的原因是什么，你是否真的要抗拒它，接受它对你来说有没有损失。

其实答案已经很明显了，如果没有损失，为什么要抗拒呢？

萧瑜不好讲得太过详细，她还是有点担心的，唯恐自以为无人知道的账号被扒出来"鞭尸"。

萧瑜最终只是回了一句谢谢，但BK的话却在她心里回荡着。

说来说去，她最在意的还是自己是否有损失。这指的当然不是金钱上，周越不会亏待她。

而她自己很清楚在意的原因，因为曾经感情上的伤害。

就像小孩子在童年时期遭到创伤需要一生治愈，其实成年人也是一样。心里的伤口看不见，但它存在，需要治愈。而她没有治愈，只是将它放到一边视而不见，就投入社会了。

她出社会以后交往的男人，她都没有真正投入过情感，最多也只是有些好感。她觉得这样很好，很安全，可以收放自如，理智处理。

该怎么说呢，就像是她大学时期经过家居店时，看上的那盏吊灯。她很喜欢，很喜欢，但她还不会喜欢到花光自己所有积蓄，再去借钱、贷款，倾尽所有买下它。如果她能轻而易举买得起，将它悬挂在天花板上，有一天它坏了，她会找人修理，却不会因此心疼到睡不着。

是的，那些感情就像是对一个物件的感觉，会保护，会使用，会维修，但不会把心放进去。

一个星期之后，和另一家公司的合作正式步入轨道。

而对方公司的项目负责人，就是陆荆。

萧固注意到陆荆的介绍，惊讶他是校友，还和萧瑜同级。

萧瑜没有否认认识陆荆，这件事早晚都会被知道，何况当年她和陆荆那些纠葛在学校里疯传许久。

萧瑜找了个机会和萧固坦白："我和那位陆经理曾经关系很密切，在校期间属于异性好友。但现在已经不联系了。"

萧固注意到萧瑜的用词，看了她一眼，笑问："不联系的原因，会影响你这次的工作表现吗？"

萧瑜摇头："不会。"

萧固："如果交给你，你也可以完成。"

萧瑜："可以。"

萧固："那就行了。"

萧瑜："谢谢萧总对我的信任。"

萧固不是八卦的人，没有刨根问底，萧瑜松了口气。

这不是因为那段过去不能讲，而是不想对自己的老板讲。

后来还是萧瑜去叶沐的画廊，两人话赶话聊起几句。

萧瑜的回答是："无非就是以朋友的名义倒追他，看着他交了三个女朋友，我每天都在心里跟自己打架。他们吵架，我其实是高兴的，但我强迫自己去帮助他们和好，两边说好话。他们分手，我以为我有机会了，我可以近水楼台，但很快就有其他女生出现，我又陷入和之前一样的心理。"

萧瑜还说，她很清楚那些女朋友都不会长久，她就是有这种感觉。最终留下来的一定是她这个"好朋友"。可这样的想法并不能令她安心，那种油煎一样的感觉不断重演，令她一度喘不过气却又挣脱不开。她甚至怀疑自己是不是有受虐倾向，为什么胜负欲这么强，就非得在这件事情上分出高下，得出结果。

叶沐说："还好没在一起，若他真的吃窝边草，你们也不会长久。你坚持做好朋友那么久，也是因为你不想成为其中一个'前女友'。你怕输。"

萧瑜笑着自我调侃："我是怕自己输不起。"

萧瑜并没有告诉叶沐，其实陆荆吃到了。

那是正式毕业之前，论文答辩之后。

那时候大部分同学都已经找到工作，而她刚刚从实习公司离开。

那天她和陆荆，还有几个同学一起出去聚会。

他们唱歌喝酒畅所欲言。

不知道是酒后乱性，还是借酒逞凶，陆荆送她回当时租的房子里，他们吻到一起,滚作一团。

她晕晕乎乎的时候还在想,终于啊,终于到她了。

巨大的满足感和胜利感,加上沉淀了四年的"暗恋",终于圆满会师。

然而胜利只是一瞬间的,第二天早上,她被陆荆的手机铃声吵醒,她接了他的电话——他在洗澡。

对面出现一个女人的声音。

而萧瑜的声音一听就是刚睡醒。

女人质问萧瑜是谁,萧瑜反问女人。

陆荆洗澡出来,抽走手机,和女人说了几句话,表现得很平静,但隐约也有不耐烦。

萧瑜看着他的背,听着说话内容,凭着对他的了解,逐渐拼凑出始末。

电话挂断后,萧瑜问:"分干净了吗?"

陆荆回过身,没有回答,而是说:"昨晚的事,你打算怎么处理?"

萧瑜看着他,一下子全都明白了。

如果昨晚是一段关系的开始,绝不会是这样的对话。

昨晚就是一个误会,一个错误,现在醒了,就要去修正错误,解决误会。

萧瑜不知道自己沉默了多久,她只是看着陆荆,感觉到血液从脸上褪去,感觉到手脚开始发凉,心里逐渐清醒。

直到陆荆换好衣服,萧瑜才开口:"还是和过去一样,当作什么都没发生过。还是朋友。"

陆荆看向她,想了想,点了下头。

萧瑜将他送出门口,就坐在屋里发呆。

她感觉自己的爱情瞬间开了花,只维持了一夜短暂的花期,就枯萎了。

结束得真快啊,她甚至都没来得及品尝其中的美好,这和她想象的完全不一样。

她安慰着自己，起码她得到了，不必在乎只是曾经拥有。

她又站在陆荆的角度看，他无意和她开始一段关系，起码他坦白说了，那只是一夜冲动，他没想过要延长，也不会吊着她脚踩两条船。

这很陆荆。

换作是别的女生，换作以前，她作为朋友会站在他这边，劝他去和对方说清楚，处理好，不要留麻烦。

可现在变成她。

她觉得自己真是活该，是被自己的想象误导了，错判了，而且非常自以为是。

这件事就像是一个开关，一个转折点，过去那些她曾视为甜蜜的相处，从这一天开始都变成了无法面对的尴尬、难堪。

她只要想到自己浪费四年时间去迷恋一个只能给她一夜误会的男人，她就觉得丢人、羞耻，不可理解。她一定是中邪了。

清醒来得如此之快，带来的痛苦也是足以灭顶的，令人窒息的。

她一直撑到正式毕业那天，拍完毕业合照，还和陆荆说笑了几句，祝彼此前途一片光明。

而典礼之后，她离开学校的第一件事，就是拉黑他的所有联系方式。

当天晚上，同班男同学的电话打了过来。

萧瑜接了。

但她从电话里不止听到对方的声音，还听到背景音乐，以及窃窃私语，她猜对方那边应该有一群人，而这个男同学正是陆荆的室友之一。

"找我有事？"萧瑜很平静地问。

男同学干笑两声："那什么，就是大家伙儿都在呢，想问你要不要出来一起唱歌，刚才陆荆给你打电话，怎么都打不通……"

这话说完，所有说话声都消失了，就只剩下音乐。

那男同学意识到自己说错话，要解释。

萧瑜想象着坐在旁边的陆荆的表情，感受到一丝快意和一丝痛意，同时笑着回道："哦，我把他的号码拉黑了。你们玩吧，我就不来了。"

她没有给他们追问原因的机会，直接挂断。

大概是一天之后，有个关系不错的女同学来问她。

萧瑜只说："就是不联系了，也没什么为什么。"

但女同学是明白的，还说其实大家都看得出来萧瑜喜欢陆荆。

这又是萧瑜觉得难堪的一件事，路人皆知。

萧瑜："庆幸的是，现在不喜欢了。"

后来再看到或听到"刻骨铭心"这四个字，萧瑜总不免在想，到底什么样的感情才能配上这四个字呢？

都铭刻在心里了，那一定是印象深刻的东西。

心碎的感觉一定比平静无害的关系更令人难忘，如果很轻易就忘记，创伤也就不需要治愈了。

而她和陆荆的过去，占最大比例的就是一厢情愿。

她心里所有过不去的尴尬、难堪，它们一直在撕扯着伤口。

如果有机会回到过去，她一定要修正这件事，绝不允许这个污点出现。

项目上，萧瑜很快与陆荆正式见面。

陆荆是对面的负责人，而萧瑜这边有项目经理主导，她全程只是"看"着，并不给意见，项目经理也不需要问她拿决策权。

一开始，有人还以为萧瑜是秘书或助手，直到看对方的项目经理几次都看向萧瑜，虽然嘴上不问，肢体语言却表露无遗，也不由得窃窃私语。

"陆哥，那边那个女的……呃，什么来头？"

这是私下问的。

始终负责控场、表现稳健的陆荆同样低声回答："萧总的特助。"

"哦，嫡系啊，难怪也姓萧。"

碍于场合不对，陆荆并没有解释萧瑜和萧家企业并无关系，不过看现在的架势，不知情的人的确容易误会。

尽管萧瑜全程没有说话，而且尽量低调，但项目经理时不时转头用眼神询问，萧瑜同样以眼神和笑容回以肯定，给足了项目经理底气，也充分表达了萧固的意思——她虽然不参与谈判，但一定知道底牌。

两方人马你一言我一语，来来回回几个回合，萧瑜听得很认真，当然轮到陆荆提出条件时，她也会将目光挪过去，就像对待所有人一样。

一轮讨论结束，陆荆的下属嘀咕着，以前合作方但凡是女人，见到陆荆都会和气几分，会变得很好说话，怎么今儿个"垂帘听政"的女主管一直不苟言笑。

陆荆自然听到了，没搭腔。

再看会议桌另一边正在和项目经理说话的萧瑜，陆荆手上动作一顿，脚尖微转，毫不犹豫地朝他们走去。

陆荆扬起商务化的笑容，先和项目经理寒暄，随即看向萧瑜："能不能聊两句？"

项目经理很是惊讶，看看陆荆，又看看萧瑜，直到萧瑜用手比了比陆荆，又比了比自己，说："大学同学。"

项目经理恍然大悟，另一边陆荆的下属也看过来。

萧瑜只笑了一下，就和陆荆往外走。

但两人刚在门外站定，萧瑜就比了比手机，说："就两分钟，我还有事要先走一步。"

陆荆面上不动声色，心里却明白萧瑜的信号，叙旧就不必了，要问什么直接问，节省时间。

陆荆没有追究是不是真的只有两分钟，也知道他们之间的问题不是两分钟就说得清的，于是直接将重点落在项目上。

"我们刚才提出的条件，如果有可能，希望你们能再考虑一下。我知道最终拍板的是萧总。"

不管怎么说，陆荆没有拐弯抹角藏着掖着，一下子就切中脉搏。

萧瑜朝门里看了眼，回道："今天是第一场谈判，这么快就要'大决战'吗？你的问题，应该和我方的项目经理交涉，你跳步了陆经理。"

陆荆露出笑容:"我知道,但既然早晚都要走到这步,何必浪费时间去磨合,我只是想节省沟通成本。"

萧瑜:"磨合是必要的,我不觉得是浪费。"

话落,萧瑜看了眼手机:"抱歉,时间到了,再会。"

萧瑜没有给陆荆挽留的机会,越过他走向走廊的尽头。

她知道陆荆一直看着她,而她已经不再是数年前那个从床上醒来,一脸茫然就被他一盆冷水当头浇下的女生了。

她不需要竖起刺,将陆荆当作敌人一样迎头痛击,那只能说明她还在介意,还活在过去。

从容,才属于现在的萧瑜。

同样的问题,当第一天的谈判结束之后,项目经理也来问过萧瑜。

双方经理在这一点上是同样看法,既然两家公司都决定投入项目,那么只要在谈判阶段和扯皮条款上没有出么蛾子,没有太过分的行为出现,就可以直接步入正轨了。起码就今天的谈判来看,双方在条款上分歧不大,只有几个无伤大雅的细节在磨合。

萧瑜的回答是:"不要放松警惕,不要排除任何可能性。现在磨合的不只是条款,还有你们双方的互相了解。总得摸清楚对方是什么样的人,有什么问题、猫腻,以后才好知道怎么应对。"

这恰好是项目经理的第二个问题,他就是来跟萧瑜打听的。

萧瑜只说:"我们是同学,但不熟,他有什么我不清楚。再说毕业这么多年,人是会变的,你自己盯紧了。"

项目经理不太相信这话,就算是不熟的同学总相处了四年,起码有些耳闻。

但不管项目经理如何看,萧瑜都不打算给出任何引导,而且无论项目成与不成,她都不想做那个改变局面的人。

第一次谈判结束当晚,双方成员要在外面聚餐——这也算是应酬场上的"传统",桌上见真章,桌下该喝喝该吃吃,也不要耽误。而且有些情感都是在桌下建立的，都在酒里。

萧瑜没有去，而且理由很正当，她要陪萧固去另外一个局。

项目经理有点庆幸，萧瑜不在，酒桌上的都是男人，有些事有些话也能敞开说。

而所谓另外的局，是一个小型酒会，在游艇上。

萧瑜和萧固是下班后直接过来的，临行前已经有秘书将休闲款的西装送到萧固办公室。

萧瑜穿着裤装，踩上甲板，瞬间就成了这里最"独特"的存在，也在向外界发出信号，她不是来玩的。

这里的女人，基本都穿比基尼、小洋装，脚踩高跟鞋，一个比一个清凉，稍微有些身份的会布料多些，珠宝也更有分量。

萧瑜陪着萧固在私人小酒吧里坐了半个小时，与游艇主人和另外几位陪客相谈甚欢，生意倒是没正经谈几句，但也不会说些跑偏不正经的话。

这才只是上半场，大家都还端着，到了下半场玩开了，自然会有人去甲板上找玩伴。

待一杯酒见了底，游艇主人让人再给萧固续上。

萧瑜靠近萧固身后，低声说："顾小姐嘱咐了，让您少喝一点。"

顾小姐，顾荃，萧固的未婚妻。

萧固端酒杯的手在空中一顿，又放下，侧头问道："她连你都收买了？"这语气听上去并没有责怪，反而还有点与未婚妻之间的隔空调情。

而两人的对话不高不低，恰好每一个关注萧固动向的老板都看到了，纷纷笑起来，关系稍近的还调侃了两句。

顾家可是相当有分量的。搬出顾荃，没有人敢再劝酒，萧固不喝第二杯也不至于让人以为是他不给面子。

萧瑜又低眉顺目地退回去。

事实上，游艇酒会之后，萧固还要去机场，凌晨登机。覃非和车会在一个小时后等在码头。

然而就在萧固准备离开的十分钟前，周越登船了。

周越来晚一步，笑着"赔罪"，被一群人要求罚酒。

再看周越穿着，一身休闲服，是这里男士中最随便的那个。

周越刚从三亚回来，身上的衬衫和短裤还没换下，嘴里说着"我是被抓来这里的，连口气都不让喘"，一手端起酒杯，浅浅抿了一口。

游艇主人似乎和周越交情更深，在周围人起哄之后，说了句："知道你酒量不好，但好歹给我点面子吧？这杯你干了，房间楼上就是。"

周越摇了摇头很是无奈，但还是将红酒一饮而尽。

萧瑜将这一幕看在眼里，一手已经摸向手包，里面装了解酒药，但她没有递给周越，而是四下寻找周越助理郭力的身影。

周越被罚完酒，就坐在椅子上与几人说笑，而他的脸上、脖颈上也在以肉眼可见的速度变红。

待萧瑜将药交给郭力，郭力很快把药和水递给周越。

游艇主人见状，又调侃了几句。

周越被说什么都不还口，笑着将药片吞下去，余光却朝萧瑜那边瞥去。

其中一位老板大概是喝多了，还问："小药片好吃吗？"

周越品了品舌尖的味道："好吃。"

那位老板不信，跟郭力伸手。

可郭力没有第二片，正在为难，周越说了句："以后多准备点。"

郭力："是，周总。"

很快，萧固准备走人，萧瑜一言不发地跟上。

游艇主人将萧固送下船，覃非已经等在岸边。

萧固上车后，嘱咐萧瑜："我这里没事了，后天回来。"

萧瑜："明白。"

目送萧固的车离开，萧瑜准备取车。

车子就停在码头停车场，走几步就到了。

只是她刚坐进车里，手机就响了。

是周越的来电。

萧瑜看着周越的名字静了几秒，这才接起："喂，周总。"

周越："你也走了？"

萧瑜透过窗户看向游艇："我在停车场。"

几秒的沉默。

周越："能回来吗？"

萧瑜看着游艇上的光，似乎还能听到那上面的欢声笑语，不过周越电话那头倒是安静得很。

萧瑜："要是我回去了，这事就解释不清了。周总您玩得开心点。"

周越声音里带笑："又不是让你在这里过夜，也不是让你跟谁解释。"

萧瑜不接茬儿。

大概周越也是要借这件事探知她的答案吧？

如果她回去了，萧固的助理重新出现在游艇上，还以照顾周越为名陪他去了房间，不用特意宣传，今晚开始所有人都会知道他们有一腿。

但她不能回去。

半晌，周越传来一声叹息："等我半个小时，我下船找你。"

这话落地，电话也断了。

他没给她拒绝的机会。

萧瑜没有再拨回去，也没有用微信拒绝，索性就用iPad看起工作邮件，并利用这短暂的时间回了几封。

其间，项目经理还发来汇报消息，说和陆荆那边聚会愉快，项目上他会继续努力争取。

萧瑜只回：好，你看着办。

差不多四十分钟以后，停车场多了一道人影。

萧瑜远远看见了，手机也在这时响起。

周越："人呢？"

萧瑜轻轻按了下喇叭，那道人影朝这边走过来。

副驾驶座上还有文件和iPad，周越坐进后座，身上还带着酒气。

萧瑜将车开出停车场，经过周越的车看到郭力，郭力还朝这边摆了摆手。

萧瑜透过后照镜看了周越一眼，他依然红着脸，休闲装虽然布料柔软，这会儿也有点皱巴，而他半闭着眼睛，一副昏昏欲睡的模样。

萧瑜调出上次送过周越的地址，车子平缓地驶上主路。

周越眼睛闭上了，没一会儿传来细微的呼吸声，他是真的累，真的困。其实游艇上的房间是更好的选择。

萧瑜播放了一首轻音乐，直到即将抵达周越的别墅。

趁着等红灯的时间，萧瑜转头看向后座。

这一看，她才发现周越已经醒了，也在看着她。

车里没有亮灯，只有路灯的微光闪过，他沉坐在阴影中，皮肤上的红看不清晰，目光却如深海一般。

"你醒了？"

"嗯。"

"就快到了。"

"嗯。"

车里再度恢复安静，气氛却像是起了褶，再难抚平。

暗涌流动着，像是空气，随着鼻腔吸入身体。

许久许久，周越再度出声："小瑜。"

萧瑜应了声："嗯。"嘴唇就像是被黏住一样，没有叫出那习惯的称呼"周总"。

周越似乎在笑："谢谢你的药。"

萧瑜："不客气。"

周越说："三亚的项目谈妥了，我这几天加起来睡了还不到十个小时。"

萧瑜："周总辛苦了，今晚早点休息。"

说话间，别墅到了。

萧瑜将车停在门口，关掉引擎，解开安全带，正想着要不要扶他进去。

周越已经撑起身，靠近驾驶座的椅背，他的声音也近了，就响在她脑后："咱俩的事还没谈拢，我心里惦记，怎么睡得着。"

萧瑜没有下车，身体定了定，便侧头看他。

昏暗中，他眼睛弯起，里面波澜涌动。

萧瑜暗暗吸了口气，吸入酒精的味道，以及他身上的气息："周总让我配合演戏，是我的荣幸，我愿意效劳。"

她试图让自己的声音听上去更平稳、平静一些，但在这样的氛围中，顶着他那样的目光，没有女人可以做到不动声色。

周越笑意渐浓："口头协议也是算数的。"

萧瑜："我知道。"

周越："我今晚可以睡个好觉了。晚安。"

萧瑜："晚安。"

车门开了又关上。

夜色如水，车速平稳。

萧瑜看着前方的路，心跳得飞快。

第四章
拉扯与试探

和周越的口头协议达成后，周越却迟迟没有动作，一来他们都忙，见面机会不多，二来即便见面也都是谈工作，不需要"女友"这层身份。

萧瑜心里难免犯嘀咕，主要是不确定周越对"女友"的需要会放在哪里，也许要等到某些他不好推掉的相亲对象出现，再用她当借口。

如果真是这样，周越现在的相亲任务主要是针对萧家。

针对萧家她倒是不担心，因萧家内部几房是明争暗斗的关系，萧固没有姐妹去笼络周越，也不希望周越和其他房结成姻亲，将他的利益分拨出去。

几天后，周越给萧瑜发了一封协议，还说让她慢慢看，有什么需要增添的条件直接提。

萧瑜点开邮件，思考了大半天。

说不紧张是骗人的，这可是恋爱协议，而且里面涉及的好处让人眼馋，她只要想想就觉得兴奋。

为期三个月，每个月十万块，需要用到的行头另计，每次以女朋友身份出席任何场合，事后都有单独奖励。

三个月，最少三十万，这还只是钱，不算其他物品。

周越是个大方的人，他送给女友的东西不会要回去，昂贵物品也不会以租借的方式。

而且按照萧瑜对他的理解,这里指的"单独奖励"一定会超过那三十万。最主要的是,有这份协议在,她便无须担心事后以"借贷"名义被起诉,要求她退还这些东西。

现在的爱情陷阱真是不要太多,分手了,赠与就换了个名目上法院起诉。

萧瑜对协议没有任何异议,唯独有一条令她忍不住多看了几遍。

那条款大概意思是说,如果是情不自禁,或是两情相悦的情况下,在不勉强对方意愿,不实行暴力手段的前提下,双方自愿发生关系,这样情出自愿的结合不算在交易范围内。

真够严谨的。

如果真的发生什么,且在事后拿出一笔钱,那性质就变了,可能还会有法律风险。

萧瑜忍不住想笑,但想了想,又有哪里不太对。

所以周越是预感会有这种事情发生,还是在他的打算里一定会发生,所以提前通知她,试探她的反应?

之后两天,萧瑜没有回复邮件,只和叶沐提了一句恋爱协议的事。

叶沐听了两眼放光,说没想到现实生活里竟然能嗑到这么有趣的CP(情侣),这样"公私不分"的桥段只有小说里才有好嘛!

萧瑜问:"这怎么是公私不分?"

叶沐说:"你看哦,如果他不是这个大项目的负责人之一,你会答应吗?所以,你说这是不是近水楼台,仗着自己老板身份公私不分呢?"

眼瞅着两家公司的合作项目步入正轨,新的办公大楼即将启用,到时候萧固和周越都会抽出一些时间去那边办公,两头跑是免不了的。当然,萧瑜也得过去。

叶沐又说:"哎,我告诉你,就是这种有背景阶级差异的感情才有意思,如果两个人条件相当、年龄相当、价值观相当,那就只是'合适',可以做朋友,可以结婚,但很难产生真爱情的。人啊,总是会被自己不了解不熟悉的事物吸引。"

萧瑜认真思考着叶沐下的定义，又反问自己，如果这套理论是绝对的，那么她对陆荆又算怎么回事，被猪油蒙了心吗？

可萧瑜来不及得出答案，叶沐就问她会不会和周越发生关系。

萧瑜一愣，说："我不知道。"

叶沐乜斜了她一眼："得了吧，我又不瞎，上次在画廊里我看的真真儿的……"

叶沐比了比自己的眼睛，又比了比萧瑜："你啊，早晚会心动的。"

叶沐的直白令萧瑜耳根子发热。

叶沐又说道："所以我说啊，这个男人就是公私不分、假公济私，如果不是这份协议在，你肯定不会与他更进一步。有协议挺好，也算是有诚意，起码得到了物质。要不然，他是老板，你是下属，发生任何事都是你比较吃亏，只有一种情况例外……"

萧瑜问："什么情况？"

叶沐说："还能是什么，当然是你也享受喽，不用白不用，成全自己身心愉悦也挺不错的。"

萧瑜笑笑没说话，似乎有点明白为什么萧固一直惦记着叶沐了。

说好听点，是萧固被叶沐吸引，得不到的永远在骚动——别看他们曾经在一起过，但萧固从未全身心得到过她。说难听点，就是叶沐分手后没多久就开始了下一段，连"失恋"的基本表现都没有，这会令在生意场上无往不利的男人尝到挫败感。

见萧瑜好一会儿不说话，叶沐问："说说，你是怎么想的？"

萧瑜这才道："死缠烂打拿不起放不下的滋味儿我已经尝过了，实在很掉价，换我是对方也不会珍惜。同样的错我不会犯两次。你说得对，成全自己就好了。"

叶沐："这么想是没错的，但你真的做得到吗？"

萧瑜："当然。"

又过了一天，周越发来一条信息，只有一个标点：？

萧瑜忍俊不禁，几乎可以透过它看到周越的表情。

萧瑜回道：协议看过了，只有一条要当面讨论，别的我没有意见。

周越很快给了她一个时间，午餐餐叙后他有半个小时，地点就在某餐厅的阳光房包间。

萧瑜来时，周越正在另外一个包间里见客户，待将人送走，他才挪到隔壁。

萧瑜已经吃过饭，正在喝茶，见到周越便站起身："周总。"

周越笑着走下台阶："怎么还叫周总，要习惯新称呼了。"

萧瑜又坐下："那应该叫什么，在什么样的场合？"

周越解下西装外套搭在一边，露出合身的衬衫与袖箍："周越。场合嘛，到时候就知道了。"

萧瑜："好。"

周越看了她一眼，问："你要谈的是哪一条？"

萧瑜："第十五条。"

周越扬了下眉，显然他记得十五条的内容。

"你不愿意？"他问得直接。

"不是。"萧瑜措辞，又想到叶沐的评价，说，"我只是想知道，是你已经做好准备，预感它一定会发生，还是你认为我对你有这方面的意思，特意写出来试探我？"

周越瞅着她笑了，半晌才说："我觉得你我之间存在吸引，就算发生什么也不稀奇。难道是我感觉错了？"

当然没错。

萧瑜落下眉眼，却不搭腔。

周越又道："如果没错，那么这的确可以解释成是我的预感，你的意思。"

萧瑜依然不看他："你谈生意的时候也是全凭感觉吗？"

周越说："我的感觉一向很准，我也很相信它。有时候看似所有条件都到位了，但我预感这件事不会成，结果就真的应验了。这一次我的感觉告诉我，咱们之间还会有下文，我也很想知道后面会怎样发展……"

说话间，周越伸出手，握住她的，一根根手指抚摸过去，十指逐渐交缠。

"如果你觉得还是不够好，有哪里不对，咱们就再磨合看看，商量着来。"

萧瑜的视线终于动了，先是落在交缠的双手上，又看向他的西装裤，顺着往上，越过上半身，直到他带笑的脸，黢黑且蕴藏着"必然"的眼睛。

他的预感没有错。

萧瑜很想这样告诉他。

她终于动动手指，主动与他的纠缠，他嘴角的笑意更浓了。

不知道是不是被熟悉各种言情小说狗血桥段的叶沐洗脑了，这一刻，萧瑜想到的竟然是，她说在一些小说里，男女主角来电之后就会立刻放下公事，大战三百回合。

这都是什么虎狼之词，一点都不科学。

萧瑜当时强忍着笑，纠正叶沐说："哪怕是钛合金的零件都经不起这么造。如果真是这样，那么分开之后两人都要去看医生了。"

叶沐叫道："你太煞风景了！"

而这一刻，萧瑜一边想着和叶沐的对话，一边竟有点好奇周越在这方面的表现——只是单纯的好奇。

周越依然抓着她的手指，声音很低："下午有什么安排？"

萧瑜："要去盯一个项目会。"

周越"嗯"了声："我也有两个会推不掉，那咱们晚上家居店见？"

萧瑜："好。"

没几分钟，郭力在门外提醒周越时间到了。

周越垂下眼，拿着外套往门口走。

萧瑜送了几步。

周越转身看她，目光里似有情绪涌动，又很快平息。

他动了动手指，最终什么也没说，笑着离开了。

萧瑜折回公司，从工位上拿了点资料便直奔会议室。

与陆荆那边谈判的所有准备，都由项目组全权负责，不需要她张罗。

会议室里，两方人马已经到齐就位，但时间还没到，还在闲聊。

经过私下酒局，彼此之间了解更深，关系不再生疏，还能开几句玩笑。

萧瑜进来时，说话双方有一瞬间的停顿，目光齐刷刷地看向她。

萧瑜浅笑着与两边打招呼，先一步坐下。

她再一抬眼，见站在桌对面的陆荆仍盯着自己，也不知道在看什么。

萧瑜扬了扬眉，表示疑问。

陆荆这才挪开目光，说："既然人到齐了，那就开始吧。"

一场会议双方拉扯，十分精彩。

到落幕时，进度可喜，已经谈妥的条款各有取舍，亏没有让一方都吃，好处也没有让一方独占。

萧瑜收拾好自己的东西，拍了下项目经理的肩膀，小声表扬："干得不错，保持住。"

项目经理更有干劲儿，还不忘拍马屁："姐，你今天一进来，我就预感一定会顺利。人逢喜事精神爽，你往我身后一坐，我底气都足了。能不能跟我透透，是不是有什么好事儿？"

萧瑜笑道："有的话不会忘了你们。"

项目经理顿时喜上眉梢。

待萧瑜离开会议室，经过走廊时，在一扇打开的窗户前看到倚靠窗台的陆荆，他手里刚点了一支烟。

萧瑜没有掉头，而是不紧不慢地迎上去。

陆荆的目光一直落在她身上，从脚到头，带着研究。

萧瑜一时恍惚，竟然忘记了大学时期的陆荆是什么样的眼神，那时候又是怎样看待她的了，总归不是现在这样。

等萧瑜走近了，陆荆也直起身，问："晚上大家有个局，来吗？"

080

萧瑜摇头："我有事。"

陆荆点头，似乎料到了答案，吸了口烟，又道："那对花瓶被你买走了？"

萧瑜知道他在指什么："我之前是买了一对花瓶，怎么，你也看上了？"

陆荆："是一个朋友喜欢，本来答应送给她，她又变卦了。"

萧瑜笑了："不管是女性朋友还是女朋友，我劝你不要送花瓶，她变卦应该也是这个原因。"

花瓶，用来比喻女人是带有物化贬低意味的，没有女人愿意收到这样的礼物。

萧瑜再度抬脚，从他面前经过。

陆荆始终没有出声，只是看着她。

萧瑜没有回头，一直走到尽头，鼻息间仍飘荡着那股男士香烟的味道。

在去家居店的路上，萧瑜还在思考周越现在最需要什么样的软装，要符合他的个人品位，还要是那里有的。

萧瑜特意早到十五分钟，只是下车走到门口，才发现今天家居店提前关门了。

从外面看，能看到里面亮了一点光，大门却是紧闭。

萧瑜翻出店员的微信，想了想又作罢，显然他们已经下班，没道理多此一问，难道还要让人回来开门营业吗？

于是，萧瑜又找到周越的微信，发了这样一句：这里已经关门了，你别白跑一趟。

没一会儿，周越回道：等我，还有几分钟。

萧瑜便没有走，就站在门口的台阶前。

天气舒爽，晚上并不会觉得冷，萧瑜就站着回复各种工作信息。

直到停车场那边又停下一辆车，萧瑜朝光源处看去，很快就见到周越下车，箭步朝这边走来。

萧瑜走下台阶,正要开口,周越却笑着越过她,同时一手握住她的小臂。

萧瑜不明所以,跟着他又走上台阶,却看到周越在密码锁上按了几下,门锁竟然开了。

周越又笑着侧身,拉开一边门的同时,对她说:"进吧。"

萧瑜愣愣地跟了进去,嘴上问:"你怎么有密码,这家店是你投资的?"

不对啊,如果是他投资的,干吗还要从这里买家具?

周越说:"我和他们老板认识,我说晚上要过来看看,他们就提早打烊,把时间都留给我。走的时候替他们锁好门就行了。"

周越边说边找到灯的开关,却没有都开,只开了一部分,不到灯火通明的程度,有一半的面积藏在昏暗处。

四周的落地窗一早就从里面放下窗帘,从外面无法窥探。

萧瑜来到前台,从台子上拿起 iPad 目录翻了两下,说:"那你们一定是很好的朋友,不然怎么放心?"

周越已经走向茶水吧,似乎要冲咖啡。

萧瑜走过去问:"这么晚还喝咖啡?我来吧。"

"就一点点。"周越让开位子,"吃饭了吗,饿吗?"

萧瑜:"吃了几口。"

周越已经打开冰箱,从里面拿出一盒没有开封的水果蛋糕:"在节食?"

萧瑜:"不是,是没时间,就将中午剩的三明治吃了。"

周越将餐具递给她,又将蛋糕分成两份。

萧瑜没有问蛋糕是怎么回事,倒好咖啡便开始吃,同时想到,她之前和周越说过这家店,还提到自己大学时经常来看,周越大概是记住了。

这算不算约会呢,如果是,也是挺别出心裁的,没有刻意表现,却恰好切中喜好。

萧瑜一边吃蛋糕一边看他,直到周越问:"你在看什么?"

萧瑜:"你真是来选家具的吗?"

周越轻笑:"觉得我假公济私了?"

萧瑜:"有点。"

周越:"我晚点还有个视频会议,早睡是不可能了,只能利用这段时间处理点私事。"

周越和萧固一样都是"空中飞人",萧瑜心里有数。

萧瑜:"就和萧总一样,一天恨不得有三十六个小时。"

周越:"我没那么拼,忙过这几年就要找借口退下来。"

萧瑜没接茬儿,她听过太多人说"再忙几年就要休息"的说辞,却没有一个人做到,等过几年再看,这些人还在一线,忙习惯的人根本闲不下来。

周越问:"你呢,职业规划是什么?"

萧瑜想了想,说:"在现有的基础上再往前一步,做出成绩,稳住根基。如果萧总需要培养更完善的团队,我一定鞠躬尽瘁。"

周越:"只想做辅助?"

萧瑜:"我有自知之明的,我不适合当老板,自主创业要操心的事有太多,做辅助很好。"

说话间,盘子里的蛋糕已经吃完,周越要去冲洗盘子杯子,萧瑜随手帮他挽起袖子,见周越动作利索顺畅,并不像是不会家务的人。

聊完闲天,萧瑜转向家具区,周越跟在后面,她一边看一边时不时发问,同时回忆着他屋里还缺什么。

萧瑜说:"之前定的那些沙发、桌子椅子啊,都还在路上,好像还缺一些酒柜、摆件之类的。"

"你看着来吧。"周越说。

这话听上去像是敷衍,而且声音有点远。

萧瑜没有回头,自顾自地看着。

她先是看上两盏触碰式落地灯,设计简约精巧,兼具时尚感和科技感,不会太过花哨,不会喧宾夺主,灯光也可以调节,即便调到最亮也不会刺眼。

萧瑜将灯拍了下来,又看上一张可以调整角度的懒人椅,符合人体工程学,就算在上面睡觉也不会觉得累,如果放在公寓的落地窗前,无论是晒太阳还是看月色都恰到好处。

因为沙发组和桌椅套组还没有入户,暂时不好选太大件的家具,但就是小件也看得眼花缭乱,比如沙发边是否要设置小号的多功能桌,可以放几本书和杂志,再放一组茶具。

还有小块的长毛地毯,挂在墙上的装饰毯,架腿的长凳,可以在书房外随时使用的移动电脑桌架等。

上次去周越的别墅,她发现他是个很会让自己放松的人,家里的摆设最重视实用性,要给人提供便利,而不是只是好看的废物。要实用,还要有设计,有顺眼的配色,这几点兼顾价格就上去了。

萧瑜一边琢磨一边记录,渐渐上了头,直到走完半圈她才发现身后真是安静太久了。

萧瑜下意识地回头,却不见周越。

她正要叫人,却瞄到另一头的圆床上那道躺平的身影。

他将西装外套搭在腰间,双手叠放在小腹上,双腿交叠着,呼吸频率均匀,好像已经睡着了。

萧瑜先是一顿,随即上前。

周越依然沉睡着,睫毛覆盖下来。

萧瑜将床尾的薄毯摊开,正要给他盖上,没想到刚动一下,周越就醒了,眼睛眯开一道缝,刚看到她就笑了。

"我太累了。"

他依然维持着平躺的姿势,声音比平时低一些。

"这张床垫又很舒服。"

萧瑜问:"要不咱们回吧,其实也差不多了。"

周越却不接这茬儿,而是往旁边挪了挪,让开一块地方,并握住她拿毯子的手。

"你也来试试。"

萧瑜犹豫了两秒,周越抓她的手力气也不大,而且只是抓住一点指尖。

如果他不挪开这块地方,而是让她绕到另一边上床试睡,她一定婉拒,但现在地方也让了,手也抓了,眼神也颇具诚意,她也不好驳面子。

萧瑜将毯子放下,捋了捋五分裙,先在边上坐下,随即脱鞋平躺下来。

身体刚躺平,她就明白了。

这床垫是她睡过的最舒服的,既柔软,又有足够的支撑。

萧瑜半闭着眼睛,说:"我感觉最少要六位数。"

周越的笑声就在耳畔:"躺一下就感觉出来了?"

萧瑜说:"萧总订婚之前,他的房子需要软装,很多东西是我和覃非按照他的意思去选的,床垫我们也要多尝试。有些牌子虽然贵,但不够贴心。覃非有失眠的问题,我是睡眠比较浅,我们对睡觉都非常在意,贴心的床垫连这些小毛病都能治愈……"

萧瑜声音也不高,说着说着就有点困了。

这床垫有点催眠,让人躺下去就不想起来,她暗暗觉得还要比刚才估计的价格再高点,如果她有足够的预算,一定会买下它。睡眠对都市上班族来说实在太重要了,而且还得是有质量的睡眠……

正想到这儿,萧瑜猛然醒神,再朝旁边看,周越就靠在旁边,单手撑着头,正看着她。

周越说:"就你刚才的用户测评,床垫厂商听了一定会非常高兴。"

萧瑜张了张嘴,正要回点什么——她的耳根已经开始发热,后背也有一股暖意往上涌。

周越又道:"我还缺一张床,这张就很好。"

萧瑜准备起身:"我去记下来。"

周越握住她的手臂:"不着急,再躺会儿。"

萧瑜又躺下,却没有刚才那样享受,反而有点因异性的逼近而生出的兴奋和紧张。

周越却没有过分的举动,依然侧躺着撑着头,瞅着她说:"萧家的相亲已经走了一圈过场，我一个都没有选。家里长辈问我原因，有意再安排第二次见面，我说现在有个女朋友，暂时不做其他考虑。"

萧瑜明白了："需要我出现吗？"

周越："可能快了。不过你不要有压力。"

萧瑜："好。"

周越："咱们提前还要沟通一下细节，尤其是对彼此的喜好，可不要说露馅了。"

萧瑜："明白。"

周越："不用刻意表现，做自己就好，不用讨好他们。"

萧瑜："嗯。"

周越每说一条，萧瑜就应一声，时不时还点头。

周越起先还一本正经，渐渐浮现笑意："有些表达亲密关系的小动作也要提前准备，咱们要多练习，习惯才能成自然。"

萧瑜这次没有立刻接话，只眨了一下眼睛，问："比如呢？"

"比如像是这样肢体接触。"周越边说边握住她的手，指腹在她的皮肤上轻轻滑过，"你但凡有一点不自在，就算不明显，也会被人看出来。你得习惯我，从心里接受这些。"

萧瑜嗯了声，看向他们的手。

周越又道："也不能光我主动，好像我在强迫你一样，你也要适时反客为主，这样有来有往，亏不要都让你吃了。"

萧瑜不禁笑了，为他的形容。

随即，她清了下嗓子问："那我该怎么做？"

周越眯了眯眼，没有立刻回答，眼底的色泽却深了几分。

然后，他说："遵从内心。"

萧瑜盯着他的眼睛，又挪开，想了想，似是犹豫，遂慢慢抬起一只手，到了半空停顿一瞬，这才轻轻落在他脸庞的颌骨处。

她并没有用力，仿佛只是滑过，就在他的下颌线上描绘着，抚摸着。

她注意到他的喉结在缓慢滚动。

可他并没有顺势做任何事,只是笑意温存,好像很喜欢她这样。

"怦——怦!"

萧瑜的心好像漏跳了两拍。

像是这样遵从内心,没有强迫的,无须压抑的关系,真的很好。

项目拍板的那天,萧瑜按照萧固的意思,特意定了萧固常用来招待客人的某夜场包间,请双方刷夜通宵。

这是一家夜店,比不得会所的规格,但胜在热闹,玩得开。

一楼是舞厅,都是年轻人,随便吃吃喝喝都要四位数。二楼有三间VIP室,包夜不算酒水都要五位数,而且有最低消费标准,遇到一些喜欢吵吵闹闹夜生活的客人,选择这里一定可以宾至如归。

萧瑜订了包间,点了酒和小吃,用一贯应酬的话术应付了半个小时,便起身到走廊接电话。

她不会在这里久留,否则里面的那些男人玩不开。

接完电话,萧瑜又站在金属搭建的走廊上回复了一会儿信息,一时并未察觉身后的包间门开了又关,直到旁边多了一道人影。

萧瑜侧头看了眼,是陆荆。

陆荆手里多了支烟,很快点燃了。

萧瑜又收回目光,看着手机问:"怎么出来了?"

陆荆:"透口气。"

萧瑜回复完最后一句话,再度看他:"今晚的安排不满意?我记得你以前很喜欢这种哥们儿聚会。"

陆荆没有否认:"嗯。"

停顿一秒,他又说:"今天不行,晚点要去机场。"

萧瑜没接话,手机里又传来消息,她点开一看,是周越。

周越发来一个日期,问她时间。

萧瑜看了看工作安排,那天可以腾出来,如实相告。

等回复完,就听到陆荆开口:"我一直欠你一个'对不起'。那件事,我确实该道歉。"

萧瑜又一次看向他，吸了口气，嗅到了香烟的味道，嗅到了这里的酒精味儿，和四处勃发的躁动的荷尔蒙气息。

她发现自己并没有感到不自在，说："我接受。这件事以后就不要提了。"

陆荆点头："好。"

萧瑜看着他的眼睛，以及紧绷的面部线条，回忆着当年迷恋他的所有细节，忽然问："你说你该道歉，是因为你觉得伤害到我了，还是因为以后的长期合作？"

"都有。"陆荆没有说谎，"如果没有合作，我可能只会偶尔想起来愧疚一下，不会主动做什么。是这个项目推了我一把。其实当时我就想过和你说清楚，但这种事以我的经验，不管我怎么解释，对方都不会好过，只会更伤心、更恨我，所以……"

萧瑜点了点头："所以你选择冷处理。"

陆荆："嗯。"

萧瑜笑了下："渣得明明白白，挺好。"

陆荆微不可见地皱了下眉，分辨不出来萧瑜这话是调侃，还是讽刺。

这个瞬间，萧瑜忽然释怀了，只是不知道这种"释怀"是一时的还是永远。

这几年她心里一直有道坎儿过不去，想起来就觉得难堪，不愿回忆，却又无法控制不去想，它们总是在她毫无准备的情况下跳出来提醒她。

如今看来，心里更狠更渣的那个，反而过得更坦然。

她相信陆荆是愧疚的，只是那种愧疚还没有强烈到令他拿出实际行动去弥补什么，而且严格来讲，他也弥补不了。

陆荆这时问："如果能回到那时候，你是不是恨不得不认识我，只是普通同学？"

萧瑜毫不犹豫地说："是。"

陆荆："可我从没有骗过你。"

萧瑜："我知道，所以我不恨你。我恨的是我自己。"

陆荆似乎明白了，看她的眼神也变了。

萧瑜："原来你以为问题出在这里？"

陆荆点头。

萧瑜："我一直知道你感情生活很丰富，你很有女人缘，你当时找女朋友都不是奔着结婚去的，你年轻气盛，你喜欢玩，你也玩得起。我从没有误会过你是个好男人，或者这样说吧……"

萧瑜想了想，举了个例子："当粉丝爱上偶像的时候，他们会追捧会赞美会不可自拔，直到有一天偶像'塌房'，有些粉丝会选择回踩。因为他们觉得自己被骗了、被背叛了，他们无法忍受自己曾经粉过这样的人。这里面的差别就在于，你没有骗我，我也没有回踩你，但我觉得无法面对是真的。"

这还是两人重逢以来，萧瑜第一次对他说了这么多话。

陆荆明白了，遂笑道："看来再做朋友是不可能了。"

萧瑜摇头。

陆荆按掉了烟，伸出一只手："那就，合作愉快。"

萧瑜看着他一副了却心事的模样，笑了笑，和那只手握了一下："项目顺利。"

随即，萧瑜看了眼手机上的时间，说："先走一步，再见。"

陆荆："再见。"

开车回去的路上，萧瑜将车窗打开一点。

车速不快，小风涌进车厢，发出呼呼声。

她想到陆荆今晚的表情，他的如释重负，他的解脱。

真是很意外，又好像本该这样。

电视剧里经常上演的剧情是，有误会的男人和女人会因为一些戏剧化事件的推动而发生转折，比如他们一起经历磨难，比如他们偶然得知对方的心酸故事生出同情，再比如他们有了共同的敌人而选择站在同一阵线。

然而生活并非如此，生活到处都充满着解释的机会，发生在任何时刻,只要双方都有意愿,一个想说一个想听,一个想表达一个想理解,"问题"就解开了。

当然更多的情况是,表达的人不真诚,理解的人不真心,表面说和,背地里谁也不情愿。

看,机会就是这样随处可见,不需要任何转折铺垫,随时随地都可能发生。

关于萧瑜到底为什么会喜欢陆荆呢,她一直都记得很清楚。

那是大一新生军训的时候,所有人都在顶着烈日站军姿。

她被太阳晒得头晕,休息时就和班里的几个女生在一棵树下歇了会儿。

女生们在聊天,而她觉得头疼,像是中暑了。

那些笑声此起彼伏,她们说班里有个男生长得还挺帅的。

萧瑜知道她们说的是谁,那个叫陆荆的男生。

没多久,陆荆就被一个女生叫了过来,女生们笑着问他问题,他笑着回答。

他的笑容带了点小坏,一边嘴角还有点若隐若现的酒窝。

其中一位女同学注意到萧瑜许久没有参与话题,又见她脸涨得通红,正要问她,这时就看到她的迷彩服上像是有什么东西在蠕动。

接着有女生发出尖叫,是树上掉了虫子下来,那女生边叫边跳,快速离开那棵树,将虫子从头发上抖下来。

其他女生也相继起身,无人再有心说笑。

还有女生在叫萧瑜。

萧瑜后知后觉,茫然地看向她们,又看到她们指着自己的衣服。

她朝身上看了看,已经有好几只虫子落在上面,像是要在她这里安家落户。

萧瑜也叫了出来,但她叫声不大,她也没力气跳。

她跌跌撞撞地离开那棵树,用手在自己身上拍。

虫子抖落在地,毫无损伤。

"还有，还有……"有女生提醒她。

但那个位置她看不见，够不到。

"别动。"陆荆来到她身后，这样说。

萧瑜一下子定住了，感觉到有一道很细微的触感在背后划过，很轻很迅速，那是陆荆的手指，他将毛毛虫弹飞了。

然后，她听到了陆荆在笑。

她回头看他。

太阳在他身后，他咧嘴笑着。

她眯着眼，看着从他身后溢出来的阳光，看着那笑容，觉得更晕了。

她的脚下开始发软，身体开始向后倒。

晕倒前，她只记得陆荆抓住她的手，另一手护住她的肩膀，防止她栽到地上。

同学们都围了上来。

现在回想起来，这件事真是不值得一提。

如果它发生在别人身上，她只是一个看客，一个旁观者，她不会有任何特别的感觉。

如果是在电视剧里，它需要各种镜头语言去渲染，将这样一个平平无奇的小事装饰成浪漫的初相识。

然而作为当事人，它在萧瑜心里折射出美好的抛物线，她记住了那天恐怖的温度，那热气上头的头晕目眩，那自背后轻轻划过的触碰，还有那耀眼的笑容。

再后来，再后来……

大一开学还不到一个月，萧瑜和陆荆变成了班里关系最好的异性朋友。

有男同学问陆荆，他和萧瑜是不是所谓的"先做朋友再做妹妹，然后再做小宝贝"。

陆荆说，萧瑜性格大气、不矫情，和她做朋友没有压力。

这话反倒成了一股压力，压在萧瑜头上。

陆荆还真没把她当外人，他要追的第一个女生，就是同班同学，还和萧瑜一个宿舍。

他让萧瑜帮他探探口风。

萧瑜照做了，告诉他，那个女生有男朋友了，是高中同学，上的也是本市大学。

陆荆笑着说："哦，那就好办了。"

萧瑜不理解："她都有男朋友了，你要干吗？"

陆荆："横刀夺爱啊。"

陆荆表现得理所当然，似乎这在他看来不是什么抹不开面子的事，更没有道德包袱。

萧瑜："我可不帮你。"

陆荆："不用你帮，女朋友当然是自己追。"

结果他当然是追到了，还轰动全班。

他们是班里的第一对"班对"，女生们惋惜，男生们羡慕。

只有萧瑜感到郁闷。

陆荆和大学里第一个女朋友的交往故事，萧瑜几乎知道每一件，而且还有参与。

一个多月后的某一天，女同学让萧瑜帮她打掩护，因为女同学晚上不回宿舍住，还说是和陆荆一起。

萧瑜当时正要去洗澡，听到这话站住了，她拎着小篮子站在原地，诧异地看着女同学，好一会儿才开口："你们……"

女同学不好意思地点头："啊，这不是很正常嘛。"

女同学没有给萧瑜接受现实和舔伤口的时间，很快又央求她。

萧瑜顶不住，同意了。

那天晚上，宿舍里余下的三人，话题始终围绕着他们俩。

萧瑜侧躺着，心里一阵阵针扎一样疼。

她知道他们很甜蜜，室友们很"嗨皮"，而自己很可笑。

烦躁的是，没有人理会她的感受，而她也不希望被人发现她的在意。

讽刺的是，这种钝刀子割肉的虐感，竟然滋生出一种令人上瘾的痛觉，既不想经历，又欲罢不能，像是狗血电视剧里那种男主角终于"重见光明"注意到女主角的爽感。

她脑补了一会儿，是很爽。

但当她告诉自己那都是假的，不会发生的时候，爽感又消失了，余下一阵空虚。

萧瑜闭上眼睛，竟然没有失眠，依然照常入睡，伴随着那些复杂的情绪。

那时候的她真的很纯，也很蠢。

无论怎样，都回不去了。

人的内心真是很奇怪很复杂的领域。

萧瑜后来仔细想过，陆荆的歉疚、道歉，对她到底意味着什么？他的道歉虽然只是一句话，她却忽然间豁然开朗，这又意味着什么？

是因为她一直在介意，只是想证明她当初的执着并不是傻瓜行为，起码她的付出还是有价值的，他的歉疚就说明了他心里一直有她吗？

不，不是。

如果这是一场破镜重圆的狗血剧，这句道歉之后，男主会追妻火葬场，女主和女主粉会觉得解恨。可她现在没有丝毫类似的情绪。

至于她的付出是否有价值，那也不是他一句话可以证实的。

那又是什么呢？证实他"不过如此"？那似乎又是对曾经自己眼光的另一种否定。

当然，她是否自我否定，也不该建立在他是什么样的人上面。再说在这次项目谈判中，他表现出彩，业务能力优秀，连她这边的项目经理都在称赞。

无论如何，她想她和陆荆的故事已经结束。不管她曾经如何幻想自己光鲜亮丽地站在他面前，他如何后悔，甚至卑微地乞求原谅，而她不屑一顾。

现在想想还是觉得很爽，也有点想笑。

但真实版本更让人心安,令人释怀。

几天后,萧瑜拿出汇报总结交给萧固过目。

合同已经签订,双方都有好处,这是皆大欢喜的结局。

从萧固的笑容看,他很满意。

萧瑜站在一旁观察着他,却不知道为什么,通过自己对萧固的了解,隐隐觉得这件事在他这里似乎还没有完全翻篇。

看,这就是老板与助理的差距。

助理解读预感再精准,都是后置的。

首先萧固本身就是凡事都快别人几步的人,而且每一步都踩点精准。

萧固合上总结,抬眼看她:"做得漂亮。"

"但是……"萧瑜还没有想清楚,就吐出这两个字。

萧固笑意深了:"对,还有但是。"

萧瑜一时没有接话,脑子里快速徘徊着几个念头。

项目上白纸黑字盖章签字,还有什么可做文章的?萧固的心思一定不在这里。

那就是……

当萧瑜刚刚得出结论时,就听萧固说:"项目固然要做,但我现在想要的,不只是这个项目。"

萧瑜下意识地蜷起手指,尽量令自己神情放松,时刻扮演好特助的角色:"您还想要能带兵打仗的好将领。"

萧固低笑出声:"我不能再夸你了,你要骄傲了。"

看来她猜对了。

一时间,萧瑜心里滑过几层想法。

萧固看中陆荆这一点都不意外,但术业有专攻,这件事不在她的职权范围,他跟她提起这茬儿,就是希望她去处理。

这又是一张考卷,一个证实她能力,再次提升分红加薪的机会,也是未来升职,独当一面的成绩单。

其实重点很清晰,就看在她这里是过去的情分重要,还是未来的利益更重要。

只是……

"您认为我可以拿下他?"萧瑜问。

她很在乎萧固的看法,或者说她想搞明白他的思路。

人与人的差距原来这么大,打工者永远搞不懂上位者,所以注定要被驱使。

萧固:"我认为你可以。"

"谢谢萧总的肯定。"萧瑜说,"我能不能说一下我自己的看法?"

萧固:"讲。"

萧瑜这样说道:"我愿意放下个人的一切顾虑,做好您交代的工作,也包括这件事。在我看来,人心里的纠结是非常个人化的苦恼,外人看根本不值得一提。我自然不会将自己的心情看得比工作还要重要。但这件事,有一个人的心情一定要考虑进去,那才是成败的关键。"

萧瑜也曾经历过不成熟的小女孩时期,心里的感受看得比天大,只要自己不高兴、不喜欢、不赞同,那些愤怒、痛苦、不甘就是这天底下第一件要事,一定要为自己的坏心情讨个说法,因此去攻击被迁怒的对象。

但这几年她逐渐明白一个道理,自己觉得天要塌下来一样的感受,于他人和这个世界来讲,不值一提。

只有自己当回事,这是"悲剧"。

萧瑜说:"我能否公私分明,在这件事情里并不重要,就算我做不好,您也有其他人选。但如果让陆荆认为,您对他的评价是因异性和感情就能撬动,他一定不会来。"

萧固边琢磨边点头:"这会打击他的自尊心,让他觉得丢人?"

萧瑜说:"应该说是与他的骄傲和自我定位不符。他有野心,也知道如何运用自己的能力,以我对他的了解,他有时候会为了证明某一件事,而强迫自己去成为某一种人。比如,他曾经有个女朋友要求他放弃个人原则,为她妥协,他为了坚持自己的认知,不仅拒绝要求还因此分手。但就我所知，他那时候非常喜欢她。"

不止如此，分手之后陆荆还因此消沉过一段时间，可他很少表露，只是私下里被她看出来一点端倪。

萧固笑了："他是个只选择自认为正确的，甚至可以戒除个人喜好的人。"

萧瑜："是。所以我认为这件事应该让猎头去做，从他看中的条件下手，满足他的个人定位和未来期许，从欣赏他的角度承诺更大的舞台。哪怕这里面有一些东西不是那么完美，他也会努力去克服，只要这是他认为正确的选择。"

萧瑜分析过后，萧固许久没有言语，还有一小会儿走神。

萧瑜不知道，萧固是不是因此想到他和叶沐——他就是因为坚定联姻会带来利益，这是正确的选择，因此和叶沐结束关系。

当然，这偶尔的反思与走神也不意味着什么，与成功相比，那段感情也不过是轻舟拂过，湖面上划开的涟漪终会抚平。

片刻后，萧固拿了主意，将这件事交给覃非，让覃非去联系猎头。

萧瑜再没问过这件事，倒是覃非后来来问过她对陆荆的了解，她给了几句建议。

周末，周越来电。

周越说需要她一同去见几个朋友，其中有他的发小，也有因家里关系而来往多年的朋友。

周越的车比约定的时间早到了两个小时，先和萧瑜一起去选衣服。

萧瑜坐进车里便问："你那几个朋友是什么样的人呢，我需要提前有个数吧？"

周越说："从我的角度看，都是值得交往的。"

他的角度？

萧瑜想了想："那如果我穿得普通一点，他们就会轻视咱们的关系吗？"

周越扬了下眉,这才明白她真正想问什么:"你不想去选衣服?"

萧瑜摇头:"我不是自尊心作祟。我只是想要弄清楚对方是什么样的人、接下来我需要做什么、如何应对。要说以貌取人,我也是的,看到自己的下属着装不合格,我也会不高兴。出去见客户,我不会高喊'着装自由',个人主义大于一切。"

周越笑了笑,说:"如果差距太大,他们可能会觉得这只是一次游戏,随便玩玩,因此会怠慢。"

萧瑜没接话。

她不是自诩道德感多重的人,也不是双标人士,一边犯着同样的错,一边指摘他人的缺点。

想想也是,当一位风度翩翩的老板与一位各方面都很普通的女下属站在一起,无论那女下属穿什么做什么,外人都会将此视为一场游戏,没有人会相信他们对彼此是真心的。她也不会例外。

萧瑜问:"你在意的是他们是否尊重我?"

周越点头,随即去碰她的手。

有些尊重的确是从着装的档次开始建立的,这听上去很肤浅,但人无法免俗。都市生活每个人都讲究时间成本,如果是明知道对方是没必要付出时间建立长期往来,几分钟的相处都是浪费的话,谁又愿意拿出自己的宝贵时间呢?

萧瑜没问周越,他希望她留下好印象,得到他那些朋友的认可,希望他们给她同样的尊重,是否是为了下一步约定的进展,还是也有几分他自己的私心。

她有些惊讶自己会有这样的念头。她在在意什么呢?是周越这个人,是他的金钱、地位,还是他给她带来的虚荣和满足?

可能都有,她承认自己是贪心的。

周越就是另外一个世界的大门,她站在门口,有机会进去一窥究竟,开眼界长见识,磨炼心智,要有自知之明,还要找到自己在这个世界里的价值。

萧瑜勾住他的手:"我好像不该有这么多疑问。"

周越笑道:"有疑问就提,我很乐意解释。如果将它们藏在心里,时间长了,就会生出误会。"

两人的手始终纠缠在一起,周越一点点讲着那几个朋友的背景,至于为人,需要她自己去接触判断。

周越的意思很明确,在他这个位置,他看到的都是好人,他身后跟着巨额利益,所以他的评价不够客观。而且人都是多面的,可能一个人对张三和善,却对李四刻薄。

到了专柜,萧瑜选了几件衣服,都是以简约利落为主,有一些装饰但不繁杂,整体剪裁版型修身、得体。

周越就站在一旁,并不给意见,只是看着她。

萧瑜考虑得比较实际,衣服是买给她的,周越不会拿回去,这也包括在协议里,她也不打算以后出二手,可以直接用于工作穿搭。

萧瑜换了几身穿搭出来,周越都说好。

直到两人离开,周越随口问起新办公大楼的安排,到时候萧固是带覃非还是她过去。

内部定的是她,萧瑜却说:"还不知道,你怎么不问萧总?"

周越:"我要是问了,他问什么意思,是不是惦记他的人,我怎么答?"

萧瑜笑了:"照实说啊。"

周越也跟着笑:"我说我是惦记,他会叫我不要白日做梦。我要说我没有惦记,又要问我为什么问。"

周越又问她:"你真不知道?"

萧瑜摇头:"真不知道。"

正说着,车子已经来到约定的会所外。

临下车前,周越说:"别忘了,待会儿不要叫我周总。"

萧瑜点头:"好,周越。"

周越抬了眼皮:"什么?"

萧瑜:"我是说,叫周越。"

周越看着她,像是在思考,随即说:"有点奇怪,再叫一声。"

萧瑜:"周越。"

话落,萧瑜反应过来,遂给了他一眼。

周越笑道:"多叫叫,叫多了就习惯了,不要让人听出来你是临阵磨枪。"

两人一起下车,周越摊开手心,萧瑜将手交给他,一路走进会所。

手机在另一只手里振动着,有新信息。

萧瑜边走边扫了眼屏幕,是陆荆。

她没有看内容,就这样跟着服务生走进包厢,见到屋子里有说有笑的男女,他们齐刷刷地看过来。

这样的阵仗萧瑜经历过无数次,唯一不同的是,之前所有人的目光都会落在萧固身上,她不是主角。

而这一次,所有人都在打量她,评测她的价值、分量,以及对周越的影响力。

萧瑜扬起浅笑。

屋里几人站起身,周越上前寒暄,转身正要介绍。

其中那个叫许阳的率先发问:"有点眼熟,等我想想……"

萧瑜说:"许总,你好。"

许阳微怔,似乎有了答案。

周越一手揽住萧瑜的腰,笑道:"萧瑜,我女朋友。"

第五章
来日方长

我女朋友。

萧瑜笑容不改,看向周越的朋友们,并从他们的表情和眼神中接收到许多信息,有怀疑,也有惊讶。

萧瑜知道这是为什么,她是萧固的特助,还有周越过去的女朋友都不是她这样的。

不过那些表情很快就消散,几人说笑起来,又恢复到刚才的气氛,好像瞬间就接受这一切。

刚才说萧瑜眼熟的许阳,第一个与她搭话。

萧瑜笑着应了几句,忍不住在心里想,要是以后在生意场上遇到这几位,又会是什么样的场景和态度呢?

周越一直坐在萧瑜旁边,一手落在她肩上。

服务生端进来的咖啡不太入口,他只尝了一口就放下了。

萧瑜听着他和丰公子聊生意,伸手碰了一下杯子,已经偏凉,她便起身走向包间内设置的水吧。

后面的说话声只是停顿了一瞬,又继续,似乎没有人注意到她的举动。

萧瑜背对着几人,开始手冲咖啡的步骤,动作行云流水,没有含糊。

等到水温达到95℃，她将手冲壶拿起来，往滤纸里转圈注水。

许阳不知何时走到旁边，就靠着水吧另一边，双手环胸地看着。

咖啡液透过滤纸和滤杯，流向滤壶。

许阳问："这杯能给我吗？"

萧瑜笑了下，将滤壶中的咖啡倒进杯子里，推到许阳手边。

"许总请。"

"既然你是周越的女朋友，你可以叫我许阳。"许阳话落，又问，"你们真的在一起？"

萧瑜看向他："是因为我是萧总的助理，才有这样的疑问吗？"

许阳点头，抿了口咖啡，边喝边点头："你这手艺，嗯……"

萧瑜没接话。

她非常能明白周越这些朋友的看法，换作是她，她也会打个问号。

如果她不是萧固的助理，只是一个女员工，她怎么会这样正式地站到周越身边？作为生意人，他们一定在想周越是另有所图。

如果是项目老总之一和普通女员工，大概率不会以"女朋友"的身份介绍她，就是玩一玩，能带她出席重要场合见世面，就已经是抬举了。

话有些难听，然而在职场类似的事每天都在发生。

处在较低阶层的女性当然不愿意被人这样看待，只想开开眼界见见世面，却不知这是一道陷阱。后面若出什么事，闹了不愉快，吃亏的只是女方。

当然这种事不能说是因性别决定的，只不过是有权阶级男性居多。

处境掉转过来的情况萧瑜也见过，比如萧总家族里的女性，她们有背景，有底气，哪怕和较低阶层的女性穿着同样一件衣服，仅仅是一个眼神就能区分出不同。

她们的眼睛里有着不在意，有着笃定，小事宽容，大事精明，<u>丝毫没有时下都市人身上的焦虑、紧张</u>。

萧瑜很庆幸，自己在萧固身边看到了许多学到了许多，不会因为这身五位数的衣服就束手束脚，频频整理，也没有过于注意自己的妆容发型。

从容，她花了四年时间才学会。

萧瑜不紧不慢地手冲了第二杯咖啡，转身端给周越。

周越喝了口，笑了，眼睛弯成迷人的弧度。

旁边的丰公子见状，问这是什么琼浆玉液，他也要尝尝。

萧瑜礼貌性地问丰公子，丰公子没有拒绝。

旁边始终不怎么说话的女强人张琪，也说要来一杯。

萧瑜折回水吧，听到周越说："只此一次。"

许阳笑着落座："还心疼上了。"

不一会儿，张琪来到萧瑜旁边，问了句："萧固一个月给你开多少？"

张琪的性格一向直接，萧瑜早有耳闻。

萧瑜说："不算多，但萧总很大方，补贴、分红、奖励月月都有。"

张琪："这些都算上，我再给你加十个点，来我这儿？都是女人，你在我这里会有更多便利。"

萧瑜有一点惊讶，看来周越的"女朋友"这层身份，在无形之中令她多了一些资源和关注。就算将来协议到期，在他人眼中，她和其他特助也是不一样的。

萧瑜："现在萧总那儿有个很重要的项目，我……"

张琪意会，又问："那萧固知道你俩的事吗？"

萧瑜点头。

张琪："有点本事。"

直到萧瑜回到周越身边，周越握住她的手，有一搭没一搭地和几人说话。

萧瑜很少搭茬儿，只是听着。

前半段都是些投资相关，一个提到度假村，一个提到商品房，都还处在前期闲聊的阶段，周越没有明确意向。

项目投资大多如此，每天听到的项目太多，不可能每一个都去投。

揽项目的人，要么是拉钱进来，要么是拉资源和关系进来，有人负责扔钱，有人负责平事儿。

到了后半段，许阳将话题引向萧家。

几人不约而同地看向萧瑜。

张琪直接问："相亲结束了？"

周越笑着说："我这里结束了，那边还没交代，晚点再说吧。"

许阳："萧家能同意？"

周越："总不能押着我入洞房吧。"

几人跟着笑。

萧瑜抬了下眼，转头瞥他。

从刚才她就一直安静地当"花瓶"，好似哑了声了毫无主见，事实上不是她不知道怎么控场、怎么社交应酬，只是在"可表现可不表现"之间选择了后者。

这会儿萧瑜一个眼神过去，带着询问。

周越眨了下眼，解释："我会处理好的。"

萧瑜收回目光，没有说话，却把手抽了回去。

丰公子乐出声，张琪和许阳在看笑话。

周越轻咳一声，顺势搂住她的腰背，声音靠近耳边："面子总要给的，只是走走过场。"

"啧啧啧。"丰公子阴阳怪气道，"这还是我认识的老周吗？"

几人又在笑，跟上几句调侃、揶揄，将话题带过去，很快又聊起周、萧那个地产项目。目前看头一两年就能收回本，长期利好，五到十年不是问题。

萧瑜因为也在项目里，就势回答了几个问题，但说的都是活话。

直到小聚会落下帷幕，许阳和丰公子去了下一场，临走之前还意味深长地看了看周越，说以前这种场合他也要来的，还问萧瑜，让不让周越去。

萧瑜一听就知道是哪里，见两人都看着自己，她没有直接说，只看周越："那你想去吗？"

周越反问:"我去做什么?"

许阳和丰公子齐齐翻白眼,一同出门。

张琪多留了几分钟打电话,走之前撂下一句:"刚才我说的你考虑考虑,以后也有效。"

直到张琪离开,周越才问:"什么有效?"

萧瑜说:"哦,张总问我要不要过去帮她。"

周越细微地皱了下眉:"想得美。"

萧瑜没接茬儿,给自己倒了杯温水,一口一口地喝着。

周越说:"刚才表现得挺好。"

萧瑜笑了下。

是啊,她没有任何直接表态,就让人误以为周越和她是真的,在乎她的意见、想法,以后能不能长久不知道,但起码现在还处在蜜月期。

估计要不了一天,这消息就能传到萧家那边。

萧瑜放下杯子,说:"可能要有人说是萧总给你上美人计了。"

接着,她又问:"你真不跟他们去?"

周越摇头:"今天不去了。我这一杯就倒的酒量,每次去都是全程昏迷。"

萧瑜:"那接下来……"

按理说她今天的任务已经完成了。

周越好像没有明白她的暗示一样:"看个电影吧。"

萧瑜:"嗯?"

这包厢里的确有家庭影院,也有影片可选,但是在这里看?

周越拿起遥控器按了几下,说道:"今天所有应酬都推了。难得休息。"

萧瑜:"真想休息的话,回自己家里不是更放松吗?"

周越:"只是看个电影,哪里不一样。你还有别的事?"

萧瑜摇头。

周越:"那就陪我看一部?"

说话间,他又用遥控器按掉了大灯,包间里一下子暗了,只有家庭影院的屏幕照亮。

萧瑜起先还不太习惯,毕竟这里有监控,渐渐地也就无所谓了。

沙发前面有脚踏,高跟鞋穿累了,她就将鞋子脱掉,将脚放上去。

周越仰靠着,几乎躺平,一手放在后脑。

空调有点冷,他跟服务生要了毛毯,萧瑜窝在毛毯中,顿时多了一点安全感,也不在乎身上的衣服是否规整,坐姿是否文雅。

电影节奏十分缓慢,还有几段抒情音乐。

剧情是很现实的,而且有震颤人心的部分,萧瑜看得很投入。

说实话,像这样的闲暇时刻,大概也就上大学时才有过,自从进入社会,她印象中就没有这样放松沉浸地看过一部电影。

出社会后交的男朋友,他们选的电影不是战争片就是动作片,十分商业,不够细腻,她兴趣不大,而且心思都在工作上。

那几年,她是焦虑的,似乎感情生活只是为了解闷,以及随波逐流,为了找而找,为了不变成异类而盲目迎合。

因她这样的职业女性,别人听到她是单身,就会立刻生出刻板印象,觉得她是工作狂,觉得她是眼高于顶,或是觉得她追求独立女性而耽误了自己。当然还有一些男人会认为,她说她是单身,是在暗示他们有机会可以追求。

就这样,一个小时过去了。

电影过半,萧瑜才下意识地看向周越。

周越睡着了。

他依然是刚才的姿势,头枕着一条手臂,另一只手垂在身侧。

她将他腰间的毛毯往上拉了下,他眉宇微动。

没多久,他睁开眼,眼底残存一点茫然。

他问:"我睡了多久?"

"抱歉,吵到你了。"萧瑜说,"半个多小时吧。"

周越:"是我睡眠浅。"

在周越这样的位置,没有人不缺觉,都是见缝插针地眯瞪一会儿。

周越问:"演到哪儿了?"

萧瑜说:"男主角战死了。"

后半段剧情大概就是女主角独自熬过这场战争。

周越坐起来一点,背倚着靠枕,又伸出一手去揽她的肩,说:"看完了我送你回去。"

萧瑜看了他一眼,又收回。

周越笑问:"怎么,还想有下文?"

萧瑜没接话。

片刻后,周越又道:"你是怎么想的,可以直接告诉我。"

安静了几秒,萧瑜才说:"职场女性如果被男上司带去某些私人场合,花钱花时间再加上一点甜言蜜语和权势的彰显,这个时候女性是很被动的。没有人不喜欢权势,但也没有人会愿意被权势胁迫。如果这时候男上司提出额外要求,女性并不容易拒绝。拒绝了就是假清高、矫情,不拒绝就是自甘堕落、虚荣拜金,没有一个选项是利于女性的。"

周越说送她回家,她有点意外,但也有点好奇。除了好奇周越的心思,也好奇自己的想法。

她是期待的,也是忌惮的。

"嗯。"周越想了想说,"纯属探讨,没有别的意思。如果我现在邀请你去我那儿,你会怎么说?"

萧瑜说:"我会很为难、很矛盾。我怕不答应会错过对我有利的东西,但我又怕答应了以后会后悔。而这些矛盾我会尽量不表现出来让你知道。"

萧瑜很坦白。

周越问:"所以你不觉得这是权势胁迫?"

萧瑜摇头:"就算你再老二十岁,个子矮一点,肚子大两圈,头发稀疏,两腮多点肉,我最多也就会觉得油腻而已。"

周越笑出声:"谢谢你的直接。那么我也实话实说,其实我心里有这个想法,但我觉得现在不是时候。我也不希望你会为难、矛盾。"

说话间，他又去找她的手，她将手从毛毯中伸出来。

他握住了，说："某些事，应该是建立在双方都愉悦、彻底敞开、毫不保留的基础上，而非一方压制、发泄，另一方屈从、忍受。这样即便得到了，又有什么意思？"

萧瑜明白，如果没有此意，有谁会愿意抽出宝贵时间和对方一起消磨呢？男人和女人的接触，最终目的不过就是性。至于那之后会发生什么，那是下一步要考虑的。

他坦白了他的目的，而且不希望因为过程的不美满而令结果变质。

萧瑜再度看向屏幕。

没多久，周越又落下四个字："来日方长。"

萧瑜依然裹着毛毯，靠着他的手臂，冷气虽然凉，她的身体却开始发热。

屏幕里悲欢离合，屏幕外矜持暧昧。

萧瑜将身体放松了，只有一声："嗯。"

和周越的约会虽然是协议上的任务，萧瑜却不觉得勉强。

不日，萧瑜收到一笔进账，除了协议上约定好的部分，还有额外奖励。

看到这样一笔钱，谁能不乐？

几天后，萧瑜听到秘书室的同事聊天，先是提到新办公大楼的内部装潢，又问谁更有希望上指派名单。

萧瑜自然是在内的，但这边部门里的员工大部分不会带过去，需要扩招一大批人才。这阵子猎头和覃非那边频频碰意见，猎头的嘴都乐歪了。

至于项目之外的话题，除了萧固，周越自然是提到最多的那个。

有人说周越并不打算常驻本市，周家大本营不在这里，他是来打江山的，每个月都要有一半时间回周家所在的城市，或是去欧洲料理周家的部分业务。

事实上，周家发展最好的业务不在欧洲，而在美洲，周越在家里并不算得宠，利好的轮不上他。欧洲经济越发没落，办事效率低，就算周越每个月亲自飞过去都处理不完一件事。

按照周越自己的话说，对欧洲业务的态度就是"放养"，不能逼，欧洲的观念里就没有"努力"这个东西，还是处理国内业务有成就感，催一催真的能看到成效。

有人提起周家和萧家的联姻。据说这两家一直有意结亲，但几次都没成，幸而两家生意稳固，倒也不是非得联姻不可。

一位女同事透露说："我有个同学，他和周总是校友，听他说周总一直是不婚主义。"

"不婚主义"四个字引起了萧瑜的注意。

萧瑜没有回头，也没有制止几人的闲谈，继续看文件。

很快就有人说："看来在巨额利益面前，不婚主义也要向联姻大计低头，牺牲小我啊。"

有人接道："要是给你五个亿，你结不结婚？对商人来说，只要利好，什么原则都可以放在一边。"

话题到这里，萧瑜的手机振动了两下。

她拿出来看了眼，正是她们口中的正主儿发来的：周末有空吗？

萧瑜想了想，回道：应该可以，需要多长时间？

周越：如果时间允许，需要两天一夜都拿出来，你可以吗？如果不方便，你直接告诉我，我来安排。

语气有商有量的。

萧瑜认真思考着自己的安排，又看了眼行程和工作量，问：我可能有些工作要处理，我能有三个小时的私人时间吗？

周越：可以。

萧瑜又问：两天一夜算不算是"加班"呢，有没有补贴？

周越：当然有。

萧瑜：那好，我可以来。

周越发来一个笑脸。

萧瑜没有回，又划了几下屏幕，这才发现陆荆之前给她发的信息

108

她没有回,他的窗口已经被顶下去了,窗口上还有小红点。

萧瑜点开看了眼,陆荆问:有个猎头找到我,提到你们公司,这事你知道吗?

萧瑜措辞回道:具体情况方便说吗,我不清楚这事。

发完消息没多久,陆荆就回复了:还以为是你这里介绍的,已经没事了,薪资很吸引人,但我需要考虑。

萧瑜:你一向知道怎么选对自己最有利。

陆荆:这是夸奖还是讽刺?

萧瑜:夸奖。

陆荆:那谢谢了。

下午,萧瑜去萧固跟前汇报工作,顺便提到周末的行程安排。

萧固听了,眼神意味深长:"我这里没有事需要你,覃非可以搞定,但是……"

"但是?"萧瑜等着下文。

萧固笑了笑,靠坐在办公椅里,说:"这周末萧家和周家有个小聚会,原本也邀请了我,我推了。"

萧瑜不由得扬起眉,消化着这里面的信息,琢磨道:"两家聚会,是为了撮合两家的年轻人?"

萧固笑意深了:"嗯,看来周越真的不中意这门婚事。"

他倒是满意,就算联姻也不是他这一房,周越这样的生意伙伴若是和其他房结亲,对他未必是好事。

萧瑜观察着萧固的神态,小心翼翼地试探道:"那这次聚会的地点是……"

萧固:"应该是海边。"

海边别墅,可能会上游艇,也可能要穿泳装。

萧瑜算了算日子,巧了,周末之前"大姨妈"就要来。

有些药可以延迟"大姨妈",但萧瑜并不打算去打听这种药,也不会买来应急。

她也不准备特意告诉周越，省得他误会。

有"大姨妈"在，她连泳装都不用准备，唯一要面临的问题就是受到经期影响，她会觉得疲倦，脑子会变得比平时慢，容易累。

她以前为了工作时能时刻保持着清醒冷静，有充足精力应对突发情况，即便是在经期她都会喝一点黑咖啡，还会准备几块黑巧克力在身上。她知道这样不健康，但没办法，都市职场人有太多身不由己、妥协、牺牲。

第六章

你喜欢我吗

临近周末，周越的助理郭力发来消息。

那是一张行程单。

地点是在邻市的海边别墅，开车就能到。

萧瑜按照行程单准备了一点行李，着装都是便服，宽松休闲为主。哪怕她尽量表现低调，只要她站在周越身边，只要她是周越亲自带出来的"女朋友"，就会惹人注意。

萧瑜忍不住腹诽，这"工作"真是有点难度，周越的钱果然不好挣。

周五下午，周越的车开到萧瑜住的小区地库。

萧瑜上车时，周越还在讲电话，说的是德语。

萧瑜听不懂德语，印象中，周家和德国那边的某个企业工厂有合作。

她打开iPad，趁着这段时间处理了几份文件，有法务发来的，也有项目部的。

她标出意见再传回去，随后同事再将修改好的文件递给萧固，确保到了萧固手里一定是最完美、最完整的版本。萧固没有时间纠错，也没时间教学生，有些意见不方便从他嘴里亲口说出来，就需要一两条肚子里的蛔虫传达"旨意"。对了，功劳都变成钱；错了，黑锅也不用老板背。

这就跟财务注定是"背锅侠"一样，财务是老板的防线，助理也是一样。生意场上的处理不周，总不能让大老板去赔礼道歉，必然是找个膝盖软的、脊梁骨弯得下去的人——这听上去很不公平，然而不公平就是社会常见的状态，走到哪里都一样。

萧瑜快速处理完几项工作，才发现旁边的说话声不知道什么时候停了。

她转头一看，刚好对上周越的目光。

他的眼睛弯了弯，带着疲倦，原本的内双都变得比平时更明显，眼神却是迷人的。

周越开口："我要拿出什么样的条件，才能吸引你来我这里？"

萧瑜知道他在指什么，她合上iPad，说："高薪厚职没有人会拒绝，如果能再多一点私人时间和做人的自由，那就更完美了。"

周越："这样你就愿意来了？"

不。

不是拿乔，而是做人的自由每个人的衡量标准不同，老板永远给不了员工想要的那种做人自由。

萧瑜没有立刻接话，隔了几秒才说："如果让萧总知道我吃着碗里看着锅里的，我怕两边都保不住。做人不该太贪心，做事也是一样。"

这是变相的拒绝。

周越笑容淡了些，视线转开："嗯，很冷静，很清醒。"

萧瑜看着他的侧脸，又默默收回目光。

不知道为什么，她感觉到周越的情绪有一瞬间的变化，虽然表面看不出什么。

按照她的理解，周越是有些欣赏她的，冷静、清醒也是吸引的要素之一，如果她听到他开出的条件就踹开萧固跳槽，无论是在萧固那儿还是周越这儿都会掉价。但如果她一直"端着"，又等于是对上位者的一种挑衅。

当然，这样想是有点以己度人。

后面的车程，周越在车上眯了一会儿——他前一天只睡了三个小时。

萧瑜将自己的动作放得很轻，又处理了一会儿工作，直到收到覃非的信息。

覃非：陆荆是你大学同学对吧？他向我问了一些你的事。

萧瑜目光顿住：问了什么，你告诉他了？

覃非：你的工作表现，你的私事。但我什么都没说。

萧瑜：不要给他错觉，让他以为你在拿我吸引他入职。他这个人精得很，也许他只是在给你下套。

覃非：是很精，但你说的这一层我确实没想到。他为什么要这么做？公司看重的是他的能力，他不该妄自菲薄。而且我看他这个人挺自信的。

自信和自卑并不冲突，陆荆是两者兼具。

萧瑜：也许是我多心了，总之对他只谈条件，不要东拉西扯。

覃非：明白。

回完消息，萧瑜又拿着手机发了一会儿呆，看着窗外逐渐转暗的风景，脑子里回荡着大学时期的种种。

不知过了多久，周越出声问："在想什么？"

萧瑜回神，看向他，原来他没有睡着。

他坐姿慵懒，衬衫也因此起了皱，服帖着上身，自扣眼向外绷出数道线条。

萧瑜控制着自己的视线不要上下打量："没什么。"

周越问："谁的信息，回完了还要想这么久？"

"哦。"萧瑜说，"还不是因为你们合作的项目嘛，招聘主管的工作交给覃非了，我们在交换意见。"

这次招兵买马两家都要出人，下面的人好说，从市场上挖掘人才就好，但主管阶层两边都希望能多安插自己人，比例平均，互相监督。

周越不再发问，片刻后提起周末聚会的名单。

原本萧家要来五个平辈，现在只有三个。

周家这边也减了人，只有周越和一个同父异母的妹妹。

萧瑜问:"这里面有家里让你接触的人吗?"

周越笑道:"是萧家二房和三房的千金,都来了。"

萧瑜惊讶地挑起眉。

周越:"你这是什么眼神?"

萧瑜:"就是觉得不可思议,如果你没有带我来,她们是打算公平竞争吗?"

会不会发生那种狗血的半夜走错房间的戏码?

周越兴致不高,只是平静地陈述:"无外乎就是两种方式。"

萧瑜问:"比如呢?"

她以为周越不会回答,她也只是随口一问,没想到周越思考了几秒,说:"就和谈生意一样,开出条件试探对方底线,各有让步。比如将'个人自由'作为条件之一,婚后生活互不干涉,情感生活不受约束。"

说白了就是各玩各的。

萧瑜琢磨道:"自由,这算是吸引人的条件吗?"

周越思考了一秒,点头:"对我,相当吸引。"

也是,钱有了,自由也不受约束,婚前婚后生活没有改变,谁还会在乎被捆绑呢?

萧瑜:"可我以为就算事先没有约定,婚后一方或者双方有其他感情发展,也不会有人当回事。哦,我指的是商业联姻,不是普通人的婚姻。既然商业联姻的大基础是利益,只要这部分蛋糕不被破坏,那就行了。"

而离婚就意味着分割财产,连普通人离婚都要割掉一块肉,要互相算计,何况是有钱人。

周越:"话是这么说,但有些事婚前达成共识,婚后就能节省沟通成本。比如像我这样一天二十四小时都排满了,突然要让我拿出一小时去和另一半吵架、争论,我实在力不从心。如果因为我这边无法配合而引起对方的反弹,做出什么过激行为,那就得不偿失了。"

萧瑜好一会儿没说话,看周越的眼神再度变了。

萧固总是夸她考虑周全,想事仔细且有层次,凡事都知道做两手准备,可这一刻她却觉得自己"想得多"并不是什么优点。

她甚至在想,会不会周越根本没有完全放弃和萧家的联姻,它依然是选项之一呢?他现在表现出来的姿态,或许都是在"逼"对方让步的手段?

就算他是不婚主义,崇尚个人自由,在巨额利益面前似乎也是可以妥协的。他是商人,商人重利。

哦,如果以上推断成立,他最终如愿,那么她是"工具人"就实锤了。

她倒是不会在这点事情上不平,如果这世界上真有公平存在,那就不会存在阶级了。何况她出来是打工挣钱的,被利用被压榨是一定的。

她关心的,是她能从中得到多少好处。

大概是她的眼神太直接,周越又一次问:"你这又是什么眼神?"

萧瑜思考了片刻,才说:"我有个问题。"

"你问。"

萧瑜:"我是说假如,假如萧家那边开出一系列让你无法拒绝的条件,连婚后自由都给你了。那么在这个过程里,我的贡献能记上一笔吗?"

这话落地,萧瑜再度亲眼见识到周越唇边的浅笑以肉眼可见的速度消失了。

他看她的眼神变了,透着她看不懂的复杂。

半晌过去,周越问:"你觉得我是在利用你欲擒故纵?"

萧瑜站在他的角度说:"我是觉得这是正常思维,换作我也会考虑。商业谈判,最忌讳的就是让对方看出自己的真正意图,指东打西是需要一些助力的。"

周越笑了笑,却有保留:"实际一点看,联姻是要互惠互利的,巨额利益不可能向其中一方倾斜,我不会做这样的幻想。"

停顿几秒,他又说道:"家族地位提升,资产翻倍,圈子拔高一层,这些都是非常吸引人的条件。代价就是我在五十岁以前不可能有个人生活,大部分时间都在天上。婚姻变成资产的一部分,孩子要多生几个,比较优秀的重点培养,资质一般的放养。"

萧瑜没想到他会和她说这些,这令她感到危险,虽然这种感觉有点莫名其妙:"抱歉。我太直接了,这不是我该知道的。"

"不是你的问题。"周越继续坦白,"我刚才说的是一些长辈的生活。我敬佩过他们,羡慕过他们,也曾经向他们看齐。但我现在,不想成为他们。"

据萧瑜所知,在周越和萧固的圈子里,三十几岁还在挥霍身体的大有人在,到了四十几岁基本都进入"养生"模式。

听闻两家长辈身体普遍不好,大多是因为常年过于操劳。

有一种说法是,人如果常年休息不够,欠下的"债"会在身体逐渐衰弱、人过中年以后逐渐显露出来,向"欠债者"发出警告,迟早要"还"。

别人萧瑜不知道,只是看周越这副随时随地能眯一觉的架势,他应该是属于严重缺觉的霸总。即便在外意气风发,生意场上杀伐决断,饭局上你来我往,私底下放松时,依然有掩盖不住的倦意。

萧固的朋友中有做生化医药的,听闻已经发展到可以根据每个人的基因研究专属的保健品的地步,是拿钱换健康。当然这种东西不可对外人道,属于有钱阶级的"玩意儿"。大概和古代皇帝炼金丹追求长生是一个道理。

车子抵达别墅之后,萧瑜并没有第一时间见到其他人,别墅里有管家安排住处,她和周越住在对门。

周越没有交代晚上的活动安排,萧瑜回到房间简单洗漱,收拾了行李,想了想便去敲周越的房门。

门开了,周越正在打电话,一边示意她自便,一边折返屋里。

他依然穿着来时的衣服,衬衫领口解开两颗扣子,下摆也有一半从裤腰里拉了出来,显然是正准备换衣服,突然来了电话。

套间外面的桌子上摊开一些资料，还有一沓投资文件，有几张落在地上。

萧瑜将文件捡起来，收拾了桌面，便走向水吧。

咖啡不用煮，房间里配备的是胶囊咖啡，萧瑜煮了一壶水，放了点茶叶冲泡。转头一看，周越已经走向卧室，房门虚掩着。

说话声时高时低，没多久停了。

房门打开，周越靠着门框问："饿吗？"

萧瑜摇头："你呢？"

周越说："如果饿了就叫餐。明天再带你见见他们。"

"好。"萧瑜问，"喝茶吗？"

"谢谢。"周越走过来，正要端起其中一杯，这时门外响起敲门声。

周越去开门，萧瑜下意识看过去，刚好看到站在外面巧笑倩兮的女人。

女人也看到了萧瑜，笑着对周越说："听说你来了，要不要一起出去走走？"

这是萧家二房的千金，萧臻。

周越："那五分钟后楼下见。"

萧臻："等你。"

门关上了，萧瑜收回目光，一时竟不知道该说什么。

周越又一次进了卧室，出来时换了一身休闲装。

萧瑜说："我先回去了。"

周越脚下一顿，看她的表情有些微妙："你就这样回去？"

不然呢？

萧瑜问："我总不能跟着你一起去吧？"

周越平静地陈述事实："你今天不作声不表态，明天她就骑到你头上，那你这趟来就成了摆设。"

也是。

周越和她签了协议，花了钱，买的绝不是她的"宽容大度""礼貌退让",将自己当作隐形人。换一个脾气不好的老板,大概要指责她工作懈怠了。

萧瑜没有问他"那我该怎么做"这样的问题,而是走到桌前,拿起周越的手机转头递给他:"那我就给你十分钟,时间一到我就给你打电话,不要让我找不到人,好吗?"

周越这才浮现出一点笑意:"我走了。"

没多久,萧瑜也回了房。

她并没有专心在时间上,先回了一个工作电话,去了一趟洗手间,再出来一看,已经过去十三分钟。

萧瑜不紧不慢地拿出手机,正要拨电话,想了想又改成视频邀请。

没多久,视频接通了。

周越在户外,四周光线很暗,还能听到海浪的声音。

他和萧臻在沙滩附近的甲板上。

萧瑜看不清周越的表情,他的脸沉在光影之中,像是在笑,眼神黢黑,声音很低,和海浪声糅合在一起。

"怎么了?"

萧瑜说:"我困了,想休息了,你还回不回来呀?我要不要等你呀?"

她的声音很温柔,却不到发嗲的程度,语气听上去有商有量,好像是只要他说不回来,那她就先去休息了。

周越的眉梢微微挑了下,回应道:"这就往回走,等我回来了再睡。"

"哦。"

这个字又带了点不甘不愿。

萧瑜:"那好吧,我等你。"

视频切断,萧瑜盯着手机屏幕眨了眨眼,心里怦怦跳,为周越的演技,为自己的"假情假意",还因为一些说不清道不明的东西。

她工作上一向有分寸,绝不会给老板和上级带来不必要的麻烦,不会让发工资给她的人反过来照顾她的情绪,提醒她哪里做得不到位,这对她来说是一种能力上的否定、贬低。

萧臻刚出现在门口时，她的第一反应就是，这是周越的私事，她要当作没看见没听到，就像身为助理处理萧固和叶沐的关系一样。至于萧臻当着面邀请周越漫步沙滩，到底是挑衅、试探，还是正常社交，这都不关她的事。

现在倒好，她要在协议期内尽快掌握另一门自己不熟悉的技能：恃宠而骄。

就这样，萧瑜胡思乱想了一会儿，手机里进来一条微信。

周越：来我房间。

萧瑜没有多想，拿着手机再度走向对门。

进门一看，周越穿着休闲服，脚踩拖鞋，鼻梁上架了一副眼镜。

他让开门口，用咖啡机煮了两杯咖啡，说："我有点工作要处理，你来帮我。"

随即，他指向笔记本电脑。

郭力不在，她就要接管助理的工作，这件事萧固也有过嘱咐，以后去了新办公楼，两个老板不分彼此。

萧瑜很快坐到桌前，用他的笔记本电脑处理起文件。

周越将单人沙发椅拉到桌旁，并用iPad接收邮件。

一时间，屋里气氛静谧和谐，没有人说话，只有打字的声音。

萧瑜改文件十分得心应手，改完第一稿检查了一遍，便将笔记本电脑转向周越："这份好了，你看看。"

周越抬了抬眼，iPad就放在膝盖上，上半身前倾，看向电脑屏幕。

从萧瑜这个角度，可以看到笔记本电脑的光打在眼镜的镜面上，他的眼睛藏在镜片后面，正仔细审阅屏幕上的文字。

"这里……"周越忽然出声，令萧瑜抽回注意力。

他用鼠标指向其中一句话，说："这里还不够严谨，有钻漏洞的可能。"

萧瑜看过去。

严格来讲，周越指出的话可以说有争议，也可以说没有，就看对方是什么样的人，如果是斤斤计较，得理不饶人，甚至没理都要狡辩三分的，的确会抓住不放。

萧瑜换了个词，又调整了一下语序："这样呢？"

周越嗯了一声。

萧瑜这时问："对方很难缠吗？"

周越依然看着屏幕，说话时嘴唇幅度不大，声音虽低但很清晰："不算难缠。这样改是为了培养好习惯，要防君子更要防小人。要预设每一个经手文件的人都是'小鬼'，从自己这里做好每一步计算，防患于未然，这样即便将来有什么问题，都不至于一发不可收拾，尚有补救的空间。"

萧瑜听得认真，她相信这短短几句话一定包含了周越的经验和教训。

俗话说"阎王好见，小鬼难缠"，生意场上尤其如此。

和老板一起工作，摸清楚老板的脾气很重要，改文件虽然重在文字，口头交流少，却也能通过字里行间读懂老板的喜好和忌讳。

萧瑜改了几处，周越讲解仔细，她大概摸索出一点周越和萧固的不同。

感觉上，周越比萧固更在意细节，似乎也吃过更多教训，见识过更多小人——这大概和周越的背景和生长环境有关。

萧固在萧家算是受宠的子孙，养在身边，由几位大家长看着长大，手把手教，谁见了都要敬三分。周越就属于放养的，求学是在海外，任其自生自灭，虽然有父母的金库和资产作为支撑，和大家族重视的子孙却有天壤之别。

听说还是因为两三年前周越有突出表现，接连立功，这才有机会接触和萧家合作的项目，和萧固平起平坐。

当然外面的传闻不会好听，说他用了一些不光彩的手段才将当时的竞争者击退。

这也能理解，毕竟在输家嘴里胜利者都是不光彩的。而输家也未必光彩到哪里去。

文件连着改了两份，萧瑜已经感到疲倦。

周越见状，说："好了，今天差不多了。"

随即，他又问："你是不是还有工作？"

萧瑜说："今天的已经完事了……"

但她的语气似有保留。

周越听出来了，起身续了点热水，端回来给她："有困难？说来听听。"

萧瑜接过热水，说："有些项目需要在谈判中使用一些手段。虽然不好看，但有效有用。如果凡事都要君子协议，用自己最善良柔软的一面去应对，吃亏是必然的。总不能每一次都期待对方同样善良吧？"

周越笑问："萧固出了难题给你？"

萧瑜摇头："我只是第一步，我搞不定了，才会交给负责唱白脸的人去做。"

周越这才明白："你想用温和的方式谈下来。"

萧瑜点头："我知道这不实际，但还是想听听你的看法。"

周越喝了口水，坐姿闲适，一手搭在桌边，瞅着她好一会儿，才道："我的理解是，善良要带锋芒，善良不等于懦弱。生意场上的善良和君子协议与现实生活里的不同，绝对不能理想化，要足够实际，要在关键时刻做取舍。有时候不主动攻击，不落井下石，就已经能够得上这两个字了。当然不可能将期待放在对方的人品和手段上，与其想对方是什么样的人，不如提前做好准备。若对方是君子，这些准备就当练习，若对方是小人，准备就是武器。"

"嗯。"萧瑜边听边沉思，不仅在想工作，也在思考自己的定位，个人坚持和大局上的矛盾，选择和取舍。

相比萧固，周越的团队更加"狼性"，攻击性更强。而萧固身边需要一些温和型选手，比如她，这有利于刚柔并济，也有利于建设对外形象。换句话说，是萧固退路更宽，所以更从容。

萧瑜刚想到这里，周越再度开口："之前的提议，我是认真的。

你就把我这里视为另一个选项,不要急着把路封死,也不要急着拒绝我。"

萧瑜醒神,对上他的眼睛。

他没有笑,目光专注,且带有诚意,镜片上反射出她的影子。

萧瑜说:"我这样的选手去了你的团队,只会拖后腿。"

周越说:"坦白讲,如果是前两年我不会提议,但现在不一样。等将来项目做起来,我的团队也需要转型,你懂我的意思吗?"

到时候他就会向萧固现在的发展过渡,从打江山转为坐江山。

萧瑜忽然又想起他在车上说的话,他曾经羡慕家里长辈的那种奋斗方式——如果真是按照那样的轨迹,那他这几年不可能从快转慢,眼下的项目只是一个垫脚石,为了让他去往更高的平台,更大的天地,投入更忙碌的生活,变成真正意义上的"空中飞人"。

说不心动是骗人的,没有人会面对高薪厚职的邀约而心如止水,除非这个人无心工作,没有事业野心。

萧瑜安静了几秒,回道:"我会考虑。"

周越终于笑了,眼睛弯了,眼尾上挑,是真实的喜悦:"其实我也有私心。但我不希望以我个人的想法影响、左右你的判断。你只需要考虑这份工作,咱们还有很长时间可以磨合。"

听到这话,萧瑜又有一瞬间的后悔,她忍不住白了周越一眼:"周总这是在画饼还是在感情投资?这可不是员工福利,而是压力。"

周越连忙抬手,轻笑着:"好,我投降。刚才的坦白只是我一时的……总之,你不要有压力。"

萧瑜又看了他一眼:"你真的很贪心。"

周越笑意不减,将最后一点咖啡一饮而尽,对她的评价欣然领受:"是。"

萧瑜暗暗吸了口气,心脏跳动很快。

她忽然明白了一些东西,原来自己对这种有能力有魅力的事业型男人,是这样的难以抗拒。

其实他们之间的对抗早就开始了。

从开始的那一刻，她的保持清醒、力持镇定，她向自己提出的要求，她冷静地整理思路，给自己下达指令，都是因为自他而来的强大吸力。而她不是无法自控的"恋爱脑"，所以才会有这样的拉扯。

是人就会有欲望。人和动物不同，动物吃饱了就会满足，人还有许多东西要去实现、克服。

实现理想、克服私欲、满足野心、压制贪婪——人真的很累，但这种累却又无法扼制，源源不绝。

萧瑜一觉睡到翌日上午，在不属于自己的床上醒来，看着宽敞且装修精致的房间，再一次感受到内心的欲望和对未来的渴求。

她喜欢物质，看到奢侈品会动心，这是消费陷阱的洗脑，也是都市职场人无法摆脱掉的认知灌输——如果这就是虚荣，那么她是的。

承认虚荣并不可耻，承认喜欢多金英俊身材好有能力的男人更不可耻。

如果装束精致，手上拿着一个六位数的包，走进奢侈品店，瞬间就能得到表面的"尊重"。人渴求被尊重，就像蓬勃的虚荣心一样。

萧瑜洗漱过后，从柜子里拿出一条无袖碎花连衣裙，又在外面加了一件短款薄衫。

因经期将至，脸有点肿，她特意敷了面膜，又喝了小半杯咖啡，这才出门。

手机上传来周越的信息，他问她起来了没。

萧瑜回道：刚收拾好，准备出门。

刚发完消息，门被敲响了。

萧瑜开门，笑着迎上周越，除了在他脸上捕捉到一丝笑意，那双眼睛里在映出她的笑脸和长裙时还闪现了一点赞美和欣赏。

这一刻，萧瑜感觉到十分充实的虚荣。

周越向她伸手，她将手交给他，一同往外走。

他边走边说，其他人都上游艇了，在等他们。

萧瑜只拿了一个编织小包，包里有手机、润唇膏和防晒霜。

她问:"我可以不下水吗?我有点不方便。"

周越看向她,瞬间懂了:"好,那你就在甲板上休息。不要喝凉的,那些水果也比较冰,让他们给你准备热食热茶。"

萧瑜点头,又问:"你昨晚几点睡的?"

她回房的时候已经过了凌晨,当时周越还没有睡意。

周越:"三点多。因为要等一个视频会议,开完才睡。"

难怪他一闲下来就闭目养神。

萧瑜又问:"这是你的日常吗?"

周越:"差不多,有时候天亮才有机会躺一会儿,但如果工作排得满,还不如不睡。只睡两三个小时,醒来脑子都是糨糊。"

萧瑜:"你昨天说等这个项目结束之后,想让节奏慢下来,是不是因为太累了?"

周越:"这是其中一个原因。从经营来看,一鼓作气固然能在短时间内到达一个高度,但这不是长久之计。最科学的经营方式是厚积薄发,遇到合适的机会再冲刺,再慢下来继续铺垫、缓冲,有节奏地释放能量。"

两人边说边走出别墅,一路踩着木板到码头。

艳阳高照,周越的墨镜上反射出蓝天白云和她的笑脸。

她看不到他的眼睛,却感觉到他说话时总是转头看她。

裙摆随着微风和行走的步幅向后浮动,他始终握着她的手,他的拇指和食指时不时划过她的手指皮肤,描绘着指缘轮廓。

他们聊天的节奏始终不紧不慢,话题一个接一个。

风大时,将他身上的浅色休闲衬衫吹得鼓鼓的,他只系了几颗扣子,露出脖颈和锁骨,衬衫被风吹到下摆翻起,露出一小截腰部皮肤。

距离太近,萧瑜的目光不由自主地看向那件衣服,以及衣服下若隐若现的身材,视觉上实在养眼,她不由得想起踏足他的更衣室的那次,心情就和这个天气一样艳丽明亮。

上了船后,周越带她认识了周、萧两家的几位年轻人。

萧臻是二房千金，三房的千金名叫萧淳，另外还有一个萧家的公子哥，叫萧绪。

周家这边除了周越，只有他那同父异母的妹妹赵茉。

周越并不是一开始被周家看好的子孙，这个叫赵茉的妹妹是父亲情人的孩子，萧瑜没有问怎么妹妹不姓周，想来是随了母姓。

萧瑜没有换泳装，就在甲板的躺椅上晒太阳。

周越被萧臻和萧淳拉去玩水上项目，一会儿是水上摩托，一会儿又说要去潜水。

萧瑜没有盯着周越离开的方向，注意力反倒被赵茉和萧绪吸引走了。

一开始，赵茉和萧绪还表现得比较生疏，说话保持距离，但萧绪的眼睛一直往赵茉身上飘，没多久两人就先后消失了。

等到两人再出现，赵茉脸上酡红，头发湿了一点，像是刚洗过脸，萧绪则换了一身衣服。

萧瑜挑了下眉，不动声色，看着赵茉在旁边的躺椅上坐下，若无其事地与自己攀谈起来。

赵茉的话题比较简单，无非就是好奇她和周越怎么开始交往的，周越是怎么追她的等等，但萧瑜看得出来，赵茉问得并不认真，对她的答案也不在意。

萧瑜随口应付着，直到周越回来。

周越将萧瑜拉起来往楼上的房间走。

他头发湿了，需要冲澡吹干。

游艇的房间比较狭小，周越在淋浴间里简单收拾了一番，再出来时已经换了一身干爽的衣服，头发上还搭了一条毛巾。

萧瑜就坐在距离床铺不远的小椅子上，一手刷着手机，另一手撑着头。

周越问："让你一个人待在甲板，会不会无聊？"

萧瑜摇头："不会，我也有自己的事情做。"

她在甲板上待了一个小时，有四十分钟在回复邮件和信息。

萧瑜放下手机，问："你还要去玩吗？"

周越擦拭着湿发，说："不去了，睡眠不足，再潜水怕是要猝死。"

萧臻和萧淳还在海上玩，意犹未尽，周越自觉已经完成了此行任务，该陪的陪了，面子也给了。

萧瑜想了想，问道："那这次培养感情，你家里想要一个什么结果呢？"

周越扯下毛巾，拨了拨头发："如果能看对眼他们当然乐见其成，要是没有进展，经过这次应该也不会再安排了，但……"

他语气一顿，又道："我是想，如果小茉和萧绪能来电，那也算有个交代。可惜他俩都没这个意思，之前见过几面，回来都说感觉一般。"

感觉一般？

萧瑜控制着自己的表情，强行忍住告密的冲动。

周越注意到萧瑜的异常，问："怎么？"

萧瑜："哦，没什么，接下来咱们做什么？"

周越看了眼时间说："咱们先回，我下午还有个会。"

萧瑜没有异议，和周越一起下了游艇，离开时只见到赵茉在躺椅上刷手机，赵茉懒洋洋地朝他们摆了摆手。

至于萧臻和萧淳，萧瑜还是后来才知道，周越特意找了陪玩的男教练、向导，令两人乐不思蜀。

下午，萧瑜和周越待在他的房间里，两人一人架了一台笔记本电脑，打字声络绎不绝。

萧瑜今天格外有工作效率，完成得比预计时间还要早。

萧固那边接到邮件，不一会儿便来消息：不是去度假了？那边怎么样？

萧瑜如实汇报：萧臻和萧淳比较投入，周总"交完作业"就一直在工作。

萧固没有再发问，晚些时候覃非来了消息，说陆荆那边已经同意条件，下周开始就要准备离职和入职手续，即将加入周、萧的项目"锦

126

瑞"。

　　萧瑜盯着这条消息许久,最后只回了一个字:"好。"

　　第一天的假期在工作中度过,晚饭后,萧瑜又帮周越处理了两份文件,对他的脾气又摸清了一些。

　　她发现周越这个人平时看着和颜悦色、斯斯文文,但在合同处理上却有强势的一面,而且极其果断、锋利。

　　他的利齿只藏在暗处,不轻易亮出。

　　外面天色渐渐黑了,别墅里过于安静,也不知道其他人回来没有。

　　差不多临近晚上九点,房间里突然陷入黑暗——停电了。

　　萧瑜盯着仍亮着的笔记本电脑定了定神,这才看向周越。

　　周越也抬起头,说:"别墅有后备电源,等等吧。"

　　萧瑜应了一声。

　　但这之后将近十分钟都没有来电。

　　周越起身去打了个电话,问清情况,这才得知后备电源出了故障,但每个别墅都配有单独的后备发电机,就在地下室。

　　周越:"我下去看看,你呢?"

　　萧瑜:"我和你一起吧,帮你照个亮。"

　　两人用手机照明一路来到一楼,先找到应急灯,又用应急灯照亮,穿过通往地下室的楼梯。

　　地下室和楼上面积相等,有独立的厨卫,有宽敞的餐厅和休息室,还有两扇落地的推拉门通往地下的小院子和天井。

　　周越刚踩下最后一级楼梯,就听到隐约传来的呻吟声和喘息声。

　　周越率先站住了,上面的萧瑜晚了一步,脚下刹停,手下意识落在他肩膀上。

　　周越用应急灯往中间区域照了照,地下室中间有一大块凹陷区域,四周有沙发和桌子,中间是一大块地毯。

　　而此时的地毯上,有一对男女正难分难舍,根本没有注意到身后台阶上有灯光照过来。

周越定定站了几秒，随即转身拉住萧瑜的手往上走。

萧瑜也没出声，只顺着他的步子折回到一楼。

因为停电，别墅里只有残存的冷气。

周越又拨了一通电话，对方承诺两个小时之内就能供电。

回到楼上，萧瑜看了眼笔记本的支撑电量，打算关机回房间。

再看周越，他进屋后就靠坐在桌边，没有按掉笔记本电脑，就立在光影中一言不发。

半晌，周越问："白天在游艇上，你有没有看到什么？"

萧瑜并不意外他这么快就有了联想和推断，说："我只看到他们先后消失，又一起出现，其余什么都没有看见。"

周越："怎么不告诉我？"

萧瑜措辞道："我不知道该怎么说，而且我确实没看到重点，总不能凭空臆测吧。"

周越没接话。

萧瑜问："你打算怎么做？"

周越："通知家里，听他们的安排。"

萧瑜："他们这样隐秘，一定是不希望被知道、被安排。"

周越似乎笑了下："这可不是他们说了算的。"

萧瑜问道："你要不要先问问赵茉的看法？为什么不想让人知道呢？"

周越停顿了两秒，似乎是在犹豫要不要告诉她，随即说："赵茉有男朋友，普通人家，家里不同意。萧绪也有个喜欢的女生在海外念书，就快回来了。"

哦。

有点意外，但又不那么意外。

一阵沉默，萧瑜不知道要接什么话。

她说："如果没事，我先回房了。"

周越很快问："没有电，你回去做什么？"

是啊，难道要摸黑洗澡吗？这个时间她也睡不着。

128

萧瑜正犹豫，周越又道："要不就留在这里说会儿话，等电来了再说。"

话落，他就从水吧下面找出两瓶常温的纯净水："只能先喝这个了。"

萧瑜接过水，坐进沙发里，直到周越在她旁边落座，旁边的沙发随着他落座而凹陷下去。

屋里太黑，只有周越的笔记本电脑发出一束光，照着角落。

萧瑜喝了口水，不想放任沉默："聊什么？"

周越隔了几秒才说："其实我也不赞同小茉和那个男人交往。"

萧瑜："为什么呢？因为他家里穷？"

周越："穷只是一方面，经济上的穷还有机会跨越，但是观念上的……这是无法改变的事实。"

这倒是，价值观不合会带来巨大的精神痛苦，有些壁垒是无法打破的，所以才会有"门当户对"的说法。

周越："我真是不懂她在想什么。"

萧瑜问："是不懂她为什么选那个男朋友，还是不懂她隐瞒和萧绪的关系？"

周越："都有。"

接着，他又问："你能明白吗？"

萧瑜说："我不了解她。我只能说人有时候就是这样矛盾，情感上倾向一个人，身体又被另一个人吸引。可能情感上的倾向也未必是爱，只是一时的沉迷、迷恋、吸引，为了满足自己的好奇心。如果这时候有人强烈反对，生出叛逆心理，就会更义无反顾地扎进去。"

周越好一会儿没说话。

气氛安静得不像话。

萧瑜默默喝着水，也不知道他是在想赵茉的心理活动，还是在思考眼下的局面。

直到周越问了这么一句："你也会这样吗？"

萧瑜愣了愣："什么？"

但她很快反应过来,说:"哦,也许吧。"

笔记本电脑的光线在这时消失了,屋里彻底陷入黑暗。

周越的声音被黑暗无限放大,存在感十足,好像变成了有形的东西,在她右边响起,隔空"触碰"着她的耳朵。

"那我呢,我属于哪一种?"

萧瑜没接话,正打算装作听不懂,或是搪塞过去。

周越便进一步强调:"情感、身体,还是两者都不是?"

萧瑜老实回答:"我不知道。"

周越:"怎么会不知道?"

虽然屋里很黑,只能勉强看到家具的轮廓,她却明确地感觉到他一直注视着她。

萧瑜一动不动,只盯着前面的黑暗:"前者,我没有深入了解,也没有以谈恋爱的方式相处过,我说不好。后者嘛……"

说到"后者",萧瑜停住了,脑子没有嘴巴快,还在想着前者如何。

她当然知道她的爱情观以及对谈恋爱的认知、相处模式,和他的定义是不一样的。

事实上,她也好久没有过真真正正去谈一场恋爱了,时间全都给了工作、给了自己,哪怕抽出来一点点给追求者,她都觉得奢侈。

那一点点时间对她来说比一个五位数的包还要昂贵——如果有一个男人可以让她惊喜装扮,心甘情愿地花费时间和金钱,只为了陪他出去看一场电影、喝一杯奶茶、逛一会儿街,那这个男人在她心里的分量一定不低,她才会觉得这一趟是值得的,而不是在浪费生命和精力。

"后者……"周越适时开口,将萧瑜的思路打断。

他声音不高,却有一种逼近的压迫感。

他好像在笑:"后者,因为没有实践基础,所以你也说不好?"

萧瑜意识到他在说什么之后,脸上开始升温,却不知道是因为羞还是恼,而那热度也被这黑暗侵蚀着,逐渐扩大蔓延。

"周越。"她叫他的名字,带着一点警告。

周越没有回应，他依然看着她，看着黑暗中她的轮廓。

萧瑜转过头，和他对上。

他们看不清彼此的脸，却能感受到对方的视线、对方的体温，以及屋里空气的稀薄，越来越高的温度。

萧瑜忍不住问："是不是因为停电了，你就……"

就什么呢，调情、暧昧，这样肆无忌惮？

周越清了一下嗓子，正色道："我觉得现在氛围很好，看不到彼此的脸，你的胆子也能大一些。"

萧瑜："我的胆子一向很大。"

周越："可我觉得你在向我透露一个信号，好像是我的身份、地位、金钱，还有那份协议，是这些东西在压迫你。你的压力，是来自我。"

他的语速不快，每一个字都很清晰，清晰地响在耳边，压在心里，每一下都令心脏一震。

他似乎看透了一切。

这或许是每一位上位者心知肚明的东西，他们高高在上，看着周围的巴结、讨好，看着他们的小心翼翼、绞尽脑汁，就像是讲台上的老师看着下面学生的小动作一样清晰。

她的理智、冷静，一直在提醒她、告诫她，叫她不要失去判断力，不要一头扎进去，不要觊觎自己没本事得到的东西，最终惨败收场。就算这是一场注定是有权者胜利的较量，那么她也要尽力拿到更多好处，起码不要一无所有。

情感控制不了，起码还有身体的快乐，金钱、物质的满足，工作上的成就感，个人职位的提升——情感并不是唯一追求。

不得不说黑暗给了她胆量和勇气，有些话面对他，她是说不出口的。

她有很多顾忌，虽然被吸引，但不敢放肆，她还要考虑以后，比如工作、人脉、职位、金钱、前途。而这些东西不在他的考虑范围内，他进退的空间远比她大。

在萧瑜给出反应之前，周越又问："我想知道如果没有这些压力，就只说我这个人,你觉得怎么样?"

这话落地,屋里又一次沉默了。

萧瑜闭上眼,就算心里再多挣扎,有件事实已经摆在眼前。

如果她对他没有意思,他的协议她不会答应,因她知道这种协议意味着什么;如果她对他没有意思,那么他提议留下来聊天,她不会答应,因她知道一男一女坐在黑暗中交心意味着什么。她既不天真,也并非只有小聪明。

"如果你什么都没有,只说你这个人……"萧瑜开口了,"你的性格、能力,你的样貌、身材,你的学识、谈吐,都是吸引我的。我不会排斥和这样的男人发展一段感情,不管结果如何,在过程中我都是获益的、愉快的。"

周越:"所以是我的身份令你犹豫。"

萧瑜:"是。"

周越:"我还以为,向上社交、追逐名利和平台是人的本能。"

萧瑜:"的确是。如果我只是一个普通员工,被老板这样青睐,我大概不会考虑后果,先将眼前的利益占住再说。但我现在的职位和薪酬都不允许我感情用事,我手里的筹码虽然变多了,但得来不易,我不敢一掷千金。我怕赌输了,赌注我付不起。"

正是因为有了更多筹码,才更加珍惜。

周越问:"你担心迈出那一步,后面无法收场?还是担心关系结束之后,我因为在你这里摔了跟头,心怀怨恨,会在工作中打压你?"

萧瑜:"都不是。你不是这样的人,你连睡眠时间都是挤出来的,哪还有心力考虑这些鸡毛蒜皮的小报复?"

周越叹了一口气:"你把我搞糊涂了。"

别说周越,萧瑜自己都还在消化当中。

她根本没有心理准备要和周越谈到这一步。

"不如我这样问吧。"说话间,周越朝她这边挪了一点,沙发垫也跟着起伏。

他靠近了,身体几乎要挨上她,她感觉到自他而来的热量。

周越问:"你喜欢我吗?"

萧瑜没有躲,老实回答:"喜欢。"

周越:"我也喜欢你。"

萧瑜没接话。

周越又道:"你说了那么多你的顾虑,好像因为我站的位置高,顾虑就会相对比较少。其实不是,我也有我的顾虑。如果只是一点好感,我不会靠近你,提出协议,还提议让你帮我选购软装。我能接触到的出色女性有很多,一时好感很容易,转眼就淡了。人与人之间的欣赏并不少见,如果我每一次都提出进一步发展,那我的时间会都拿来干这个,现在这个项目也不会是我的。"

这倒是。

萧瑜安静地听着。

即便是在萧家受宠的萧固,为了争取更大的天地、更高的平台,也不得不牺牲自己,与顾荃订婚,放弃和叶沐的感情。而不受宠的周越为了越级,私人时间挤压殆尽,不是在出差就是在出差的路上,这才有机会和一早就拥有这些的萧固平起平坐。两家的项目就算没有周越,周家也会派出其他人,那么面临萧家联姻的人也不会是他。

萧瑜问:"你是想告诉我,你有想过视而不见你对我的感觉,就当它是一时好感来冷处理。但你挣扎过后还是做了选择?"

周越:"是的。"

他在黑暗中摸索她的手,先是找到了她的手臂,又顺着手臂线条滑下去。

她的手被握住了,她手心发热,却发觉他的比她更热。

周越说:"每个人都有自己的难题,就算这个人什么都有了,也有可能面临一段感情来得不是时候这样的难题,不得不做取舍。我只是希望你知道,我并不是你以为的那样游刃有余,随便找个人玩玩,一旦有矛盾就拿身份压制对方,什么都可以靠钱解决。这种以大欺小的关系自然会满足一些上位者的变态私欲,但我个人倾向的是健康、趋于平等、互相欣赏、互相成全、心甘情愿的发展。我没有你以为的那么从容,好像这段关系我一点都不需要纠结似的。"

萧瑜忍不住笑了,笑他的口才,竟然拿出商业谈判的三寸不烂之舌来说服她,就为了让她相信他的诚意,相信他也有难处和矛盾。

周越似乎感受到她的笑意,又道:"我说想聊聊天,你就留下来了,可见你也想听我说什么,你心里是向我倾斜的。如果你已经做了决定,以你的性格,你会借口拒绝我,说你想睡了,说你还要回工作电话等等。我也是个要面子的人,听到这样的婉拒自然不好再强求什么。对吧?"

萧瑜仍在笑。

周越问:"你到底在笑什么?"

萧瑜说:"你现在的行为,就像是我怎么都不从,你就极力说服我,让我相信你是个'好男人'。其实不用这样,我不是在怀疑你,只是还在调适,还不习惯。就算你不说服我,等过段时间我自己想明白了,克服心理障碍了,兴许……"

说到这里,萧瑜又停了,她找不到合适的用词。

周越追问:"兴许什么?"

萧瑜在黑暗中白了他一眼:"你知道是什么意思。"

周越低笑出声,又得寸进尺挨近了些。

萧瑜已经觉得有点闷热了,可她没有挪动,被黑暗放大的感官已经充分感觉到两性的相互吸引和碰撞,他的上衣布料碰到她的手臂皮肤,她甚至能感受到他的气息。

再开口时,萧瑜说:"对于你和萧固,我已经习惯了听命行事,以助理的身份服务到位,坚守工作守则,争取每一件事都做到最好。这种公对公的关系突然要变成私对私,我当然需要适应角色转换了,我又不是精神分裂。"

"嗯。"周越的声音和气息更近了,"你的考虑一向周全。"

萧瑜又道:"既然你这么不希望我和你之间压力大于情感,我觉得咱们还是要约法三章,这样才公平。"

周越问:"你要约定什么?"

落在肩膀上的头发被他的手指卷起来。

萧瑜觉得有点痒,下意识地缩脖子:"如果发现不合适,或是出于其他原因而分开,我希望是和平分手,不要影响双方的生活、事业。"

"还没开始你就想到善后了。"周越叹了一声,"就这么怕我欺负你?"

萧瑜解释道:"我知道你不会,所以这是君子约定。如果你是小人,这种约定根本没有任何约束力啊。我出于自我保护,希望工作、职位不受影响,这也是可以理解的吧?"

周越点点头:"嗯,还有呢?"

萧瑜:"还有,如果有一天你遇到了能给你带来更大好处的相亲对象,或是你喜欢上其他人,我希望能第一时间知道——我有知情权。"

周越:"没问题。但这个约定听上去像是陷阱,好像只是对我单方面的规定。"

萧瑜:"当然是双方的,如果是我,我也会告诉你。"

这一次,周越没有立刻接话,他身体没有动,只有缠绕发丝的手指在转动,就像是活络的心思。

萧瑜继续说:"至于第三条嘛……虽然你之前说你这里的职位邀请和感情无关,但我知道其实两者是有关系的。如果不是因为你喜欢我,你不会轻易提出,这种事你会交给人事去做。"

周越:"因为我希望你能在我身边,个人情感和能力表现我认为并不冲突。而且我的助理只向我负责,你又是这种公私分明的性格,所以我很放心。"

"那么,就算将来你的特别助理有其他感情发展,论及婚嫁,也可以享有公私分明的待遇吗?"萧瑜问。

周越沉默了,她看不到他的表情,有点遗憾。

半晌,他问:"这就是你约定的第三条?"

萧瑜:"这第三条是否需要兑现,现在还不可知。也许我不会加入你的团队,那它就不存在了。但这依然是一条君子协议,如果你要做小人,我是没有力量对抗的。"

周越又发出一声叹息,好气又好笑,他这个晚上叹气的次数比过去一个月都多:"你这是在将我的军啊。"

萧瑜微笑着承认:"是的。"

第七章
假戏真做

就利益来说，这约法三章对周越没有任何实际利益损失，就算真的损失了什么，也只是个人心情、自尊心那些虚无缥缈的东西。

说是将军也好，威胁也罢，就看周越是否输得起，做一个真正的君子。如果他将来反悔，怎么都不肯"放人"，那他在她心里的分数一定一落千丈。但话说回来，他若不在乎她的感受，又何必抓着人不放呢？他若在乎她的感受，自然要大方成全。她这样说，就等于把他架在那个位置上。

萧瑜一副没有商量的态度，周越反倒不好讨价还价，显得自己斤斤计较。

许久过去，周越又一次叹气，自觉被吃得死死的，却又控制不了蓬勃的好奇心和欲望，只想将这层关系推进下去。

他只得做出选择："好吧，三条我都可以答应，但我现在心情很差。"最后半句话透着不甘。

至于为什么差，可能是介意她到这个时候还能这么冷静、客观地考虑日后得失，并没有被一时情感冲昏头脑——他当然欣赏这样的女性，却又因此而挫败。

人就是这样矛盾，自己保持理智地喜欢对方，却又希望对方为自己失去正常思考的能力，好像这样一来，理智的那一方就赢了，而失去理智的那一方就意味着沦陷得更彻底。

又或者，他是生气她已经预设了未来，画上一个 BE（坏结局），但她却振振有词——如果未来没有发生这些事，这些君子协议就不会触发。但如果发生了，那么这些君子协议就是有先见之明。

她的能力如果能用在工作上，做老板的必然受益无穷，他的眼光没有错。

她这样的女人注定了不会"恋爱脑"，也不会精神分裂得只将聪明放在工作里，在恋爱中当个甘之如饴的大傻瓜。如果她是这种傻瓜，他大概也不会心动。

当然，对手戏要双方旗鼓相当才唱得起来。这种能力指的并不只是金钱、地位，还有精神领域，比如情绪控制、情感驾驭、情商考验。

萧瑜听到他的回答，又是一笑，心里是愉悦的。

但她知道见好就收，并不会将自己的快乐建立在他的气闷上，于是她将手落在他的胳膊上，身体也向他倾斜，说："周先生心胸宽广，不会跟我这点小要求计较的。"

何况还是不会造成实际损失的要求，连名誉都不涉及。

"灌迷魂汤没有用。"周越表现得十分"冷酷"，还将身体挪开一点。

萧瑜忍着笑，又挨上去，说："你只是不高兴我说得太直接了，可是这种事也没办法委婉啊。"

周越从鼻腔中发出一声"嗯"，听上去很像是在冷哼。

萧瑜又说了几句"谄媚之词"，声音带笑。周越听得十分顺耳，但依然绷着情绪，不让她听出来他已经消气，有些得了便宜还卖乖。

说白了，他心里那些不乐意，无非就是需要人顺顺毛罢了。

如此你来我往，他站在台阶上不下来，她递了几次梯子无果。

周越正想着趁此机会多听两句软话，直到一抹温暖落在他的脸颊上。

他一时猝不及防，心口荡了荡。

萧瑜的唇没有立刻挪开，依然贴得很近，只隔了一点距离问："有

138

没有好一点?"

她的呼吸拂过他的面颊。

周越向她这边转头,嘴巴过硬:"不好。"

她感受到气息的转向,又凭着感觉亲了一下,落在他的嘴角上:"这样呢?"

周越又转过来一点,嘴角已经扬起:"不够。"

他的手缓慢滑向她的后脑,就只是放在那儿,好像是在帮她固定位置。

直到她的唇轻轻贴上去,这次多停留了一秒钟,又分开,她问:"那这样……"

她的声音十分低,十分含糊,而且根本没有说完话,就被他打断:"太少了。"

他手上用力,这次两人的唇终于黏到一起,不是浅尝辄止,也不是礼貌性地试探,而是唇齿交缠,丝毫不客气地抢夺对方的氧气。

他在喘息,她在嘤咛。

他像是在发泄,恨不得将嘴唇上所有神经末梢都和她的紧密连接,将自己的所有情绪传达给她。

而她舌尖发麻,嘴唇发软,充分体会到数以万计神经末梢共舞的力量,脑子里顿时充满多巴胺、催产素这些物质,精神上的愉悦足以治愈一切。

不够,还是不够。

直到灯光乍亮,即便是闭着眼睛也觉得晃眼。

萧瑜下意识地错开,将脸埋到周越胸前,遮蔽刺目的光线。他也抬起手挡住光源,低下头忍不住用鼻尖磨蹭着她的头发,嗅着她的气息,感受发丝滑过的触感。

随即,两人同时笑了,笑声自胸腔汩汩溢出,共振在一起。

中央空调再度开启,冷风源源不绝。

她整个人被他搂在怀里,她的一只手揽着他的腰身,上半身贴着他,歪着身体坐着。

他轻抚着她的背，低声说："我心跳得好快，要跳出来了。"

她说："我听到了。"

他的手将她圈紧，帮她换了个姿势。

她坐到他腿上，比他高出一点，待适应了光线，她看向他的脸，一手落在他的后脖颈，轻抚着干净整齐的发尾。

那里推得很干净，细小的毛发茬儿有些扎手。

鼻尖相抵，嘴唇时不时触碰到一起，如蜻蜓点水，有时候则浅尝辄止，将热烈的余韵无限拉长。

周越终于错开一点距离，低声喘息道："我还有个会要开。"

"我知道。"萧瑜笑着，嘴唇红润，"我来做记录。"

话落，她便站起身，走向水吧，准备煮热水。

热水壶刚按下开关，周越就跟了过来，从后面贴近她，揽住她腰身亲吻她的发丝。

"你要不要先去洗个脸，准备开会。"萧瑜没有躲，只是笑着建议。

周越嗯了一声，身体却纹丝不动仍有留恋，像是粘了胶水一样。

他喃喃道："今天算是正式确定关系，的确不能操之过急，起码要再约会两次。"

这话也不知道是对她说的，还是对自己。

萧瑜没接话，只笑着拉他去洗手间。

周越进去之后快速洗了把脸，出来时发梢有点乱有点潮。

萧瑜已经冲好热茶，打开笔记本电脑做好会前准备。

周越落座，不到两分钟就和另外几方连线，快速进入工作模式。

人在工作中会散发一股特别的魅力。认真专注，理智冷静，这些优秀特质都会在这个时候发挥得淋漓尽致。

会议不算长，不到半个小时，连线切断，周越摘下眼镜，揉着眉心舒缓疲劳。

萧瑜仍在做最后的总结收尾，快速检查了一遍，再以邮件形式发给他。

周越收到邮件后又阅读了几分钟，一边看一边思考细节，直到萧瑜给他续了半杯热水回来,他才看过来。

周越笑了,就跟抹了蜜似的:"看来正向的恋爱关系有助于提升智商、情商,刚才这个会明明很枯燥,但我却觉得精神奕奕,有用不完的劲儿。"

萧瑜接道:"不只是智商、情商,甜言蜜语的能力也提高了。"

随即,她问:"你今晚还要熬夜吗?"

周越:"该做的都做完了,我可以早点睡,做个美梦。"

萧瑜扫了他一眼,起身收拾东西:"那我回去了,真的困了。"

周越仍坐在那里,看着她收拾桌面,笑而不语。

直到萧瑜拿齐所有东西,周越将她送到门口,说:"你身体不舒服,明天多睡一会儿,中午我来找你。"

萧瑜应了声,走向对面。

开门后,她回身笑了笑,周越就倚靠着门框,弯着眼睛瞅着她。

直到门板合上,周越才转身回屋。

萧瑜回房后没多久,就收到他发来的信息:晚安。

萧瑜:晚安。

直到冲完澡,吹干头发,再看时间,已经过了将近一个小时。萧瑜躺下来最后回复一波信息,随即关掉所有闹钟设定,将手机扣在床头柜上。

一夜好梦。

翌日醒来已经临近中午,萧瑜没有立刻起身,就躺在被窝里翻了翻手机。

周越:起了吗?

萧瑜回道:刚起,我收拾一下。

周越:你慢慢收拾,下午咱们返程。

萧瑜快速收拾好内务,并将自己拾掇干净,换上一身轻便衣裤,出门时正好是午餐时间。

她下到一楼,饭厅飘来香味。

周越已经在了，同样坐在饭桌前的还有萧臻、赵茉和萧绪。

萧瑜正要打招呼，下一步却感觉到桌前气氛的低迷。

赵茉低着头，好像挨训的小孩子，萧绪也面露狼狈，将目光转向一边。

周越和萧臻却好似大家长一般，一左一右审视对面的两人。

"多久了？"

"为什么一直瞒着大家？"

"成年人要为自己的行为买单。不要妄想拉我们做帮凶，帮你们隐瞒。"

"我已经和家里说了，后面的事你们自己处理。"

如此一唱一和，不过几句话就把事情解决掉。

萧臻先一步起身，说："我还有事，先走一步。"

赵茉和萧绪也没有久留，先后起身，一个往楼上走，一个往外面走。

萧瑜就站在外围看完全程，直到只剩下周越时才走向饭桌。

周越从厨房拿出一份餐具，递给她说："我还没吃，一起吧。"

萧瑜点头，喝了两口汤，又看了看他的脸色，全然没有刚才的严肃，忍不住问："刚才是……"

周越哦了一声说："一个唱白脸，一个唱红脸，把他们俩搞出来的乌龙事定了，好回家交差。"

萧瑜问："萧臻也不想联姻？"

周越："如果条件吸引人，她是无所谓，但现在二房能分到的利益并不多，那边觉得不划算。"

萧瑜："现在的意思是撮合赵茉和萧绪？"

周越："能不能撮合成还不得而知，总之我和萧臻都已经表态，会给他们多添嫁妆和聘礼。虽然和家里的初衷不太一样，但也算是达成周、萧联姻。就算不成，也与我无关，我已经脱身了。"

萧瑜又问："如果没有这一出，你希望我怎么帮你呢？"

周越："其实你能做的很有限。家里的聚会，我会带你出席。私下里我会和萧臻说清楚，希望婚后分开生活，因我不愿放弃现在的感情。我还会和现在的女朋友生孩子，虽然不是婚生子，但会精心培养，将来一样会写进遗嘱，继承方面公平竞争。"

这算盘打得，站在萧臻这一方真是后患无穷，就算有婚姻名分和巨额利益在，也可能只是一时的，很有可能现在的好处、利益将来都变成"外人"的。而且这种协议本来就利于男方，萧臻若在外面有私生子，是绝对不可能获得同样的继承权的。

萧瑜："听上去的确是她比较吃亏。可万一萧臻同意了呢？你怎么办？"

周越："真到那一步我还有别的办法。"说到这儿，周越又是一笑，"不管怎么说，我现在脱身了。"

结束周末假期，萧瑜又一次登录FB。

她又发布了一条动态，写道：请问有没有朋友，和上司假扮情侣之后，不小心假戏真做的情况？有没有什么经验教训或忠告可以告知？

这是萧瑜冷静下来之后产生的疑问。

她不是有了爱情就饮水饱的性格，连看世界都会多一层滤镜，满脑子粉红泡沫。回到家后，她仔细想过她和周越的关系，虽然可以享受到谈恋爱的甜蜜，体验思想共鸣的快感，工作上也可以打配合，有成长，但这样的关系仍有隐患。

大概是萧瑜的提问透着八卦的味道，很快就吸引了一批用户的回答，而且在这条之前，萧瑜还发过另外一条：有点好感的男人向女人提出假扮情侣，要不要答应？

有人提醒萧瑜，唯一要担心的就是分手后会不会被穿小鞋，有些男人很小气，尤其是位高权重被伤到自尊心的男人。

有人说，这是很甜蜜的事啊，可以公费恋爱，但可能会有同事非议。这也是没办法的事。

还有人说，如果出现分歧，或者无法继续不得不分开的时候，最好等对方先提出来，下属甩了上司，这会很难处理。

也有人说，要是被老板知道了，可能会请其中一个离开，自己现在的公司是绝对不允许办公室情侣的。

萧瑜洗完澡出来一看，留言已经回复了几十条，其中还夹着一条网友BK的留言：先说声恭喜，看来你已经做了选择。要相信自己的眼光和选择。如果他人品尚可，是不会为你带来困扰的，还会尽力去解决。一段感情的开始需要一个磨合的过程，会有开心的时候，也会有矛盾的时刻，希望你们能顺利度过磨合期。

萧瑜回复了BK：谢谢你的鼓励。你说得对，有矛盾需要两个人一起面对，度过尴尬的磨合期。希望我没有选错人。

回复完BK，萧瑜这才点开微信，先拣出重要的工作微信回复，随即再次点开周越的对话框。

他说：新办公大楼我和萧固在同一楼层，秘书室在靠近走廊的中段，有个靠窗的位置不错。

这已经不是暗示，而是明示了。

萧瑜笑着打字：是风景很好吗？谢谢周总的关心、体贴。

另一边，周越忙完一圈点开手机，刚好看到这条回复，不由得翘起嘴角。

但他没有回复微信，而是又登录FB看了眼，刚好看到萧瑜在上面的回复，尤其是那句"希望我没有选错人"。

周越笑意渐深，心里想着，怎么会选错呢？

然而当他看到回复时间时，笑容又减了一点。

原来萧瑜是先去回复了FB上的路人网友，又过了十几分钟，才来回他的微信。

看来刚确定关系的男朋友位置还不是很高，竟往后排了这么多——虽然这样想有点鸡蛋里挑骨头。

周越想了想，在微信上回道：我一向体恤下属，对外就这样宣传我。

萧瑜发来两个表情，一个"是，遵命"，一个捧腹大笑。

周越的笑意又多了些，目光转向笔记本电脑，见来了新邮件，随即放下手机，继续投入工作。

翌日，神清气爽的萧瑜到公司上班。

上午的行程基本被会议和报表填满，下午抽出一点时间，萧瑜跟着公司的车去了新办公大楼参观。

秘书室有自己的独立办公区，但跟过来的人手目前只有三人。

其实萧瑜早就见过这边办公区的视频，一眼相中靠窗的位置，这里不仅采光好，最主要是出入方便，距离两个总裁办公室都很近。

她将位置选定、登记，脚下一转，便去总裁办公室拍摄视频。

家具和绿植已经齐全，还少了一些装饰品。

萧瑜认真拍完办公室全貌，分别发给萧固和周越，同时发给负责办公室的设计师。

两位总裁都在忙，没有第一时间回复，室内设计师倒是回复很快，给出意见，并约定上门时间。

处理完琐事，家居店的店员发来微信：你好萧女士，之前周总预订的床和床垫都已经运到国内，明日抵达库房，请问什么时候有时间，上门配送需要您或周总亲自检验。

这部分萧瑜就可以处理，她没有立刻回复，直到下午周越回复了信息，萧瑜才提到定制床和床垫到货的事。

周越第一反应就是：这么快？

第二句是：那就尽快配送吧，时间你定，我可能不能过去亲自验证，就交给你了。

这之后几天除了工作，萧瑜便是和设计师交接办公室布置。

直到初步定下方案，经过两位总裁同意并开始着手准备，萧瑜这才定下送床上门的时间。

从送货到安装，到试床、签收，前后不过半个小时。

工人工作有序且利落，家居店的经理还跟车一起过来，讲解注意事项，全程服务到位。

萧瑜和家居店经理寒暄过后，收下经理送来的小礼品和新品画册，这才笑着将人送出门。

萧瑜简单收拾了一下屋子，将定制床外面的保护膜撕掉，简单擦拭干净，拍照记录。

她从置顶聊天窗口中找到周越，选择图片、发送，随即收了手机，准备离开。

没想到周越秒回：你试了吗，舒服吗？

萧瑜：舒服。

周越：你拍的角度看不出来尺寸，都对得上吗？

萧瑜：放心吧，现场量过了，没问题。

周越：那你躺上去自拍一张我看看？

萧瑜挑了挑眉，静了几秒才回道：我没有自拍杆，不好拍啊。

周越：那你坐在边上，尽量举远一点拍一张我看看人和床的比例。

这都是什么古怪要求？

萧瑜找了个位置，将手机放在对面的条桌上，设置好时间，再折回到床边，对着镜头笑了笑。

等照片拍出来，她第一时间发给周越，并问道：可以了吗，周总？

周越：挺好。

萧瑜拿着包走向门口，边走边回：萧总办理软装的时候，可没提过这些额外要求。周总还真是独特。

谁知，萧瑜刚打开门，视线就和站在门外正低头打字的身影撞上。

周越抬眼，笑问："有多独特？"他边说边进门，蹬掉脚上的皮鞋，拉着她折返屋里。

萧瑜："你不是没时间过来吗？"

周越："这不是突然有了嘛，就顺路来看看。"

周越先去洗手，萧瑜从饮水壶里倒出热水给他。

周越喝了口，就往里面踱步。

这栋公寓的设计依然包含起居室，用的是推拉门，这会儿门开着，

146

视线一眼就能穿过起居室看到卧室。

萧瑜跟进来说:"还差一个大屏风,不然站在门口就能看到里面,不太保护隐私。"

周越:"嗯,如果没有合适的尺寸可以下定一个。但我个人是无所谓,只是自己住,没有请朋友的打算。"

说话间,周越坐在床尾,随即向后一仰,双臂举高,伸了个懒腰。

因为这个姿势西装裤绷在腿上,就像女人躺下,上身衣服会服帖、凸显胸部一样,男人有的部位也会是同样效果。

萧瑜扫了一眼就错开,上前问:"怎么样,是你要的感觉吧?"

周越将双臂枕在脑后,半眯着眼睛,神情舒缓地笑了:"嗯,舒服。"

萧瑜看了眼时间,又道:"不要睡着了。我先回公司了。"

"等等。"周越抽出一只手,迎向她,"一起来试试。一会儿我叫郭力送你。"

萧瑜嘴上说着"我开车来的",脚下却跟着上前两步,并在床沿坐下。

周越用手碰了她一下,催促:"试试。"

萧瑜只好平躺,盯着天花板一动不动地沉默了几秒,随即转头。

周越已经调整了姿势,侧躺撑着头瞅着她笑。

萧瑜明知道不会发生什么,却还是横了他一眼,转身起来将套装拽平,说:"快点,真的要走了。"

周越在后面叹了一声,萧瑜没理他。

直到走到门口,她正弯腰穿鞋,他的手臂突然从后面勾上来。

萧瑜只得直起身,转过来看着他。

因为身体贴得很近,他每往前走一步,膝盖都会碰到她的腿,她就要向后错一步,直到一步步背贴到墙壁。

萧瑜站住不动,将脚跟踮起来一点撑住墙角。

但即便如此,她仍要仰头看他。

周越低头微笑着,问得直接:"什么时候试用一下那张床?"

萧瑜当然知道他指的是什么,她没有装傻,只觉得脸上发热:"先预约个时间看看。你行程这么忙,现在不好说呀。"

周越清了下嗓子,从兜里拿出手机,当着她的面刷了几下,随即说:"周四出差回来,周五我可以早点下班。"

萧瑜扫了一眼:"哦,我尽量吧。你知道的,我只是个打工的,凡事还要以萧总的行程为准。"

周越笑道:"都听你的。那我周五早点回来等你?"

萧瑜只推了他一下:"我真的要回去了。"

周越这才让开,和她一前一后出门,一直到下楼取车,脸上始终挂着浅笑。

第八章
陆荆

陆荆入职了，比想象中的还要快。

虽然萧瑜一早得知消息，但在公司见到刚离开前东家的陆荆还是不免惊讶。

正常办理离职手续，走正常的交接流程，加上入职手续，就算顺利都得个把月。这火箭速度，大概率是发生了某些特别事件。

按照覃非的说法是，陆荆和前东家的顶头上司发生冲突，疑似是被前上司设计陷害——这是前东家项目部传出来的风声。

前不久，陆荆率领的小组才完成和这边的项目谈判和签约，算是大功一件，若说功高盖主也不算冤枉。但令人意外的是，竟然这么快就被挤了出来。

覃非描述得绘声绘色，萧瑜听了却没什么反应，也不感到奇怪。

陆荆骨子里实在骄傲，被穿小鞋一定不会服软、低头或忍气吞声。

他那样的脾气和能力，顶头上司要是没点手段，还真拿不住他，而且有这样一个下属虎视眈眈，上司必然如坐针毡。

听覃非说，猎头接触完陆荆之后，到了询问前东家意见的环节，前东家的上司还对这边人事添油加醋说了不少陆荆的坏话。当然抹黑的重点不在能力上，单单就说他不合群、不团结、搞个人主义、好大喜功，这几点就足以致命。

公司招聘找的是员工，员工不管个人能力如何卓越都要有服从精神，而不是动不动就要个性、搞对抗。说白了，为人处世圆滑，也是当代职场人需要学习的生存技能。

话题和传言似乎一直伴随着陆荆。

他入职的消息刚传开，秘书室就讨论了一波，除了能力和颜值，还有从前东家传来的花边新闻，以及陆荆是萧固特别看中，要求挖来的人才。

萧固直到下午才出现在公司，只抽出十五分钟说要见见本人。

总裁钦点，这是什么待遇可想而知。

萧瑜奉命下楼去叫人，来到项目部时，陆荆正被一群人围在中间，似乎很受欢迎——倒是没有从他身上看出丝毫挫败感，他和以前一样走到哪里都是风云人物。

萧瑜咳嗽两声，待人群散开，她才笑着上前说："准备一下，跟我去见萧总。"

陆荆也收了一点笑，脸上多了几分严肃，先到新办公室里拿上西装外套和手机，一边系扣子，一边走向萧瑜。

萧瑜立在原地，目光一直落在他身上，脸上的笑容是客套的，只用来应付同事和熟人。

但这一刻，她想的却是大学时与他的朝夕相处。

他们一帮同学去露营，他们一起去刷夜唱歌，一起去玩密室逃脱和剧本杀，一起上下课，一起参与社团活动和研究小组……

大学生嘛，总会畅想未来，想到的都是好事。

她当然也想象过他将来走入职场平步青云的时刻，穿着西装意气风发，丝毫不掩饰才华与野心。

就像现在，他人高腿长，走路带风，走向她的这几步眼神笃定，姿态从容，并开口道："走吧。"

萧瑜点了下头，转身走在前面。

陆荆只比她慢半步，两人一前一后走出部门，来到电梯间站定，他才开口："我需要注意些什么？"

萧瑜说："做你自己就好，不用刻意迎合。萧总的脾气不容易摸透，他也不喜欢太圆滑的人。"

陆荆点头，其实他也料到了。前任顶头上司一直说他是刺儿头，猎头的意思却说新东家十分欣赏他的个性。

电梯来了。

萧瑜和陆荆站在一左一右，光鉴照人的门板映出两人的模样。

陆荆又问："那有没有给我的忠告、建议？"

萧瑜看向镜面中的他："你指的是作为我个人，还是站在特别助理的立场？"

陆荆："都有。"

萧瑜想了下，说："两性关系你要重新审视，尽量处理好。你的老东家传出不少小道消息，就算有一半是以讹传讹，故意抹黑你，作为当事人你也有责任。听故事的人是不会去考证你到底是不是真的花心，他们只会认为你就是故事里那种人，感情生活管理不当，可能会影响到工作——这是我个人的意见。"

话虽不好听，但也算中肯。

陆荆不是第一次被人质疑，前任上司更当面问过他，为什么那些花边新闻不围着别人，偏偏围着他？难道他自己一点责任都没有，难道就没有更好的处理方式？

陆荆点头说："你说得对，谢谢。"

他看过来，两人的目光在镜面中交汇。

萧瑜适时错开，又道："至于工作上，萧总看中的是你的能力、野心、锋芒、手段，你只管去做就是了。"

萧固并没有明说他对陆荆的期待，但萧瑜知道，即便萧固这几年的规划是更求稳，他依然需要培养一支狼性团队。所谓养兵千日用在一时，怀柔政策只能用于日常，一旦到了攻城略地、杀伐决断的时候，便需要有人冲在前头。

陆荆再次道谢，电梯来到高层。

萧瑜依然走在前面，陆荆步子稳健地跟在后面，直到来到总裁办公室。

十五分钟会面说长不长，却足以令一个对职场充满斗志的普通人改变命运。

萧瑜全程都在场，听着两人的对话，心绪复杂，思路飘得很远。

待陆荆离开，萧固亲口对萧瑜道出他的评价："很好，野心勃勃，逻辑清晰，主次分明，前途不可限量。"

萧瑜没有接话。

萧固瞥来一眼："你的眼光还是不错的。"

萧瑜顿住，她知道瞒不住萧固，只好说："都是陈年旧事了，您还要拿我打趣多久？"

萧固笑了。

其实萧瑜并不了解站在萧固这样上位者的角度，他眼中的她和陆荆具体是什么样的。她没有那样的出身，没有体验过经商世家的优渥生活，只能以现在的高度对比大学刚毕业时的迷茫。

那时候她看一切都觉得不确定，对自己的定位也不够清晰，却还给自己找借口，告诉自己她还年轻，有的是机会施展能力。

直到今天再回头一看，不由得直冒冷汗。

如果没有萧固的赏识、提携，如果不是她牺牲了大部分私人时间，用来研究萧固的喜好、性格，将"服务好老板"视为职场的唯一准则，现在的她会是什么样、会在什么级别的职位上？

别说高层了，就是普通管理层都没戏，她应该就是一个部门的普通员工，虽然有大把时间和男朋友约会，规划未来，合计一起贷款买房、成家生子，却也有失业风险和如何兼顾工作与婚姻的困境。

这样想不是妄自菲薄，客观来说她如今展现出的能力实在太过于有针对性，必须放在一个特定环境下一个特定的老板身上才能发光，将这些本事、技能放在任何一个部门里都没有实战余地——何况她还是女性。

女性升职需要付出比男性多十倍的努力，以及百倍的牺牲，要将自己为数不多的筹码全部扔到赌盘里。

能杀出重围的女性能力一定是人上人,而她自问没有那样的棱角。

每一个人都曾幻想过自己多么优秀卓越、战绩斐然,最好是一飞冲天、令人艳羡,淹没在吹捧和赞赏中,于是为了追求那注定会破碎的"精神毒品"勉强自己,以可笑的姿态去做那些和真实能力并不匹配的事。

一旦失败,便自我否定,从此迷失方向,接连打击后体会到一种怀才不遇的无力感,一部分人愿意躺平接受自己的平庸,一部分人依然"自恋"地活在自我洗脑当中。

不说别的,就说陆荆好了。

陆荆是男人,她是女人,陆荆谈业务的能力远在她之上,而且不受性别制约。

一些饭局、酒局需要逢场作戏打成一片的活动,男性总是多一些便利。这也就注定了一切可以洗牌重来,即便他们站在同样的出发点,接收到同样的机会,若干年过去之后,他依然会遥遥领先冲在前面,将包括她在内的同龄人甩在后面。

最现实的就是,如果今天是一个女人遭遇陆荆经历的职场挤对,且背负一身的花边新闻,下一任东家大概率会望之却步,并先入为主地生出某个印象:一个尖锐且不合群的职场女性,还有一身的桃花债,破坏办公室和谐。

但放在陆荆身上则变成了——有棱角、有性格、有冲劲儿、有狼性、风流潇洒的颜值利器,适用于谈判桌的门面人物。

也不知道是不是要奔三了烦恼变得额外多,还是因为陆荆入职一事,萧瑜对自身和职场生出许多感悟,还有一点危机意识。

事实就是,没有人会排斥众星捧月、天之骄子一般的精神快感。而在底层只有被怠慢、忽视、排挤、打压,和你同样没有存在感的失败者逮着机会都能来踩你一脚,以找到他的存在感。

最尴尬的就是站在中层的人,摇摇欲坠。上面的人不停踩你,需要牺牲的时候一定会想起你。下面的人不停拉你,就算知道拉你下去,他们依然没机会上去,那也没关系,他们不介意多一个人掉下来陷入泥潭。

这些乱七八糟的想法缠绕着萧瑜,一直到周五。

萧瑜百忙之中看了下行程,猛然想起和周越的约定。这几天他们几乎断了联系,她只知道周越亲自去争取一个项目——这还是听萧固说的。

到了周五下午,周越依然没有发来消息。

萧瑜忙完一阵刚歇下来,一边回复手机上的信息,一边想着是否要发信息问他。

刚刚确定恋爱关系还有些不适应,因这次和以往不同,她也不知道该如何诠释女朋友的身份。

这时,覃非来到桌前,问:"今晚项目部要聚餐,问咱们去不去?"

这是一场可去可不去,但最好露一面的场合。

萧瑜正要回答,手机里便进来一条信息。

周越:工作再忙,也不要忘记我这个男朋友哦。

萧瑜不由得笑了,随即果断对覃非道:"我不去了,有约。"

覃非眼神古怪,随即说:"明白,那你好好玩。"

待覃非笑着离开,萧瑜回复信息:知道啦,你已经在家了吗?

周越:一个小时前回来的,刚打扫完屋子,我在家里等你。

萧瑜:我可能要晚点,一下班就来。

直到熬过晚高峰抵达公寓,已经是晚上八点。

萧瑜有些累,穿了一天的套装来不及换,更没有绕路回家拿换洗衣物和洗漱用品。她不想表现得太明显。

公文包里还装着资料和笔记本电脑,如果有可能,她还想加个小班。

萧瑜将车停稳,一手拿着公文包,一手拿着手机坐电梯上楼,利用这几分钟时间整理头发和衣领。

进门后，屋里过于安静，客厅和门廊的灯开着。

地毯上散落着一些购物袋，里面的东西已经拿出来了，就摊在沙发上。

萧瑜叫了一声："周越。"

没有人应答。

萧瑜拿起那些东西看了眼，都是男士和女士的睡衣、居家服、便装，以及一些洗漱用品和保养品。

她拿起其中一件女士款清凉睡裙在身上比了比，又拿起另外一套居家服看了看，随即往起居室的方向走。

起居室也没有人，那张定制床上已经铺上床上用品。

于是，她又转向小书房，这里多了一张躺椅，周越就躺在上面，脸上还盖了本书。

他一手耷拉下来，垂在椅子边，眼镜掉在地上。

萧瑜抿嘴笑了下，将眼镜捡起来，又将那本书拿开，露出书下面那张沉睡着的脸。

她伸出手，在他微微卷翘的睫毛边拂过。

反复几次，直到他觉得痒，眼皮和眉峰动了动，随即抬手揉眼睛。

他半睁开眼，看到是她，便笑着抓住她的手，拉她一起倒在还有余地的躺椅上。

因为侧躺的姿势，包臀窄裙和浅色条纹衬衫全都绷在身上，裙子往上带了带，勾勒出一些褶皱。

萧瑜用手肘撑住自己，见他凌乱着头发眯着眼，一副没有睡醒的慵懒，笑问："这次出差忙坏了吧？项目拿下了吗？"

周越声音很低，像是从喉咙深处闷出来一样："还没定案，但我这里已经做足了所有事。"

他身上的居家服柔软舒适，应该是穿过多次的，没有刚买回来的新衣服自带的加工味儿。

"很累吧，每天睡几个小时？"萧瑜又问。

周越一手搂住她，并将脸埋向她胸前，低声嘟囔："一个整觉都没有，就靠咖啡续命。"

萧瑜："那今天早点睡吧。经常熬夜，容易虚。"

"啧。"周越嘴里发出这样一声，气息拂过她的脖颈。

萧瑜忍俊不禁，一只手陷入他的短发，穿过去感受他发丝的粗硬浓密："还好，目前看不出来什么隐患。"

他张开嘴，在她锁骨上啃了一口，力气不大，但牙齿很尖锐。

萧瑜叫了一声，手臂上瞬间泛起战栗。

周越这才笑道："虚不虚要试过才知道。"

眼瞅着他的动作有过分的趋势，材质轻薄的裙子和衬衫越发显得脆弱不堪，萧瑜连忙抓住他的手，说："我饿着呢。"

周越抬头，吻了吻她的嘴角，手撤出："那先吃饭。"

走出去时，周越指了指沙发上的衣服，说："我叫人去买的，都是均码，你先试试。"

萧瑜一边拆包装一边说："新买的衣服不能直接穿，尤其是睡衣之类的要过一下水。对了，怎么没有我的换洗衣物？"

周越正在用手机叫餐，闻言笑道："我的助理只有郭力一个，我总不好叫他去买吧？反正家里只有我，不用穿了。"

萧瑜白了他一眼，拿起自己的手机搜附近的便利店，顺手买了一些洗漱用品，包括一盒女士内裤。

拆完包装，萧瑜抱着所有衣服去洗衣房，没多久外卖和快递相继到了。

萧瑜先去拿碗筷，周越打开超市的袋子一看，故作诧异："怎么没买那个？"

那个？哪个？

萧瑜反应了一下，和他的目光对上才意识到是什么。

她有些恼："你没买吗？我也不知道买几号呀。"

周越眨了眨眼，走过来一副商量的语气："我告诉你啊，你再下一单。"

萧瑜拒绝："不要，你自己的东西自己买。"

周越歪头瞅着她,撑着桌子乐了。

萧瑜看着他乐不可支,笑出一口白牙的模样,忍不住用手推他:"你到底买没买?"

"买了买了,第一个买的就是它。少了谁也不能少了它呀。"周越附耳道,"都放在床头柜里了。"

饭后,周越继续收拾屋子,动作利落,看得出来平时也会做这些事。

萧瑜将洗好的衣服拿到阳台一一挂起来,周越调整好扫地机器人,便走过来看着她晾衣服。

新买的都过水了,连内裤也是。

周越问:"你带换洗衣服了?"

萧瑜:"没有啊。"

周越:"那你准备……"

"裸奔"二字没有说出来,但意思已经到位了,他还笑了一声。

萧瑜调整好晾衣杆,回头瞪他:"我看到你的行李箱了,衣柜里还有几身干净的衣服,我可以先穿你的。"

周越依然在笑:"好,待会儿我找给你,都是全新没穿过的,而且洗过了。"

萧瑜收回视线,明明是简单的对话,却没来由地耳根发热。

穿他的衣服的确太亲密了。

她正走神,周越已经离开阳台,声音从屋里传过来:"你还要工作?"

他看到她的公文包和散落在旁边的文件夹。

萧瑜跟着进屋,说:"哦,有一点收尾要处理。"

周越又走进卧室,拿出一身衣服给她,上面是宽大的男士 T 恤,下面是男士大短裤。

萧瑜接过比了比,说:"我先去洗澡。"

洗澡不过半个小时,水温适中,水压稳定,洗完澡出来浑身舒爽。

萧瑜对着镜子简单拍上护肤品,又用吹风机将头发吹得半干,这才走出浴室。

周越正在厨房煮咖啡,头也不抬地问:"低因咖啡,来一点?"

"好啊。"萧瑜越过他身边,拿了两个杯子冲洗。

周越的余光瞄到她的小腿,便下意识地转了半圈,目光落在她身上。

她的头发披散着,毛巾挂在脖子上,两边垂坠下来。

萧瑜将杯子递过来,周越不动声色地将咖啡倒进去,放下壶,又不紧不慢地勾住她的腰背。

萧瑜本想拿杯子,却被他的动作打断,只得站在他身前,迎上他的笑。

"毛巾湿了,怎么还搭在身上?容易感冒。"

周越说着就要将毛巾抽走,萧瑜拽住另一头不放。

周越没有跟她比力气,就着她的力道朝另一边绕,顺势将毛巾抽走。

萧瑜身上的T恤是浅色,领口有点湿。

周越低头欣赏着,同时手落在她背上,滑过的同时将她搂近了些。

萧瑜适时伸手,掌心贴着他的肩膀撑开一点距离:"我还要工作呢。"

"知道。"周越在她唇上轻咬了一口,"去书房弄吧,别太晚。"

离开厨房时,萧瑜的体温已经高了一截,她先去将手洗出来的内衣裤晾起来,这才端着咖啡拿着笔记本电脑进了书房。

书房的推拉门合上了,只透出一点光。

周越就坐在客厅里看电视,时不时喝口咖啡,时不时回复邮件,电视里在演什么完全没有印象。

有时候会有电话进来,周越将电视声音关小,讲电话时目光瞥向阳台那边挂起的一排衣服。

直到讲完电话,周越冲了个澡出来,萧瑜仍在书房。

周越看了眼时间,在门口敲了两下。

萧瑜:"进来吧。"

周越推开门:"要不要续点咖啡?"

萧瑜摇头道:"我已经好了。你帮我看看这段话,这样措辞怎么样?"

周越走过来,萧瑜让出宽大的办公椅。

周越坐下,又将她拉到腿上,指着一段文字问:"这里?"

萧瑜嗯了声。

周越沉吟几秒,很快给出自己的意见,并多加了半句前提,使整个段落更严谨。

随即,他又问:"还有哪里?"

萧瑜摇头:"都好了。"

周越点了保存,随即合上笔记本电脑,搂着她的手却没松,而是就势往后仰。

萧瑜和他一起仰进办公椅,他的手精准地找到重点,努了努嘴说:"要奖励。"

萧瑜很想笑,却笑不出来,她躲着他的手,凑上去咬了一口:"够吗?"

周越眯着眼:"不够。"

她又咬了一下,加重力道:"怎么样?"

周越没说话,追着吻上来。

唇齿纠缠,好像进行了一场小型战争,有时候以退为进,有时候针锋相对。

直到萧瑜感觉自己唇舌都麻了,没力气了,趴在他胸前缓气。

他的手还在作怪。

不知过了多久,他将她抱起来往外走。

萧瑜暗暗惊叹着,第一次感觉到自己是轻盈的。

来到床边,她的第一反应就是去拉床头柜的抽屉,从里面拿出盒子,遂狐疑且惊讶地看了他一眼。

周越挑眉,扯下 T 恤。

盒子掉在地上，若干小包装散落在床头柜上。

他又一次吻上来，绵密而炽热。

萧瑜体会着氧气被吸走的窒息感，大脑一阵阵缺氧。

空气是凉的，体温是热的。

不知道几次，迷迷糊糊的时候，她往窗边看了一眼，天已经蒙蒙亮了。

再睁眼已经是中午。

萧瑜趴在丝被里，一手摸向床头柜。

她的手机正放在上面充电，旁边还有一杯水。

窗帘拉上了，遮光性绝佳，若不是看了手机时间，还以为天还没亮。

萧瑜没有立刻起来，就窝在床上回复了几条信息，慢吞吞地将那杯水喝光，这才去浴室洗漱。

直到洗漱完，她走出去一看，才发现周越在书房里讲电话。

见到她在门口探头，周越笑着指了指手机，随即朝她伸手。

萧瑜走过去，接过他递过来的文件，低头看了眼，上面有一些修改痕迹。

她看得仔细，他的手则在她膝窝处流连。

电话切断，周越将她拉到身前，问："睡得怎么样？"

萧瑜："床垫是挺舒服的，一分钱一分货，值得五星好评。"

周越："只有床垫舒服？那睡前服务呢？"

萧瑜笑着逗他："完全不照顾客户的感受，体验感还算不错，但是太累了，勉强三星吧。"

周越并不为自己抱不平，而是说："看来还有上升空间。"

萧瑜点头："继续努力吧。"

周越亲着她的耳朵，声音像是黏在上面："我的努力也是需要客户配合的，得多练习几次，熟能生巧，还要请客户多指导纠正。"

萧瑜身体软了半边，人虽然醒了，但脑子还没完全清醒，亲着亲着就有点飘，恍惚间还在想，刚才洗完澡就该换上昨晚洗出来的内衣裤和居家长裤,现在可倒好,一身的弱点藏都没处藏。

亲了好一会儿,萧瑜连忙叫停:"欸,客户现在饿了,需要补充热量。"

周越轻笑,随即拿起自己的手机,解锁递给她:"叫餐吧。"

萧瑜刚接过来,手机就进来一条微信。

她示意给他看,他没有避嫌,就用手点了一下屏幕,看到一条工作汇报。

萧瑜不可避免地看到界面,只扫过一眼内容,进而被微信的对话框背景图惊到了。

背景图竟然是那张她坐在床垫上的自拍。

直到周越就着她举手机的姿势回完语音,这才对上她的眼神。

萧瑜:"你怎么用这张当背景图啊,万一被别人看见……"

周越:"我从不截图,别人也没机会看到我的手机。"

随即,他又道:"就是给我自己看。"

说话间,他的唇和手还不忘延续刚才的温存。

萧瑜欲言又止,心情一时不知道如何形容,好像有担心,又好像有点喜悦。

她当然不想偷偷摸摸地来往,但凡事都有过程,"坏事"虽然做了,但心里还在缓冲,还没有做好对外宣告的准备。

等她点完餐,周越问:"你还没准备好?"

萧瑜想了想说:"如果说暗中往来、地下关系,我确实不喜欢。但话说回来,我也很能理解不愿公开是什么心理。自己的私生活为什么要昭告天下,任人品评?如果被人知道了,我会大方承认,但也不会刻意做什么,巴不得被人知道一样。"

萧瑜并不打算告诉周越,她因为喜欢陆荆就曾经处在这样的尴尬境地中。其实到现在连她自己都说不清楚当时到底要什么。

她希望所有同学都知道她喜欢陆荆,这样陆荆早晚也会"知道",不能再装傻。可她又害怕被同学们看穿心思,背后议论。

如果那些声音是嘲笑的,她会觉得难堪、狼狈,会自问是不是自己太自以为是了,或许在陆荆和他人眼中,她就是不够格。反过来,如果那些声音是支持的,她会开心。但转念一想,又难免失落,因为不管他人如何支持、祝福,她和陆荆才是当事人,只要陆荆不迈出那一步,她走十步都没有用。

当然,这些患得患失的心情已成为过去,她现在回头一看只觉得不可思议,为自己曾有过的自卑而疑惑。

要说唯一留下的,大概就是那段过去给她的心理留下的辐射,她依然不知道如何处理旁人的品评。

这是一个人人都嚷嚷着"言论自由"的时代,明明带着十足恶意,却死不承认对他人造成的伤害,只为自己的言论找理由开脱。而同样的事如果换作他们自己,又委屈得不得了,哭诉遭到语言暴力。

她喜欢过陆荆的事至今还有同学提起,这件事对她一直有影响,就连萧固挖陆荆来,都会询问她的看法。

她为了证明自己已经摆脱过去,前段时间还去参加了大学同学聚会,那大概是为了证明即便正面对上陆荆也可以坦然自若吧。结果陆荆没有出现在聚会上,她有些失望,也有些庆幸。

萧瑜走了一下神,直到周越拿走手机放到一边,低语:"当然不需要刻意向外人证明什么,这段关系是属于你和我的,就算要证明什么也是咱们之间的事。"

萧瑜点头:"我知道。"

她靠着他的肩,听着他的心跳。

他一下下顺着她的头发,问她下午的安排。

她暂时没有公事,周五见过陆荆之后,萧固就出差了。

他提议道:"那等下睡个午觉,要不要试试那个沙发,或是那个?"

他抬了抬下巴,示意她看向不远处的躺椅。

萧瑜瞄过去一眼,立刻捏了他一下:"好不容易放假,就不能养精蓄锐、休养生息啊!"

周越笑出声:"也要劳逸结合啊。咱们都忙这么久了,不该犒劳一下自己吗?"

萧瑜不再理他，又纠缠了一会儿便离开书房。

没多久外卖来了，周越去摆桌。

萧瑜将阳台的衣服收进来，不穿的叠好放进柜子，准备穿的拿到卧室换上。

"小瑜，吃饭了！"周越的声音跟进来。

萧瑜"哦"了一声，将衣服和头发整理好，先去厨房洗手。

经过周越身边，周越的目光随着她移动，自然也看到了她换上的女士居家长裤，虽然上半身的男士T恤没有换，但里面显然多加了一层。

一顿饭相安无事，周越坐得离她很近，不停地给她夹菜，像是非常沉迷投喂这项工作。

萧瑜怕吃饱了肚子会鼓起来，只吃了八分饱。

其实她有点食不知味，也不知道为什么脑子里蹦出一些叶沐与她分享过的重口味小说的内容桥段。

周越的小动作有些多，但也有可能是她太过敏感，她总觉得他的手指会时不时碰到她的肩膀、她的手、她的头发，她生怕会发生小说里描述的那些尴尬场面，一直回避他的视线，好像碗里的食物才是最吸引人的。

可能真是太久没有生活了吧，一时还无法习惯频次过密的肢体接触——她对自己这样说。

饭后，萧瑜刷了一会儿手机，用电脑快速回复了一份文件，再看周越，不知何时又去了书房，隐约还有讲电话的声音传出来。

她转头去卧室眯瞪了半个小时，睡醒后拖着步子到厨房找水喝。

没想到正端着杯子靠着岛台愣神，周越从书房出来了。

周越也给自己倒了半杯水，问她："要工作了？"

萧瑜摇头，反问："你呢？"

周越微微一笑，瞅着她说："从现在开始到明天中午，我的事都安排开了。"

萧瑜喝了口水，后知后觉地对上他的眼睛。

她正要离开厨房,周越已经来到面前,拿走她手里的杯子放到一边,双手撑着岛台,说:"偷得浮生半日闲,挤出的这点时间真是太奢侈了,一定要珍惜,要合理利用,还要发挥价值最大化。所以这大半天的时间,我是你的,你也是我的。"

萧瑜微笑着听着他一套一套的言论,直到他开始逼近,她下意识往后躲。

他不紧不慢地追,直到她已经无处可躲。

可就在他几乎要吻上她的时候,他又停了。

她刚做出一个微微抬头的动作,像是迎合,没想到他停下来,还在笑她。

她一手揪住他的T恤拉向自己。

他的唇滑向她耳边,目光穿过她的发丝在屋里搜寻,同时道出几个地点,让她选。

她没有上当,说:"你都把谈判技巧用到这上面来了。"

有几个地方她是很抗拒的,起码不是现在,相比之下沙发是最能接受的选项。但仔细一想,沙发也不正常,不如那张床。可沙发这个选项在其他选项的衬托之下,竟然变得可以接受了。

结果就是,半个下午的时间,他们解锁了两处新景点。

萧瑜体力耗尽的时候还在想,好像从没有这样放肆、放开过。是不是这种事也要看对手是谁呢?

其间,周越离开过一次,回来时端了一杯温水,萧瑜靠在他怀里小口小口地喝着。

他又低头舔她唇上的水渍,舌尖纠缠在一起。

一杯水就这样分光了,也不知道谁喝得更多。

直到夕阳西下,萧瑜趴在周越怀里,轻声说:"你让我变得放纵。"

"这不是很好嘛。"周越回应,"你就是太紧绷了,偶尔的放纵是最好的减压方式。这位小姐,本次服务您还满意嘛,需要办卡吗?"

周一又是忙碌的一天,各种会议、答复。

中午，萧瑜刚回工位喝了第一口水，秘书室的同事就凑过来问，周末是不是做了什么项目，怎么看上去容光焕发的。

萧瑜面不改色地说，只是多睡了几个小时，太久没睡过懒觉，一睁开眼半天都过去了，有点奢侈，但精力恢复很快。

覃非拿着文件过来，恰好听到这句，等秘书室的同事离开，这才投来微妙的一眼——她周末有约，这事他是知道的。

但覃非没有多问，只是将文件交给萧瑜。

萧瑜接过来看了一眼，问："这是什么意思？"

覃非："一个新项目，之前的项目经理搞砸了。我听萧总的意思是让陆荆接手。你要有个心理准备。"

萧瑜又看了一眼："萧总的意思是让我配合？"

覃非："还没定，但我听话茬儿是这样。"

萧瑜没有当即表态，将文件还给覃非之后，转头就去忙别的事。

直到下午，萧固将萧瑜叫到跟前，道出接下来的安排。

果然，陆荆负责项目，向萧瑜汇报。项目谈判在外地，需要萧瑜配合出差。当然不是萧瑜和陆荆单独出差，除了项目小组的成员，她还可以从秘书室调派一到两人。

原本萧瑜还在犹豫是否要告诉萧固，她和周越假戏真做的事——说与不说、怎么说、说多少，这里面的尺度很难把握。

问题就在于，说了就架不住萧固会追问，他问了她就要回答，而不是闪烁其词，那样只会更惹人怀疑。但如果不说，将来事发就需要解释为什么"隐瞒"。

经过周末两天的放纵，这会儿萧瑜突然"清醒"过来，她忍不住设想这件事会给自己的前途、事业造成多少障碍，是否会让萧固在工作上开始疏远她，或因此心生芥蒂。

但就目前来看，不主动说似乎是最有利的选择。

萧瑜走了下神，直到萧固问她对这次的工作安排有没有意见时，她才说道："陆荆对接的一直都是覃非，对于陆荆来说覃非才是代表您的指路人，如果他进公司的第一个项目让我接手，我担心……"

萧固说:"覃非那里没有异议。陆荆只是个项目经理,轮不到他挑人。"

萧瑜对上萧固的目光。

萧固微笑道:"良性竞争你一向不会往后躲,每一个交到你手里的工作,你都会尽力做到最好。所以这不是你真实的想法。"

萧瑜在心里叹气,承认道:"是。"

停顿一秒,萧瑜直言:"我想知道萧总这样的安排,是否因为我和陆荆曾经有段故事?您觉得我会善用这层优势,还是觉得陆荆会因此被笼络?"

虽然她和陆荆在工作上的接触,每一次萧固都不在场,但当时都有旁人。她不相信萧固完全不知情。而且覃非和陆荆接触那么多次,一定也能探知出陆荆的态度,并向萧固汇报。

别说外人了,哪怕是她再当局者迷,都能感受到陆荆对她的那一丝愧疚。

她对他的态度并不好,他虽然称不上伏低做小,但明显是让着她。

男人对女人有愧疚,男人让着女人,这样的行为就已经说明了问题——如果心里没有装着这个人,包括和她有关的故事,如果真的问心无愧,又何必这样?

萧固是管理人才的高手,不止会用人,而且会攻心。

她能做的就是搞清楚萧固的想法、用意,再衡量自己的尺度。

"都有。"萧固这样回答道,"对你来说这是机会。对我来说,陆荆是人才,但他跳槽过来是因为待遇,以及和你有关的那点不能说出口的原因。他已经在掩饰了,但还是瞒不住覃非。"

萧瑜没接话。

覃非眼睛一向毒。

萧固继续道:"如果我想收服一个有狼性的人才,我需要更多的筹码,更多吸引他的条件,让他明白我这里提供的不只是更好的待遇和平台,还有更有包容性的工作环境,更广阔的发展空间,一个识人善用并愿意包容他缺点的老板。而我需要的是他的忠诚。"

萧瑜渐渐明白了，接道："因为现在最吸引他注意力的异性就是我，我是您的助理，和我搞好关系可以一举两得。办公室恋情是大忌，因人都有私心，会有利益输送的嫌疑。而您知道我们的事，却没有警告、提醒，这是信任的表现，也是因为您根本不怕我们会发生什么。就算真到那一步，以我和陆荆的性格，根本不用老板下令，我们会第一时间做出最有利于自己的选择。这种事防是防不住的，有时候越阻止越促成。与其防范，倒不如任其发展，考验我二人的野心和能力。等陆荆洞悉您的这层意思，他就会明白这里是比外面任何一家公司都更适合他的舞台，您对他的宽容是别人给不了的，那么忠诚自然就有了。"

萧固笑了，笑容里充满了欣赏："除了会'听'话，配合老板收服猛将，也是你的工作。"

萧瑜回了个笑容，这一刻越发清楚地看到出身和眼界的不同，所带来的差距到底有多大。

萧固没有一个字是让她动用美人计，而且他一向不支持这样做，靠美色笼络的利益是最脆弱的。

他利用的是她和陆荆的过去、陆荆对她的态度，以及陆荆心里的结。而她有一定的理解能力，了解陆荆，有一些工作智慧，这些东西都决定了她不会笨到靠美色取胜，一定会衡量好尺度。

这不是皮囊上的勾引，却是另一种"勾引"。只要陆荆心有惦记，这种勾引就能成立。

这种人与人之间若有似无的联结，往往会比肉体关系更稳固。

萧瑜没有拒绝萧固的安排，尽管他表现得非常好说话。

她就像过去一样，将每一次萧固扔过来的难题当作向上进阶以及自我锻炼的机会。

老板是什么，老板就是"最不容易从他兜里赚到钱，最难服务的上帝"。老板发工资就像是买服务一样，就算员工圆满完成，也要让老板心里舒服，否则老板就会有一种"花钱买罪受""花钱请了祖宗给我脸色看"的消费体验。

就像老板花钱请人的内心诉求一样，反过来，员工拿了老板的钱，还要有本事让老板觉得这笔钱花得太值了，不止会办事还能提供好心情，那么加薪升职还会远吗？

事实就是，无论这位老板的事业观、格局多么恢宏，到了个人情绪和心情上，依然只有那么一点点——谁都不是圣人。

萧瑜和覃非虽然都受到重用，但萧瑜很清楚自己的"短板"。

她是女性，就算再怎么嚷嚷女人撑起半边天，到了实际情况里，女人依然受到各种环境和人的制约。

她拿的这份钱是"分忧解难"的报酬，如果在这种情况下，她还在工作上挑三拣四，只选自己顺心的去做，不顺心的就推掉，这就等于是在给萧固添堵。

当然大部分职场人都有类似困境，觉得自己干的这份差事太糟心，挣得少还没有自尊，受气受委屈，在人前随时强颜欢笑，人后EMO（丧、忧郁、伤感）。

工资待遇的提升的确会缓解这种不甘心，所以人们才会在网上开玩笑说，要是给我这么多钱，别说骂我，让我下跪都可以，保证给你跪破产！

至于萧瑜，在接下萧固的安排之后，她心里非但没有半点别扭，还在短时间内迅速做好了心理建设。

下午，萧瑜带着任务去项目部时，陆荆正和组员开会讨论。

见到萧瑜推门进来，陆荆的目光一直落在她身上。

萧瑜到陆荆另一边的空位上坐下，说："你们继续，我只是来旁听的。"

陆荆对她点了下头，又继续讨论。

他们所有人都很投入，也很积极，都知道这项目不容易拿下，因为上一组失利已经给对方造成不良印象，但反过来说，这也是一次表现机会。最主要的是，提成、分红可观。

萧瑜默默坐在一旁用笔记本电脑做记录,期间一言不发。

直到会议结束,陆荆让组员们各司其职,打起十二分精神,几人这才相继离开。

陆荆靠着椅背舒了口气,萧瑜不知道去了哪里,桌子上还摆着笔记本电脑和手机。

她的手机屏幕亮了,有微信进来。

陆荆没有动,只是看着亮起的屏幕,看着屏保上的风景画。

他吸了口气,正要去拿自己的杯子,却发现杯子也不见了。

就在这时,萧瑜折返,她将他的杯子放到他跟前,说:"我看空了,就去给你续了一杯咖啡。今天你们是不是要熬大夜?"

陆荆先说了一声"谢谢",又道:"任务下得太突然,来不及从头熟悉,只能恶补。"

时间紧迫,只有三天时间,三天后就要出差。

萧瑜笑了下,拿起手机看了眼信息。

周越:晚上一起吃饭?

萧瑜没有立刻回复,而是对陆荆说:"有什么需要我帮忙的,随时说。"

陆荆:"目前应该没有。这几天就是我们组内磨合。"

萧瑜这才回复周越:好,外面吃还是回公寓?

周越:听你的。

萧瑜:那就公寓吧,工作一天太累了。

周越发来表情:好。

萧瑜扣下手机,再看陆荆。

陆荆正在喝咖啡,眼睛却在看她。

陆荆:"咖啡很好喝。"

萧瑜:"特意学的。"

陆荆:"谁的微信?"

萧瑜挑眉。

陆荆又道:"哦,抱歉,就是好奇。"

萧瑜拿起手机和笔记本电脑,准备走:"那我先回去了。回头把你们这几天的会议安排发我一份,或者开会前通知我,我这几天没事,随时可以过来。"

陆荆举起杯子示意,扯出一点笑:"谢谢你的咖啡。"

萧瑜看得出来,他有些拘谨。或许是因为他想表达善意,想一改往常的印象,但对于具体该怎么做却不熟悉。

大学四年都没见他这样过,虽然她那时候不止一次幻想过。

人世间的事就是这样奇特,当你期盼时,它不出现,当你无所谓了,它却来了。虽然愿望成真,却是以迟到的方式。

萧瑜没有再看他,转身离开。

第九章
出差

萧瑜来到公寓时，周越已经在了。

他叫了日式料理，自己还没有吃，正在书房里开会。

直到萧瑜将食物摆上桌，他才出来，虽有疲倦，但见到她时漾出了迷人的笑。

萧瑜一手撑在桌沿，歪着头看他。

她不禁在想，到底是这个男人一直都这么帅，还是因为她现在蒙上一层滤镜，觉得他比之前更有魅力了呢？

出社会时间长了，喜好和感悟也会不同，十几岁时喜欢过的偶像和影视剧，如今回头看只觉得不可思议。

成人式的价值观一旦形成、稳固，逐渐情绪稳定、理智，欣赏的人和物就会更注重品位、内涵、精神层次等。

周越走过来，大约发现了她的目不转睛，笑着问："怎么了？"

萧瑜说："我现在才发现，原来你比萧固还要工作狂。你真的没有一点私人娱乐时间。"

周越回应："因为这几年比较关键，如果不拼一拼，怕日后留下遗憾。"

萧瑜只是点头，并不接话。

一顿晚饭吃得格外安静，前半段周越忙着回信息，边吃边说，后半段他总算忙完,注意到她的沉默——不只是沉默,连情绪都有些许变化。

周越问:"是不是我忽略你了?"

萧瑜醒过神,摇头:"哦,不是。是我有一些问题在思考。"

周越没有急着追问是什么:"我猜和工作和未来事业走向有关?"

萧瑜放下筷子,单手托腮看着他:"凭什么这么肯定?"

周越又拿起一副新筷子,均匀沾好酱料,送到她嘴边,同时说道:"到了你这个年纪,也是时候思考未来发展了。不进则退。"

萧瑜:"你也不比我大几岁啊,你在我这个年纪也是这样吗?"

周越点头:"我当时也遇到了瓶颈,不知道该选 A 还是选 B。短期看,似乎 A 更有利,那么长期呢?我又担心自己的眼界不够长远,看不清长期,或者一叶障目,看到的只是假象。"

萧瑜:"那后来呢?"

周越:"后来我告诉自己,与其站在原地犹豫走哪边,不如直接遵从内心,果断选择一条路走下去。"

萧瑜问:"那要是经过时间和实践检验,证明自己选错了呢?"

周越反问:"什么是错?"

萧瑜张了张嘴,随即笑了:"我想我知道你在说什么了。"

周越笑道:"千万不要给自己洗脑,告诉自己选错了、失败了,这种想法不会有任何实际帮助,只会拖后腿。"

周越边说边喂了她一块鱼肉。

萧瑜咀嚼完了才问:"如果我最终决定留在萧总这里,你也会这样想吗?"

周越动作一顿,随即说:"我不会认为,你是因为那边是正确的,而我这边是错误的,才这样选择。人生每个阶段考虑的东西不一样,衡量问题的标准不一样,做出的选择自然不同。"

萧瑜:"你不会觉得是否定喽?"

"你现在是在铺垫吗?"周越说,"如果我告诉你,我觉得是否定,我很失望,我很难过,你的选择会改变吗?"

萧瑜只回答了第一个问题："不是铺垫，只是随便聊聊。"

第二个她自己也不知道怎么答。

周越没有再追问，看她的眼神却多了一丝探究，一点好奇。

萧瑜知道他见过的人比她多，经历的事比她多，也不打算隐藏真实想法。

以周越的思路，应该很快就会猜到是萧固那边给了她新的工作安排，或者说是新的挑战，这些东西令她对未来的选择看得更清楚一些，思考也更多。

毫无疑问的是，无论选择哪边都不可能一帆风顺、顺风顺水，现实就是这样，风险和困境越大，机会和回报就越大。一时的失败或犯错不会影响运途，接连犯错不记教训才是大忌。

做萧固的助理不轻松，而且经常有难题从天而降。她总是鼓励自己说，换一个人未必能坚持下来，她能走到这步是自己磨出来的——如果这份工作待遇高又轻松，那简直是痴人说梦。

反过来到了周越的团队，也不会比过去清闲，他们就像是疾驰在狭窄河道中的龙舟，需要一群人团结协作，有速度也要有准确的判断力，才不至于碰壁撞车。周越是控制方向下达指令的人，就相当于一个人的大脑，脑子如果一团糨糊，多么强悍的军队都会打败仗。

或者这样说，萧固和周越代表了两条路、两种挑战、两种奋斗路径。

饭后，两人坐在沙发下新买的长毛地毯上，裹着薄被看家庭影院。

设备刚送来不久。房子之前一直空置，如今利用起来，所有提供便利、休闲娱乐的设施都搬了进来。

影片比较小众，需要一点情感经历和理解能力。

萧瑜看得认真，时不时感受到他的手指在薄被下轻抚着她的腰身和手臂，并不是调情，仿佛只是无意识的动作。

看到三分之二时，也不知道是谁先开始的。

对着屏幕有一种偷偷干坏事的感觉，他们都很克制，只偶尔发出不可自控的声音，压抑的，乐在其中的。

影片结束，余韵犹在，整个屋子的温度似乎都升高了，空气暧昧地纠缠、黏腻。

他将她抱进浴室冲澡，就像是湖面上的交颈天鹅旖旎温存、岁月静好，好似世间只剩下彼此。

最后回到床上，搂着男人的腰身，舒展着肢体，感受着床上用品的丝滑服帖，萧瑜眯着眼睛，满足地发出叹息。

萧瑜没有向周越提起陆荆，一夜好梦。

翌日醒来，她上班之前只说了一句："过两天我要出差，可能要一个星期，等我的行程表下来再告诉你。"

周越正在收邮件，闻言起身将她送到门口，在她唇上吻了吻才说："好，如果遇到什么问题需要找人商量，随时打给我。"

萧瑜："嗯。"

什么是恋爱关系呢？

心理处在患得患失、焦虑以及狂喜中的"小孩子"，恨不得向全世界宣告。而情绪平静、性格稳定的成年人，反而会选择慢慢走走看，不急于下判断，不急于做决定，不急于确定就是这个人。

萧瑜忽然明白了自己那几年犯错的根源。

那时候的她被一个念头牵引着，就像是中了邪一般，像某些出身优渥的"恋爱脑"女生一样，试图用自己的爱、金钱、好性格去拯救一个男人出泥潭，看着浪子回头获得巨大满足。

不，爱情不是一方主动向另一方救赎，兴许被动的那方根本不愿意，不认为这是救赎，而是灾难和勉强呢？

如果真的获得了救赎、治愈，那一定是天赐的双向奔赴，对的时间对的人。

萧瑜自问，后悔那几年的蹉跎吗？无疑是的。时间一去不复返，花了四年时间才搞明白只是一场自我脑补的误会。

但站在如今的角度和高度回头再看，她又不是那么后悔。

那虽然是错,却也是试错,她付出的代价并不昂贵,买到的是以后几十年的纠正,这样想似乎就是另一种收获。

就这样,下午在项目讨论会中见到陆荆时,萧瑜的情绪比前一天还要放松。

陆荆提出问题时,她一一回答,以她目前的能力和权限,可以给他们这个小组提供最大的便利,组员们听到公司大力支持,一个个干劲儿十足。

直到散会前,有人问,如果这次还是失败了怎么办。

萧瑜说:"失败也是正常的。对方因为之前的事已经有了看法,你们这次的任务,不只是对项目,还要收拾前面留下的残局,这本来就很难。前面那组人输就输在过于自满、大意,我相信你们不会这样想。你们这次只要方向找对了,努力到位了,就算输也是虽败犹荣。"

几人这才稍稍放下了一半心,其实大家最担心的还是公司是否问责,尤其是萧总的意思。

组员拿着材料相继离开,又要继续加班。

陆荆留到最后,叫住萧瑜:"能不能跟我透个底,萧总对这个项目的看法?"

萧瑜看向他:"你也在意这次输赢吗?"

陆荆回答:"说不在意是不可能的。这是我跳槽后第一个项目,打响第一枪很重要。现在整组的业绩和命运都挂在我身上,我有这个责任。"

事实上,萧固并没有表态过,大部分项目他都不会表达强烈诉求,更不会像是电视剧里演的老板一样,非要拿下什么不可。他的做法一向是赏罚分明。

萧瑜想了想,说:"项目拿下,公司会得利,你们也会拿到分红。但这不应该是萧总的个人意愿,而是项目小组的。如果萧总抱了很大期待,可冲在一线的人不给力,结果只有失望。所以到最后看的还是你们小组,是为了自己而争取,还是为了他。"

陆荆一直看着萧瑜,等她话音落下,他才说:"原来萧总没有明确表态。"

萧瑜问:"我有这么说吗,你是怎么听出来的?"

陆荆笑了下,似乎比刚才轻松一些:"是基于我对你的了解。如果萧总下达了必须成功的命令,你一定会如实转告。但现在你因为看到我们小组心理负担重,你做的所有事都是为了缓解我们的压力。"

萧瑜没接话,只在心里说:因为我知道就算这场仗输了,萧固也不会发难。这一点萧固和周越很像,不会因为一个下属一时的成败而下判断。

人每天都在犯错、试错,这么简单的道理,却有很多人不明白。

奔事业就和追逐爱情胜负一样,有人得失心重,有人看重成败输赢。

当然这些意思萧瑜并不打算告诉陆荆,她只是说:"这次赢了,你以后的路会稍微平坦一点,只要你不发飘。反过来,这次输了,你以后的路会相对难一些,但以你的能力,有点坎坷崎岖不是什么事儿,反倒是更有助于锻炼心智。总之各有利弊吧。"

陆荆又是一笑,边笑边摇头,却没接话。

萧瑜也不再多言,拿起东西走出会议室。

傍晚,萧瑜从邮件中收到行程单。

出差就在后天。

转眼,萧瑜和项目小组来到异地。

一行人从机场出来先到酒店收拾行囊,对方公司出面接待,双方商量着晚上的饭局和后面的洽谈。

萧瑜负责对接,一切井井有条,做好了起得最早睡得最晚的准备。

也不知道陆荆是如何鼓励组员的,组内气势高涨,一个个精神抖擞,像打了鸡血一般。

晚上的饭局上,对方一位女上司现身,和萧瑜有说有笑。

虽然对方没有明确表态,萧瑜却从话里话外听出一点弦外之音,这位女上司对前面的项目小组十分不满。

萧瑜没有顺着话茬儿说前项目组的小话,这就等于抹黑公司,不管怎么说都是公司派出的先头部队。

萧瑜只是礼貌地表示歉意,从如何补救、吸取教训、赏罚分明方面与这位女上司交涉。

女上司名叫林嘉,她大约也看出萧瑜是个明白人,后半程态度缓和,说:"难怪外面都在说,萧固身边两位左右护法都是能人,有这样的人才一个顶一百个。"

萧瑜不敢居功自傲,四两拨千斤地带过去。

林嘉又半真半假地开了个玩笑,说如果有一天在这个岗位干腻了,想换一换,不妨考虑他们公司,现如今有事业心、情绪稳定、聪明理智三者兼具的职场人真是不多了。

也是,经过那三年,好像这个社会都患上了PTSD(创伤后应激障碍),似乎焦虑、痛苦、矛盾、纠结成了都市人的日常情绪。

因心理压力引起的皮肤病、肠胃病、失眠,许多人是按照胃病和皮肤病治了很久才发现病根在情绪上。

因萧瑜和林嘉都喝了点酒,说话比较投缘,话匣子打开了,很快就从事业聊到了自身。

林嘉问萧瑜,一直都是这样稳定的性格吗,还说一个好团队需要一个这样的定海神针在后方安定军心,很好奇萧瑜是怎么做到的。

萧瑜玩笑道:"大概是因为我一直是个自卑的人。"

这答案令林嘉感到意外,她看到的萧瑜自信又优秀,而且能走到萧固身边,必然有过人之处。

林嘉:"你太谦虚了。"

在职场上,如果被夸太谦虚,往往有另一层意思:虚伪。

萧瑜却没有从林嘉眼中看到恶意,只看到怀疑,笑道:"这是骨子里的东西,并不会因为我在工作上的表现而消失。"

说到这里,萧瑜点到为止,林嘉也没有继续追问。

虽然不能因为一个饭局就下判断,但萧瑜能感受到林嘉前后态度的转变,从带着点愤怒、看法,到后来的温和、认同。

萧瑜心里稍稍安了些,却没有将自己的看法告诉陆荆,以免他们因此松懈。

直到饭局结束,一行人回到酒店,组员们先一步上楼,萧瑜和陆荆走在最后面。

陆荆叫住萧瑜:"有没有时间,去喝一杯咖啡?"

萧瑜转身,从他眼睛里读到一些东西,基于了解,基于她也认为需要多沟通,于是脚下一转,和陆荆一起去了一楼的咖啡吧。

萧瑜看到陆荆点的黑咖啡,问:"要熬夜?"

陆荆说:"嗯,明天第一次谈判很重要,我们组准备时间本来就不够充足,需要临阵磨枪。"

陆荆没有耽误时间,很快聊起晚上饭局的态度,尤其是林嘉方面的:"依你看,我们对林嘉手下人,挽回局面的胜算有多大?"

萧瑜这样说道:"我的看法就是,谈判要和和气气,但底线不能退让。咱们是来收拾残局的,礼让三分是应该的,但气度上不能卑躬屈膝。说到底,这个项目看的是双方的硬实力,对方还愿意谈第二次,不是因为他们心软,而是因为这个项目前景可观,双方势均力敌。"

如果一方过于强势强横,一方过于弱小,那么所谓的谈判无非就是"以大欺小"的话术,只是嘴上说的平等。有时候是一家需要另一家的资金,另一家需要这家的资源关系,互惠互利。

陆荆没有接话,只喝着咖啡沉思。

相比大学时期,如今的他真的沉稳许多,少了几分张扬,不再似那般意气风发,话少了,想法却多了。

萧瑜默默观察着陆荆,一时生出错觉。

如果她不是当年认识的他,而是现在,她对他的观感印象一定不同,可能也会像秘书室其他人一样充满了欣赏。

然而在现在的她看来,大概可以想象到这些年陆荆在职场中吃过一些亏,否则他的脾性不会沉淀到今天这步。

片刻过去,陆荆再度打开话题,逐一分析双方优势和劣势,如何用优势去争取条款,如何弥补劣势不足,回应对方利用劣势的紧逼策略。

萧瑜也给出自己的看法。

两人交换着意见，最终达成共识。

直到工作话题结束，咖啡也见了底，两人起身走向电梯间。

一阵沉默过后，陆荆突然开口："其实你和林嘉的对话，我有听到一点。"

萧瑜看向电梯门上反射出的陆荆的身影："你想说什么？"

陆荆："林嘉问你诀窍，你说是因为一直有点自卑。"

萧瑜点头："我的确是。上学的时候你就应该看出来了。"

陆荆没有否认，而是说："我不知道这里面有多少是因为……"

他当然很早就看到她性格里的自卑，但这话说到一半就停下来，大概是觉得此言不妥，却又不知道如何正确表达。

萧瑜听出来话茬儿，问："你觉得是那件事对我有影响，加重了我的心理负担？"

陆荆垂下眼帘，没有回答。

没有回答就是最好的回答。

萧瑜笑了下："是这样的，陆荆，他人与环境的确会对我造成影响，每个人的性格都不是孤立形成的。我又不是机器人，当然会有情绪，会因为一些事改变做人的态度，但我也在告诫自己，一个巴掌拍不响，不要将责任推给其他人，不要逃避、迁怒，管理好自己就可以了。我希望你也能专注自己，朝前看。"

陆荆依然不言，只是侧头看她。

电梯门再度开启，萧瑜率先走出去，说了句："早点休息，明天不要迟到。"

凌晨，萧瑜吹干头发从浴室出来，看到周越的信息：女朋友，睡了吗？

萧瑜回道：没有，晚上喝了咖啡，好精神。

没多久，周越将视频拨过来，萧瑜接了。

她这里是酒店昏黄的灯光,他那边同样光线暗淡,只开了一盏小灯靠坐在床头。

两人聊起工作的事,没几句又说起甜言蜜语。

周越:"刚开始就要异地恋,真想每天都能签到打卡,哪怕只见一小会儿也好。"

萧瑜笑着说:"看不出来周总是这么黏人的类型。"

周越:"我知道你喜欢我事业心重、杀伐决断、冷酷无情,其实你误解我了。"

萧瑜笑出声。

周越忽然问:"你有心事?"

萧瑜望着屏幕里他的表情,感受到他目光中的认真、专注。

萧瑜点头:"我有。"

周越:"愿意跟我分享吗?"

萧瑜想了想说:"嗯……我从小到大接触最多的男性就是我的父亲。我对异性的最初认知就是来自他。他在我看来是一个有很多缺点、性格有缺陷、又自大自满自私的大男子主义的男人。他脾气很大,性格很急,我总听到一些我母亲的抱怨、念叨。我的择偶观一直都是与之相反的,我总是告诉自己说,另一半一定要情绪稳定、情商高,人笨一点没有关系——大智若愚。我有一段时间很自卑,但我同时告诉自己自卑未必是坏事,起码可以对自己有更清晰地认知,总比自大来得好。"

周越没有立刻接话,只是温柔地看着她,隔了几秒才说:"一个人过于自信,会看不清自己的问题,过分扩大自己的优点。但过于自卑,也会令那些闪光点蒙尘。每个人都有这两种心态,要达到平衡是很难的,往往都会偏向其中一方。"

萧瑜:"你呢,有没有受到这样的影响,怎么走出来的?"

萧瑜心里有数,周越一定比她经历的更多、更复杂。

周越笑着回答:"我和父亲见面的机会不多,差不多都是在过年过节期间。他一直都是'空中飞人',很少关注过我和我母亲的生活,只是在物质上没有欠缺过。"

周越的背景萧瑜自然听过,她知道他不是婚生子,也知道他是一步步靠自己的努力走到家族视线当中的,而非自小就在掌权的长辈身边得到悉心教养。

如果周越不够有冲劲,就会像周家、萧家一些子女一样,选择一个自己喜欢的城市定居,做一点小事业,钱嘛,只要不奢靡挥霍是绝对够花的,家族也会有基金给予一定支持,但不会无穷无尽地给,往往给一点就能看出来值不值得投资、培养。

生意人家族头脑精明,不只是对外人,对自家人也是一样,如果一眼看过去就知道这是个回报率低、砸钱听不到响声的子孙,自然会及时止损。

听闻周家的教育基金培养出了一位专门搞科研的人才,也有些成就,还置办了私人实验室——原本这位子孙也是不被看好的。而更多的周家子孙,是在普通人眼中所谓生活条件不错、不差钱,但也不是特别富有的那种。

周越继续说道:"我也不是我母亲唯一的孩子,她对我有期望,但她更爱我的弟弟、妹妹。我这样拼搏有一部分是受到她的影响,但不是为了她,而是为了我自己。"

萧瑜隐隐听出来一点端倪,想象着周越家里的情况,或许他母亲将"爱"给了弟弟、妹妹,而将"期望"给了他?

萧瑜问:"你爱他们吗?"

周越说:"我不知道。我只能说,如果有需要我的地方,我会站出来。"

随即,他反问:"你呢?"

萧瑜仔细想了想:"我不知道如何定义爱的性质,我只知道如果是外人的事,我可以很淡定,但如果是家人的事,我很容易有情绪。我们有争吵,有埋怨,但如果他们遇到什么事,身体出了问题,我也会担心、会挂念。"

周越笑意温和,瞅着她许久不说话。

萧瑜从他的神情中读到很多东西。

半晌，周越说："你有情绪是什么样，我有点好奇。"

萧瑜："很凶。"

周越扬眉："更好奇了。"

萧瑜瞪他："面目可憎，吓死你。"

周越低声笑了。

两人又聊了十几分钟，萧瑜打了个哈欠。

周越催促她早点睡觉，并告知明天他也要出差，保持联系。

萧瑜躺下说了"晚安"，按掉视频，关上灯，没多久便睡了过去。

直至天亮，萧瑜和项目组整装出发，与林嘉率领的团队开始为期五天的商务谈判。

萧瑜和陆荆是大学同学的消息已经不是秘密，不只是团队内部知道，就连林嘉都听说了一点。

社会就是这样，无人问津时没有人关心你做过什么好事、坏事，你是个怎样的人，一旦稍有名气，过去的行为都会被拿出来讨论、八卦。

这个圈子说大不大说小不小，消息传得也快。

谈判紧锣密鼓地走完第一轮，五天时间终于稳定局势，可以开启第二轮，而且林嘉这边的印象和反馈都不错，很愿意继续促成。

项目小组全情投入，直到首战结束，才听到外面传出的风声。

据说这股小风刮起来，还是因为有人知道萧瑜毕业后拉黑了陆荆，如今听闻两人共事打配合，而且十分默契，自然感到震惊。

听校友说，前段时间陆荆还询问老同学萧瑜的联系方式，还说原本大学时期萧瑜是单恋陆荆的，已经到了班里人人皆知只有男方"装傻"的程度了。

至于为什么男方装傻，不用问，大家都是成年人，一听就明白是怎么回事：往好听了说，是顾及女方面子，怕说开了会失去这个朋友，所以装傻保平安；往难听了说，就是既享受被女方暗恋的成就感，又不想做这个恶人。

如今两人合作，萧瑜是萧固身边的红人，陆荆跳槽到萧固的公司，两件事结合在一起，不免又有人猜测……

第一个版本是，萧瑜励志，从寂寂无名走到今天的位置，终于可以为所欲为，向萧固力荐陆荆，用远高于前公司的条件成功挖墙脚，方便近水楼台。这不，第一个项目就是她全程负责，这不是励志是什么，事业心加"恋爱脑"Buff（游戏增益效果）叠满了。

而第二个版本恰好与第一个版本相反，说陆荆浪子回头——哦，当然也和萧瑜现在的位置有关。曾经喜欢过他的女人，如今摇身一变，有颜值、有能力、有大老板支持，工作上还能做助攻，哪个男人会拒绝呢？看看现在的萧瑜，陆荆必然心中扼腕，修复关系才是社会人的正常操作。

这些声音或多或少也传到萧瑜耳中，就算她耳朵闭起来，眼睛却没有瞎，几个项目组组员的眼神她还是看得见的，虽然没有一个人当面问出来，眼睛里却充满了暗示和好奇。

萧瑜却稳得出奇，每天凌晨都会向萧固口头汇报工作，尽量简练。

第二天早上，萧固一定会收到详细的邮件报告。

萧瑜不管别人，她只在意自己，外人的嘴巴她堵不住，她只对项目负责，对萧固负责，只要项目稳步进展，萧固从邮件中了解进度，那么她的位子就是稳的。

当然话说回来，萧瑜也是庆幸的，庆幸萧固一早就知道他们大学的事，了解她的工作态度，她也曾多次当面表态。

绯闻对职场人的杀伤力到底有多大？如果今天萧固是从旁人耳中听到，这个女下属不仅和合作方的负责人产生感情纠葛，还和下面的项目经理传出绯闻，他会怎么想？

说不后怕是骗人的。

萧瑜没有和萧固解释一句，她只当作什么都没听到。

至于周越，他这三天都没有消息。

萧瑜忙起来也忘了时间，顾不上问他出差进展，自然不会怪他"失踪"。

直到一行人返回公司，没有大张旗鼓地举办仪式，毕竟合同还没签订，萧瑜回到工位处理琐事，又到萧固面前分析了一通两家利弊，看下一步战略部署如何推进。

萧固给了几条指导意见，随即说了一句："这次表现不错，看来你已经有独立带队的能力了。"

萧瑜抬起眼帘，反应了两秒才意识到萧固的潜台词。

做特助，虽然需要和下面人搞好关系，准确地传达老板的意思，作为上下级中间的纽带，但说穿了她的工作重点萧固占大头。而带队则不然，不仅要团结项目小组的凝聚力，激发潜能，还要和合作方搞好关系，不卑不亢，简单说就是检测有没有当"小领导"的素质。

能力上，这自然是进阶的表现。

可如今却是萧固亲口说出来——萧固从不虚言，口头夸奖往往挂钩后续安排。

萧固笑着问："如果以后继续让你带团队，你愿意吗？"

萧瑜说："我需要一点时间考虑。"

萧固点头："时间和精力上会比以前更忙，就算让你带队，你现在的工作也要继续，可能在这几年之内都不会有时间谈私人感情。"

之前萧固就曾表示过，他需要在一定时间内培养出一支以陆荆为中心的队伍，而且这个队伍一定要对公司忠诚。许多公司都曾发生过类似的事，队伍培养起来了，被别的公司连根挖走，损失惨重。

此时能帮萧固稳住第一步的人只有萧瑜，当然两人的搭配不会太久，久了也会生变，这就像是宋朝初期实行的更戍法，防止将领专权。

萧固的提议令萧瑜想了许久，直到傍晚下班，萧瑜被项目小组叫去聚餐。

聚餐中，萧瑜始终心不在焉，不知内情的还以为她是连续出差太累了，萧瑜便顺水推舟说要早点回去休息。

陆荆将萧瑜送出餐厅，趁着等车的工夫，两人闲聊了几句。

萧瑜的手机进来几条微信,她没有开静音,陆荆听到了,笑道:"你先看消息吧。"

萧瑜扫了一眼,见是周越发来的,没有看内容,便放下手机说:"虽然这次顺利,也不要松懈,在正式签约之前任何变数都有可能。"

连签约的项目都有毁约的可能,何况是谈判阶段的?

陆荆:"放心,我明白。"

两人对视一眼,又各自挪开视线,一阵沉默,各自看着不同的方向。

直到陆荆再度开口:"那家家居店,你后来还有去吗?"

萧瑜看过来,点头。

陆荆:"我前段时间经过,进去逛了一圈,想起以前咱们还蹲在门口猜价格……"

萧瑜笑了下。

有些商品是没有定价的,他们就透过玻璃窗看进去,一人猜一个数,再进去问。

车子开到跟前,萧瑜脚下一转,说:"先走了,再见。"

陆荆抬手:"再见。"

车子缓慢驶离。

萧瑜没有再看陆荆的方向,拿出手机翻看周越的信息。

周越问:回来了吗?

萧瑜:回来了,刚完事,准备回家。

周越:那太好了,有个事能不能帮我跑一趟?

萧瑜:你说。

周越发了一条语音过来,大概是说他有两份文件放在别墅里,郭力跟他一起出差了,别墅的密码不放心交给其他人,希望萧瑜过去一趟找到文件,做一个扫描本传给他。

萧瑜应了一声,很快改了网约车目的地,又回复周越:我这里离得比较近,一会儿就到。

周越:好,等你。

不到十五分钟,萧瑜在别墅门前下车,先按照周越发来的密码开了大门,穿过小院子,来到房门前。

她再输入一组密码,别墅门也开了,屋里一片漆黑。

萧瑜用手机照明,先用手在墙上摸索门廊灯的开关。

灯开了,萧瑜脱掉高跟鞋,放下包,又打开隐藏式的鞋柜门,从里面拿出一双拖鞋。

就在这时,空气里响起"啪"的一声,门廊灯灭了。

萧瑜愣住,第一反应就是,是不是有什么坏人跟着她进门了?

紧接着,黑暗中响起一声轻笑。

萧瑜看向声源,虽然看不清人,却听出来是谁的声音。

还好,还好他没有立刻挨近,触碰到她,或是搞什么突然袭击,否则她真能吓到跳起来。

这道笑声为惊吓做了缓和。

萧瑜定了几秒,朝声源走过去,对方也迎向她。

她的手先碰到他的身体,一把掐了上去。

他一边笑一边说疼,又抓着她的手往自己的腰身上带,一双手臂搂上来。

他托起她的身体直接往屋里走,就着从窗户透进来的光线来到餐桌前。

被月光和外面的路灯筛出一道道窗棂的影子,落在两人身上,也令他们看到彼此的表情。

他还穿着衬衫和西裤,领口解开一颗扣子。

她是工作套装,五分裙和同色上衣。

在月色的衬托下,他的眼睛深不见底,瞳仁微光闪烁。

她半睁着眼,背贴着桌面。

这一次他没有吻上来,直到最亲密的时刻到来,他们依然没有接吻。

他一直盯着她,她忍不住用手挡住眼睛,却又被他拉开。

不知道什么时候来到卧室,两人依然纠缠着。

在昏睡之前，她问他什么时候回来的，出差不累吗？

他说累，连着几天没睡整觉。

意识模糊间，她听到他问："所以今天只一次好不好？"

她没力气回答，她也很累，一次没有都没关系。

直到晨光初现，从窗户透进来一些光亮。

周越将萧瑜叫起来，并端了一杯温水给她。

萧瑜眼睛还没扒开，就着杯缘喝了一半，靠着他问几点了。

周越说："快七点了。"

萧瑜："那我也该起了。"

她想了想，又道："我要回家换身衣服，还要洗漱。"

周越："郭力刚送来了一套，先去洗漱吧，好了出来试试。"

萧瑜终于睁开眼，躲着他的吻："我还没刷牙。"

周越："我刷了。"

萧瑜一边躲一边笑，直到下床跑进浴室。

周越没有追上去，笑着出去准备早餐。

早餐很简单，咖啡和茶，煎蛋和吐司。

萧瑜出来时已经换上新套装，周越一手拿着煎锅一手拿着铲子，刚将煎蛋装盘。

萧瑜来到跟前，踮着脚尖吻他。

周越两手敞开，被她勾住脖子，刚低下头就感觉到下唇被咬了一口。

她笑着退开，坐在岛台边的椅子上，一手托腮看着他："今天有什么服务？"

周越挑了下眉，配合地抽出一张餐巾，绕过岛台，将餐巾铺在她的腿上，说："女士，今天的早餐我们提供的饮料有咖啡和茶。"

萧瑜："我要红茶。"

周越："好的女士，请稍等。"

周越将一杯红茶摆在她面前，又道："您的红茶，小心烫。"

萧瑜没有急着喝茶，向桌面扫了一眼，她的包就摆在不远处，她从里面翻出迷你卡包，抽出一张卡转手别在他的裤腰上。

萧瑜："小费。"

周越低头扫了眼，又挑着眉看向她："是这样的，我们现在有会员活动促销，只要办卡入会，以后都可以免费享受到我们的服务，餐饮还能打八折。"

萧瑜："哦，那我能指名让你为我服务吗？"

周越："当然可以，女士，很荣幸能得到您的认可，我叫Burbank。"

萧瑜笑出声："好了，你退下吧，不要影响我吃早餐。"

周越看了她一眼，回到厨房将吐司切成两个三角装盘。

萧瑜一边吃吐司，一边看着他。

周越坐下问："怎么样？"

萧瑜说："嗯，秀色可餐。"

周越轻笑："谢谢。"

萧瑜提起昨天那茬儿："出差回来也不说一声，吓我一跳。"

周越："那就没有惊喜了。"

萧瑜："现在制造这么多惊喜，总有腻的一天。"

周越："那不叫腻，叫归于平淡。而且这也没什么不好，节奏一致就行了。"

萧瑜又咬了一口吐司，瞅着他不接话。

周越问："这次谈判怎么样，顺利？"

萧瑜点头："可以这么说，我个人是很有收获。"

周越："有收获就好。"

萧瑜想了想，咽下嘴里的吐司，又道："不过有件事我得提前和你说一声。"

周越以眼神示意。

萧瑜说道："我有个大学同学，男的，现在和我有一些工作接触，他是这次的项目经理。"

周越:"哦,同学,男的。"

他的语气很平淡,却又意有所指,眼神仿佛在说:你会特意提起,显然对方不只是男同学。

萧瑜只好进一步描述:"我们呢,曾经有过那么一点感情纠葛,但很早就不联系了,现在他跳槽到我们公司,我们只是同事关系。"

周越:"只是这样?"

萧瑜:"怎么说呢,我很认可他的工作能力,也就这样了。"

周越点点头:"嗯,能得到你的认可,这位陆先生一定有过人之处。"

萧瑜眨了下眼。

她好像没提到姓氏?

萧瑜:"你是不是听到什么了?外面的风言风语不能信。"

周越微笑:"当然,我不会介意。"

萧瑜又眨了一下眼,忍不住笑:"好酸哦。"

周越却一本正经道:"如果业务能力过关,有足够的野心,是应该好好培养。稍后我会建议萧固让他也加入周、萧两家的项目,框架架构需要几年,有的是地方用人。"

停顿一秒,周越看了萧瑜一眼:"我这叫公私分明。"

短短半个月时间,陆荆的项目小组拿下第一单成绩。

签约当晚,公司内部搞了个小型庆功会,陆荆这个名字再次走红。

哦,不,应该说是打从他入职以来就没有"低调"过,他的名字在同事和各部门主管口中频繁出现。

有人说,陆荆是拿了屌丝逆袭的剧本,但也有人说,陆荆可不是屌丝,就算是,也是顶配屌丝,除了出身背景比较普通,其他条件都跟得上。

还有人猜,陆荆应该是公司里收入最高的项目组长,不知道有没有月均六七万?

月均六七万,让多少普通人眼馋的数字,这也太多了吧!做梦都不敢想!

然而若将这六七万放到年入百万的高管圈,甚至放到资本圈,连最低收入线都够不着。这大概就是普通人贷款买房需要奔波几十年才有一个小家,而资本随随便便就有十套八套,甚至几十套的区别。

也不知道是谁传出来的,说有人给陆荆看过命盘,说他是"虎假半真"之命:意思就是老虎只剩半条命,虽有能有才,相比普通人可以衣食无忧,可惜靠自己的才华能力很难上位,总有一种距离成功仅一步之遥便前功尽弃的无力感,需要放平心态。而真正的成功一定离不开外力和贵人相助,否则自己再怎么努力都是徒劳。

有人说,这种命格的人,一百个里面出不来一个,就是所谓的"命好运不好""时运不济"的典型,有的人就去"请"了点东西回来——圈子里一直有这样的说法,说得很玄。

还有人说,不会真有人以为靠自己努力能出头吧?这不都是洗脑话术吗?什么吃得苦中苦方为人上人,那些一辈子吃着苦中苦、被踩在脚底下的人呢,这些人才是大多数啊!不要总逮住极少数群体、几个个例疯狂吹嘘,就好像没有出头的人是因为苦头吃得还不够多似的。

看,陆荆正式入职刚刚一个月,就派生出这么多讨论和关注,虽然他这样的个例不可复制,却在无形中刺激了很多同龄人,尤其是曾经和他在一个起跑线上,如今却被远远甩开的那些人。

不得不说,陆荆已经成了这批人中的"头目人物"。

转眼到了月初,周、萧合作的项目"锦瑞"前期资金陆续到位,框架建构正式开启,新办公楼也如期启用,项目所需人手相继到位,不只是业内在关注,圈外也在观望,有远见的投资散户已经在摩拳擦掌。

连续三天,萧瑜忙得不可开交。

两位总裁的办公室都已经布置完毕,萧固将工作的一半时间分配在这里,而周越因为出长差,到现在还没有露过面。

这天下午,萧瑜刚忙完一轮,坐在工位上喝了口水,就被萧固叫进办公室。

萧瑜来到跟前站定,正要做记录,就听萧固问:"你和周越是怎么回事?"

萧瑜抬眼,琢磨了两秒他话里的意思,既没有选择装傻,也没有顾左右而言他,而是问:"您听说了什么?"

萧固:"还记不记得我说让你带陆荆的团队,你还没有给我答复。"

萧瑜:"锦瑞是您交给我的重要任务,对集团更重要,我总不能主次不分。如果可能,我恨不得一天有四十八个小时,把自己劈成两半。"

萧固笑道:"锦瑞的确需要你,你这个位子别人接不住。周越也不知道从哪里得来的消息,还是他未卜先知,昨天通电话的时候,他还提起陆荆,夸他有能力有野心,建议让他也过来。"

换一个人,大概会以为周越是收到风声,眼馋陆荆这样的人才,但以萧固的脑子,转两个弯就能想到缘由在哪里。

萧固:"你老实告诉我,你们……"

萧瑜没有等萧固问完,便接道:"我们,正在尝试交往。"

她用词很谨慎,既没有说是"确定关系",也没有说是"正式在一起",尝试就意味着进可攻退可守,就算将来分开了,也可以以"试过了,不适合"这样的说辞退场。

萧固扬了扬眉梢,丝毫不惊讶:"真是不动声色,比我预计的还要快。这个周越,还真敢挖我的墙脚。"

萧瑜不接话。

萧固:"我知道,这不赖你。他的提议我会考虑。"

抛开别的不说,锦瑞前期的确需要有人冲锋陷阵,陆荆是适合的人选。

萧固又交代了几件事,萧瑜一一记下。

直到萧瑜准备离开,萧固突然说了句:"给你提个醒。"

萧瑜站住,看向他。

萧固说："虽然周越和萧臻的婚事吹了，但是周家并没有放弃。"

萧固没有透露更多，萧瑜也没有追问，很快离开。

有些事，她从萧固身上看得很清楚，萧家和周家的观念和内部构成非常相似，或者说是他们这样的家族都大同小异，观念互通。

家族产生人才，将利好资源都向这个人倾斜，反过来这个人也需要牺牲一部分个人利益作为家族的筹码，比如婚姻。

萧固就是深知这一套互换原则，才会和叶沐分手。

站在普通人的角度，觉得拿爱情、婚姻做交换，实在无法理解。但站在商贾人家的立场，爱情是一时上头，而婚姻是长远的生意，凭什么好处都让这个人占尽了，该牺牲的时候却不付出？再说这也不是牺牲，而是强强联合，是利益加成。

等到完成家族任务，恢复自由之身，再去追求自己想要的不就行了，就非得是那个人吗？去问问普通人，给他们几百万，甚至上千万，愿不愿意和现任分手。他们的答案才是真实的，体现人性和现实层面的。

萧固面临的可不是几百万乃至上千万，而是动辄几亿元的利益。

连叶沐都说，如果是她，一个养活几千人的集团女总裁，受众人追捧，真是做梦都会笑醒啊，男人有的是啊！

他们分手时，叶沐虽然称不上欢天喜地，却献上了满满的祝福，表示充分理解。

而如今萧固提醒萧瑜，正是因为他是过来人，他看到了周越下一步不得不做的选择，躲是躲不过去的。

对于周越的选择，萧瑜看得很明白。

她知道在这件事情里，自己是被动的，一定是被选择的那一方。

她暂时还没有放弃或退出的打算，起码要等周越明确告诉她，他架不住家族的压力，必须走这一步的时候。

至于再往后……

萧瑜和叶沐提起这茬儿时，叶沐是这样问的："如果说爱情的话，你俩是不是还没到那个份上?"

萧瑜想了想:"我不知道这算不算,也不知道什么才叫爱情。客观来说,我对男性的要求并不高,但我也不介意高条件,这也不意味着我愿意屈就低层次的男性。他的优点是,他一直很尊重我,情绪稳定,人品在这个圈层里算好的,有事业心,有一点大男子主义但在可接受范围之内,理智、果断,不是'恋爱脑',没有情绪化……"

萧瑜列举了十几条优点,叶沐乐道:"哎哟,如果这都不叫爱!"

叶沐又问:"那如果他选择了利益,你心里会难受吗?"

萧瑜认真思考了几秒,点头:"我会。"

叶沐:"会嫉妒那个得到他的女人吗?"

萧瑜:"会。"

叶沐:"可你的理智、你的情感,会允许你做出失智的行为?"

萧瑜:"不会。"

叶沐:"那其实你们下一步的发展,已经有答案了。"

萧瑜:"什么意思?"

叶沐分析道:"无外乎就是两条路嘛。第一种是他结婚,你放不下他的同时也放不下他带给你的好处,和他在一起对你没有损失,你愿意妥协,和他继续保持关系,几年之后你离开,但你也得到了足够的资源。这条路与其说是感情上无法释怀,倒不如说是利益和感情的双重加持。如果他只是个普信男(普通却自信的男人),你当然不会屈就了。"

萧瑜并没有急着否认这层可能,也没有高喊绝不会介入周越的婚姻,她不得不承认,叶沐的确说中了她的一部分心思。

如果周越不是现在的周越,如果是她的前男友,比如张乾,甚至是曾经意难平的陆荆,她都会毫不犹豫地拒绝。

她为周越所吸引,这部分当然包括他的背景、谈吐、出身、能力、事业。她也不相信什么"我只爱他这个人"这样的说法,"这个人"身上的优秀特质是和外在条件脱离不开的,正是这些条件的加持才有了现在的他。

叶沐继续道:"至于第二条路嘛,你们分手,但就算分开了他也不会亏待你。你在他心里的位置依然很高,就算你不做他的情人,他也会在能力范围之内给你一些资源。你要考虑的只是如何利用好这部分资源,如何转化和他的关系,过渡到朋友和合作伙伴的身份,没必要为了曾经有过关系就避嫌。"

萧瑜:"这就是你的选择。"

叶沐耸了下肩膀:"横竖我也不吃亏啊。你们萧总到现在都是我们家画廊的VVVIP大客户呢!我求神拜佛都要保佑他事业顺利,手头宽宽松松!"

萧瑜忍不住笑了。

叶沐的话在萧瑜心里徘徊了几天。

她们都是聪明人,且明白先爱自己,先过好自己的生活,再去爱人的道理。

萧瑜也渐渐明白叶沐当初的选择,选择第一条路,是一种"牺牲",而这种牺牲需要更大的回报来补偿,如果没有获得如期的补偿,难免会怨怼。

叶沐选择了第二条路,她依然占着便宜,萧固到现在都对她念念不忘,而她继续和其他男人在一起,感情生活没有半点耽误。

当然不是所有女人都能做到叶沐这样,有很多人选择老死不相往来,有一些人只是勉强维持表面关系,心里还是很介意。

萧瑜认真思考着各种可能性和退路。

直到周越出差回来。

锦瑞高层举办了一个小型的欢迎仪式,恭请周总入驻新办公室。

周越让助手郭力给大家发了红包,并请所有人吃下午茶。

待所有人都回到自己的位置,周越召集几位主管开会。

萧瑜做好手冲咖啡,送进会议室,人手一杯。

随即,她就在周越侧后方的椅子上坐下,一边旁听一边记录。

其间,手机进来几条信息,她抽空看了眼,有下属发来的请示,也有覃非转达萧固的意思，还有项目小组的对话，以及一条陆荆的消息。

陆荆：覃非跟我提了锦瑞的事，听说是萧总的意思，你听说了吗？

萧瑜回了一个字：嗯。

她抬了一下眼，只能看到周越的侧脸，他的手在桌面上缓慢敲着，正在听对面主管的汇报，好似很认真。

陆荆又问：那你怎么看？

萧瑜措辞道：这件事三言两语说不清，站在利益角度，我认为对你有利。我现在在开会，晚点再说。

陆荆：好。

萧瑜扣下手机，继续做记录。

这时，另一边的主管开始汇报，周越为表礼貌，身体朝萧瑜这边转了一点，余光向她扫了一眼，又收回。

直到一轮汇报结束，周越点了几条，言简意赅、简明扼要，主管们纷纷离开。

萧瑜合上笔记本电脑，刚从位子上起身，膝盖上就落下一只手，压了她一下。

萧瑜收回腿，将东西放下，等所有人都出去了，这才说了句："周总，会议室是有监控的。"

周越依然坐着，终于舒展出一点笑容："我什么都没做啊。"

萧瑜收拾桌面的材料："出差累吗？"

周越："哪次不累啊。"

萧瑜："七楼安排了SPA馆，要不要给您约个时间？"

周越："不了，家里有人等。"

萧瑜没接话，收拾好东西，将自己的笔记本电脑放在最上面，说："那我先出去了，稍后做好总结发给您。"

周越却说："嗯，那就今晚八点。"

萧瑜一路目不斜视地回到工位，快速处理完公事，点开和陆荆的对话框，正要回复他，没想到陆荆先发来一句。

陆荆：我已经答应了。

萧瑜回道：明智的选择。

陆荆又问：晚上有空吗？

萧瑜：没有，约人了。

陆荆：好，那改天。

晚上八点将过，萧瑜已经在公寓洗过澡，正在厨房里洗米焖饭。

周越叫了两个菜，趁着外卖在路上的工夫，又在厨房里切水果煮茶。水果很甜，他一边切，一边喂给旁边的萧瑜。

萧瑜边吃边将水果装进壶里："好了好了，一会儿要吃饱了。"

周越从后面贴上来，吻密密实实地落下。

萧瑜开始还比较顺从，直到感受到他的躁动，不由得抗议道："不是累吗，吃了饭早点睡吧。"

周越："还没交公粮呢。"

萧瑜笑了："又没人逼你。"

周越："都想了好几天了……从没像现在这样归心似箭。"

萧瑜耳根子发热。

他见她没有挣扎，只是象征性地躲了两下，心领神会，手上动作缓慢并不着急，嘴里低声讲述着这段时间的种种惦记、幻想。

她低垂着眼帘，爱听却又不想承认，并在心里感叹着男人和女人的幻想内容差距这样大。

相比之下，她的想象就太单纯了些，无非就是些好聚好散之后，他对她念念不忘，但无论人前人后他们都谨守分寸，深知有些东西留在心里反而更美好的道理，不要让人性的欲壑难填和贪婪毁掉一切。

周越一边给她擦手上的果汁，一边低语，十指缠绕。

直到外卖送到了，他将热菜装盘上桌，她脸上仍是热的。

周越坐下说："下次开会离我近点。"

萧瑜没理他。

周越又道："我带了礼物给你。"

萧瑜问："这次又是什么？"

周越每次出差回来都有礼物，有时候是首饰，有时候是衣服，有时候是高跟鞋。

周越："日常用品，刚需。"

萧瑜一时猜不到，等饭后她打开衣橱一看，才发现是一沓德国某牌的丝袜。

周越拿着家庭医药箱跟进来，说："我看看你的脚。"

萧瑜坐下，见他从箱子里拿出碘伏和消毒水，说："新买的鞋不跟脚，过几天就好了。"

下午脚后跟磨出血，她已经第一时间贴了创可贴，刚才洗澡摘掉了，现在还有点肿。

周越将她的脚托起来，先涂上碘伏，再涂上液体创可贴。

萧瑜疼得往后缩，他牢牢握住脚踝，说："洗澡之前就该处理，也不怕感染走不了路。"

等那痛感渐渐淡了，萧瑜才接道："知道了。"

周越依然没有撒手，就着这个姿势倾身吻她。

不知什么时候两人滚作一团，他说着情话，她听得上头。

他急需她的回应，催促几次她才说了几句，但明显力度不够，他还不够满足。

她转身捂住脸，拒绝再说。

他在后面哄着她。

直到月亮爬到树梢，他轻抚着她的手臂。

两人都没有说话，只是享受着这份静谧。

萧瑜忽然明白了那个道理，爱是可以做出来的，某些事的高度契合完全可以提供心理满足，虽然它不是唯一，但绝对是锦上添花。

她倒是没想过可以永远这样，一时一刻的拥有也是不错的。

睡过去之前，萧瑜还在想，由奢入俭难啊，如果真的有一天要分道扬镳，再找下一个绝不能凑合，起码要按照这样的服务标准。

第十章
危机

大概是前一晚睡得早，翌日天蒙蒙亮，萧瑜就醒了。

她伸手够自己的手机看了眼时间，周越也被惊动。

他的声音还有点沉得化不开，于喉咙深处黏在一起："几点了？"

萧瑜放下手机："还早，刚过五点。"

周越收紧了手臂，用鼻子蹭着她的头发。

萧瑜的睡意渐渐散了，手指在他的手背上来回划着。

一会儿后，周越问："在想什么？"

萧瑜摇了下头，又道："萧总问我和你是怎么回事，还说你建议陆荆也来锦瑞。"

周越嗯了声："是有这么回事。"

他又问："那你是怎么回答的？"

萧瑜："我说，尝试交往。"

周越轻笑："都试这么多次了。"

萧瑜："那我能怎么说啊，在我的计划里，我根本没想过会和你开始。"

周越原本要有动作，听到这话停了下来，问："你原本的计划是什么？"

萧瑜："其实也没什么具体计划，但是……"

但是什么呢，计划是一种比较切合实际的规划，而不是天马行空的想象，因此周越从不在选项中，她想都没想过。

萧瑜措辞道："按照现在的职业规划，争取再上一层。过几年找一个能力相当、人品过得去的男人结婚，如果没有也没关系，以我自己的能力也可以实现目标，只是慢一点。"

周越单手撑起上半身，垂眸看她，另一只手轻抚她的头发、耳朵，问："婚姻，是你期待的吗？"

萧瑜："没有期待，但也不拒绝，有就有，没有就没有。"

周越没有多问，事实上萧瑜对于家人的描述就已经透露出她的选择，她父亲身上充满了缺点，家庭氛围并不和睦，因此她会下意识拒绝进入这样的婚姻，成为像她母亲一样总是唠叨、抱怨的女人。

而在这样的前提下，她依然不拒绝婚姻，那必然是有过一番冷静、理智、客观的考量，会朝更务实的方向去思考。

萧瑜又问周越："你呢？"

周越停顿几秒，与她对视着，而后才说："我不知道。"

他很快又道："它对我来说不是选择，而是筹码。但这个筹码并不掌握在我手里，我身后有许多人在惦记、算计。而我对它的态度，也会因此随时改变。"

周越也没有说透。

但萧瑜隐隐听出一些端倪，如果婚姻是他自己的选择，他会用心对待，但如果是旁人的选择，那么对他来说那就是一个用来维系利益的纽带，他怎么处理生意就怎么处理它。

一时间，两人都沉默了。

他们谁都没有将自己的婚姻和对方挂钩，没有询问、试探对方的意思，似乎都已经默认了和对方步入婚姻是一件不切实际的事。

萧瑜没有问周越，周家什么时候会给他安排下一家相亲对象，以她对萧固的了解，应该快了，或者说已经在筛选规划当中。

她想着，就这样吧，享受当下。

她一手钩住他的脖子，他顺势吻住她。

在清晨的微光中,一起探讨着人类最原始的运动。

数日后的某一天,萧瑜在锦瑞办公大楼见到了陆荆。
陆荆是带着整组人一起过来的。
她得知消息时,陆荆正准备去见周越。
陆荆问她:"周总是个怎样的人?"
萧瑜想了想,尽量客观地表达:"有事业心,能力强,工作狂,对下属谦和。"
这样的形容还是有些模棱两可,大概陆荆也没有见过对下属谦和的工作狂吧,通常事业心强盛的男人,在脾气性格上都是比较冷的。
萧瑜目送陆荆离开,直到十分钟后陆荆折返。
萧瑜正在茶水间,陆荆过来时,她顺口问了一句:"要咖啡吗?"
陆荆说:"好,谢谢。"
萧瑜将第一杯手冲好的递给他,随即问:"怎么样?"
陆荆吹着浮头的热气,用嘴唇沾了一下,只抿了一小口,说:"第一感觉很好相处,没有架子,总是笑呵呵的。"
萧瑜动作停顿一秒,竟有一种既贴切又违和的感觉。
她起初对周越的印象也是差不多,颇有一种礼贤下士的感觉,但时间长了,渐渐明白他的真实性情,才知道他是个内敛的男人,所有对外的亲和都是他希望别人看到的模样。
陆荆:"听说是周总提议让我过来?"
萧瑜:"可能吧,我不清楚。"
说话间,萧瑜手冲了第二杯,却只是放着,没有拿起来。
她转头去冲洗手冲壶和滤杯,收拾干净台面。
陆荆一边看着她的动作,一边喝着咖啡,片刻后问:"晚上有时间吗?想约你吃个饭。没有别的意思,只是同事之间请教工作。如果你觉得不便,咱们就在员工食堂。"
陆荆提了几次,次次她都有约,他以为她是在避嫌。
萧瑜擦干净手,笑道:"好,那就员工食堂,晚上八点?"

陆荆："没问题。"

萧瑜端起另外一杯咖啡往外走，陆荆跟在后面。

他慢了两步，正好见到周越从办公室出来，经过萧瑜的工位。

萧瑜顺势将咖啡递给周越，说："周总，您要出去？"

周越接过来喝了口，点头。

萧瑜又拿起两份文件递给他，请他过目，随即站在一旁。

周越快速看了一眼，将喝了一半的咖啡放下，拿出笔签字之前，目光朝陆荆的方向看了眼，随后快速签了字将文件还给萧瑜。

周越又看向桌上的咖啡杯，说道："味道稀了点。"

萧瑜本想说"没有"，话到嘴边又变成了："可能是这批豆子的问题，下次不会了。"

周越不置可否，脚下一转往电梯间的方向走，等在一旁的郭力立刻跟上。

萧瑜端起剩下的咖啡回到茶水间，冲洗完杯子，见陆荆还在。

她问："你这么闲？"

陆荆这才若有所思地问："是我想多了吗？"

萧瑜看向他："什么？"

陆荆笑了下："没什么。"

随即，他也将自己的杯子洗干净，转身离开。

晚上八点钟，员工食堂还是有很多人，员工餐是免费的，但七点半才开始供应。

萧瑜和陆荆选了角落靠窗的位置，陆荆又去拿了热饮，一杯红茶、一杯咖啡。

他将红茶递给萧瑜。

萧瑜问："这个时间还喝咖啡，要加班？"

陆荆："嗯，不过我特意选了低因的，浓度不高，过了凌晨就睡。倒是你，我记得你以前是不喝咖啡的，你最喜欢红茶，没想到现在冲咖啡的手艺这么好。"

萧瑜吃了口饭："你还记得。"

陆荆点头，隔了一秒，又补了一句："半包糖。"

萧瑜没有接话。

一顿饭吃得不紧不慢，偶尔会有一些工作上的交流，对于私事只字不提，却并非顺其自然，而是刻意回避。

直到两人都落了筷子，话题也渐入佳境，聊起职业规划。

毫无疑问的是，未来五年陆荆一定会非常忙，他进公司第一仗打得漂亮，可谓天时地利人和，又正好赶上锦瑞正式启动，他被调过来有机会和锦瑞一起成长，只要不出意外，五年之后他一定会再往上升个两三级。

不出五年，锦瑞就会回本，金钱滚动起来，长远看可利好十年。在这个长线项目上做出贡献的人都会吃到红利。

陆荆是个头脑清楚的人，当他将这些清晰的认知一一点明时，萧瑜真是不得不承认，如今的他已经完成质的飞跃。

萧瑜认真听着，并时不时附和两句。

这段时间，她也听过其他主管对陆荆的看法，连同覃非在内，都是肯定。

想来也是，陆荆是萧固看上的人，下面谁敢说不好？何况他是真的出色，谁会闲得没事鸡蛋里挑骨头。

至于陆荆，萧瑜自觉他也是急于站稳脚跟的，与主管们打好交道是一方面，和萧固的左右手处好关系是另一方面。

这才多久，他就获得覃非的高评价，可见多会做人。

她当然不会跟自己的工作过不去，抓着过去的事不放，故意和所有人的风向对着干——既然都说他好，那么她也说好。

有些事只要想开了，其实也没有什么。

假如她当年没有遇到萧固，没有受到提拔，那么现在的她和陆荆的差距已经是天地之别，就算他们真的勉强在一起也撑不了几年。

结婚需要门当户对，职场上的男女关系也需要。

有谁真能做到不看外在条件只看人好不好呢，如果能，相亲角就不会问学历、职位了。

她现在的想法比过去实际得多,单纯说陆荆这个人,他现在的位置,以及未来上升趋势,站在职业女性的角度看,他确实是可以观望且稳定持有的蓝筹股。和他搞好关系没什么不妥,对自己也有帮助。

因有了这层认知,饭后两人又坐在位子上聊了半个小时,有说有笑,轻松愉快。

临近晚上九点,萧瑜准备回家,陆荆还要加班。

陆荆将萧瑜送到公司大门口,看着她上车,末了说了句:"路上小心,到家了来个消息。"

萧瑜面上微笑回应,心里却泛起一点波澜。

倒不是因为他这句关心,而是死去的回忆突然跳了出来。

大学时每次聚会结束,他都会看着她上车,并落下一模一样的一句:"回家给我消息。"

萧瑜回到家里,简单收拾了一下屋子,洗澡之前给陆荆发了一条:到了。

洗完澡出来,陆荆回复了一个表情。

周越的对话框也跑到最上面。

她点开一看,只见他说:出个短差,过两天就回。

萧瑜:好。

结果,两天后周越并没有回来。

周越这次出差长达一个星期。

而且在他回来之前,萧瑜先收到了一点风声。

听说周家有意将家族中十分看重的商业板块交到周越手里,但不在国内,这就意味着他每年都要抽出一部分时间在海外。

当然板块不是白给的,成家立业,周越早就到了传宗接代、开枝散叶的年纪。

萧瑜还没有得到确切消息证实周越即将进入下一轮相亲,只是按照正常商贾世家的逻辑推断,加上从萧固身上看到的历史。

后来在帮萧固去画廊取画的时候,她和叶沐聊了一会儿。

叶沐说:"早晚的事,早晚都有这么一天。淡定,只要你想明白就好了。"

萧瑜倒是没有感到焦虑,只是好奇地问:"那你当初……"她一时不知道该如何问。

叶沐却一听就懂,说:"因为我很早就知道,为什么越有钱生孩子越多的道理。现在生育率下降主要是集中在中产,穷人和有钱人都还是多生的。"

中产生育率低下当然很容易理解,生活压力大,肩上担子重,自己过好都不容易,还要生孩子,尤其在"养儿未必防老"的认知普及之后,细算下来真是没有一点好处。

甚至有人认为,用五十年时间来验证晚年会得到孩子的妥善照顾,这本来就是一场豪赌,赢率太低,根本不值得下注。

叶沐又道:"虽然我是不婚主义,但对于选择结婚生子的人我会尊重,不管他们走入婚姻是因为爱情还是因为利益——谁敢说自己更优越呢?如果我的选择就是嫁入豪门、利益为先,那前提一定是我已经想得很清楚了,愿意听从这样的安排,并将小家庭的利益摆在第一位,而不是既要又要。到了那个时候,生孩子这件事只能我自己来完成,除非我可以忍受丈夫和其他女人的孩子来继承我们的共同财产。"

不说别的,就从"继承"的角度来说,拼搏几代,最终却无子继承,千亿财产落入外姓人手中,有人说这是大爱,是格局,也有人说这是无奈之举。

有的富豪只生一个孩子,虽然有血脉,但从继承角度看却有局限性和潜在危机,败坏家产的概率直线上升。万一这孩子不适合从商,还不如交给职业经理人或更适合的管理人才。

现在管理层流行养蛊,大概是说将一群蛊虫放在一起互相竞争,最终产生蛊王。同样的道理,在一群后代当中择优选出最适合的继承人,将家族利益延续下去。到了这一步,已经不再是普通人看待的养儿防老的视野了。

更不要说有一些家族真正做到了优生优育,个个都能独当一面。

其实要明白圈层的选择,只要搞清楚底层逻辑就容易多了,想明白为谁而生是最主要的:为自己、为他人、为未来、为家族、为利益?

叶沐说:"周越我不了解,就说萧固好了,走着瞧吧,他现在还死扛着做单身贵族,往好听了说是以事业为重,难听了说就是待价而沽。以他的脑子,他一定早就想清楚未来十年二十年了,除非他真愿意将现在努力的成果无私献给弟弟妹妹的下一代,那我真佩服他。"

小圈子里也有一些例子,叶沐的一位顾客就嫁入了豪门,对方压力大,精神紧绷,时刻不敢松懈,背后少不了冷嘲热讽,但获得的利益也同样丰厚,是否值得就看自己怎么想。

至于萧固,他和女方都因为订婚而获得了巨额利益,他没有急于结婚,或许真有几分叶沐分析的道理在。结婚了,就等于定死了,几年之内都不可能再动。单身贵族,就等于还有可能,和现在的顾家解除婚约之后,还有其他家可以选。

叶沐的话带给萧瑜一些思考,但她思考的点不在周越的选择,而在自己。

周越的选择她左右不了,自己的事还可以控制。

两天之后,周越终于返程。

他似乎很累,只留了消息给她。

等萧瑜加完班,她来到公寓一看,他已经沉睡过去。

他的行李箱摊开着,还没有收拾完。

翌日早晨,萧瑜在周越的亲吻中醒来。

他的眼睛从内双变成了大双,头发乱成一坨草,声音沙哑还带了点鼻音。

萧瑜没有问他家里的事,直到晨间运动结束,她睡了个回笼觉,他起身去做早午餐,又回来叫她。

吃过饭,周越问:"今天有什么安排?"

萧瑜说:"除了工作、睡觉,也没什么可做的。"

周越笑着建议："要不要出去打个球？难得周末，到户外走走也好。"

萧瑜点头："那就走走吧。"

她看着他，不知道为什么，总觉得他今天的笑容和以往不同。

事实上，他这次回来，就给她一种有心事的感觉，早上的亲密也比以往更紧迫，她几乎要窒息。

直到清理完残羹，萧瑜才忍不住说："我感觉你兴致不高，还要出门吗？要不要再补个觉？"

周越正在洗手，有一点水流声，他没有回应，就好像没有听到。

等擦了手，他才说："睡也睡不着。"

萧瑜问："你怎么了？这趟不顺利？"

周越摇头，笑了笑，转而换鞋穿外套，拉着她往门外走。

两人在小区里漫步而行，特意避开人群和小孩子多的地方。

走了十几分钟，两人都出了点薄汗。

周越难得这样话少，只是握住她的手。

萧瑜没有追问，就看着四周的绿荫，时不时看向地上的影子。

来到一片僻静处，两人在阴凉地的长椅上坐下。

周越接了个电话，却没有避开萧瑜，只应了几声就挂断。

萧瑜隐约听到电话里是个女人的声音，对方说了很多。

周越将手机揣进兜里，第一次打破沉默："我前几天回了一趟家，和我爸、爷爷见了一面。我家里有一点决策上的变化，不过现在还处在商量阶段。"

萧瑜看向他，琢磨着他的用词，"翻译"着这些用词背后的真正含义。

周越说话相对委婉一些，平时并不觉得，除非冲突出现，他会用一些听上去并不激烈的用词来维持体面。

萧瑜抓住重点："商量？"

说是商量，不如说是博弈。

周越说："有一些海外业务想让我接手，都是成熟的项目，框架早已搭建完毕,一直利好。"

这当然是好事,等于直接捡现成了。

萧瑜:"这说明你这些年的表现受到关注,要进一步栽培你。"

周越垂下眼帘。

萧瑜又道:"可你为什么说是在商量,还有其他人和你竞争?"

周越摇头,说:"是我拒绝了。"

萧瑜不禁愣住。

虽然没有见识过什么家族会议,也没亲身体会过同姓人的你争我夺,她也能脑补出一些画面和剧情。

这种事就等于是长辈的"赠与",其他人必然眼馋,抢都抢不来,周越却还往外推。长辈看来必然会觉得失望,无法理解——你这么努力,不就是希望进阶吗?

刚才那通电话里的女人,或许就是其中一位长辈,极有可能是周越的母亲,她在苦口婆心做他的工作,让他不要犯糊涂。

萧瑜问:"为什么?"

周越没有说原因,只道:"我还要再想想。"

萧瑜:"你的拒绝他们接受吗?"

周越:"也不是这么容易就能拒绝掉的。"

萧瑜又问:"那这会影响你在锦瑞的位子吗?"

周越回道:"如果我在这个时候犯了原则性错误,我就会被踢出局。"

萧瑜:"什么是原则性的错误?"

如何定义?

周越只是笑了下,没有回答。

尽管如此,萧瑜心里却隐隐有了答案。

就像叶沐的分析一样,家族血脉传承的影响不仅在二十年后,利益被分拨也不是未来的事,而是眼下的每一时每一刻。

整个周末,周越格外安静,每天有几个小时处理公事,其余时间就是陪着萧瑜看电影、吃饭、睡觉。

时间就这样缓慢流逝着，上班日各自忙碌，如果碰到都有假期就短暂小聚。

不知不觉又过了一个月，锦瑞起势喜人，周越和萧固都忙得不见人影，下面许多支点需要巡视，航班一个接一个。

别说两位老板了，就连陆荆率领的小团队都没有歇过脚。

陆荆单身，可他手下人有已婚的，家里已经在抱怨了。

尽管萧瑜和覃非是交替轮岗，出差频次也比以往要多，而且照现在的势头，兴许未来一年都是这个节奏。

眼瞅着又迎来一个月中，周越又出了一趟长差，直至月底。

那沉淀了一段时间的预感，再次自萧瑜心里涌出。

周越刚出差，萧瑜就接到同学会的邀请。

同一天，陆荆跟萧瑜提起这事。

萧瑜只说："看时间吧，忙肯定就不去了。"

事实上就算不忙，萧瑜也不太想去，因这几年充分认识到无效社交对人的消耗，都市职场人对于私人时间分外珍惜，不值得见的人就说忙、说加班、说出差，准没错。

陆荆听明白话茬儿，说："我还没给回信，大概率会推掉。"

萧瑜看向他，他又道："去了难免要被问，不管怎么回答都不会让人满意，大家只想听到符合自己猜测的答案。"

萧瑜知道他指的是什么，他们现在都在锦瑞的项目上，这在圈子里不是秘密，早就传开了。知道他们毕业后就不相往来的同学们无比惊讶，嘴上留情的就说是"世纪和解，大家都成长了"，比较毒舌的就说"看来真是钱给得太多了，这都能和"。

陆荆说："当年关系不错的室友也在喊我。如果实在推不掉，就我去露个面，你就不要去了。"

萧瑜："怕我尴尬？"

陆荆："如果咱们同时出现，那同学会就会变成拷问大会，性质就变了。"

这倒是。

萧瑜说:"我的确不想去,但不是因为怕解释,是觉得没这个必要。当年的事说穿了只是你我之间的事,现在当事人都不在意了,更犯不上跟外人解释。"

这是真话。

萧瑜最介意的时候连听到陆荆的名字都会焦虑,恨不得完全抹除那四年,现在看来真是没必要,自己活得好就行了,何必受这些庸人自扰的情绪影响。

当然要看透这一点,说容易容易,说难也难,容易时它就是一张纸的薄度,困难时它中间隔着整条鸿沟。

萧瑜自问,现在看开了;倒并非只在陆荆这一件事情上,其中也包括周越。

她已经感觉到周越家里对他的施压,而他还在周旋,只是在没有得出结果之前,没有与她说破。

换作以前,她大概会为此焦虑。

这样好的条件、说出去有面子的男朋友,这样雄厚的背景,这样情绪稳定、人品不俗的男人,眼瞅着要抓不住了,焦虑是正常的。

是自己不够优秀吗?是因为不会投胎、门不当户不对吗?还是她的家庭无法带给周家同样的利益,因此地位不对等?

都有。

但这并不需要自卑,更不应该将这些外在的差异向内心折射。

数日后,周越出差归来。

他的笑容比前一次还要少,看上去很累。

他说他在飞机上睡过了,体力恢复得不错。

萧瑜却觉得他这种累不是身体上的,而是精神层面的,他似乎受到了打击。

直到晚饭后,萧瑜主动选择打开话题:"你要和我聊聊吗?还是打算继续一个人扛着,等到不得不说的时候再告诉我?"

萧瑜微微笑着，不愿给他更多压力。

周越看过来，他的眼神比以往都要深，里面承载着她无法消化的复杂情绪，但因为他自小到大受到的教育，因为他的性格和底气，他没有将这种暗涌、焦躁传达给她。

萧瑜无比庆幸着，庆幸周越不是和她父亲一样，是个稍微有点不开心就生气跺脚、大吼大叫的男人。

和他在一起，她是开心的。

这种开心，不是那种情绪高昂的感觉，而是如水一般舒适的情绪。

周越思考了一会儿，点头："是该告诉你。"

萧瑜先去煮了一壶红茶，折回来给他倒了一杯。

周越说："或许你已经猜到了，家里正在向我施压，是关于下一步的联姻。"

这之后，周越花了几分钟简单讲述其中的利害关系。

成人的选择不可能任性妄为，往往是越被寄予厚望的人越没有自主选择权。那些出身大家，却能享受自由的子孙，得到的也会少。

现在的情况是，周家将曾经对周越十分有吸引力的项目作为交换，让周越听从安排，这不只是他一个人的事，还关系到后面一连串战略部署。

当然，他可以拒绝。如果他咬死了不同意，谁也不能逼他，经商世家谈什么都是和和气气的，但反过来，原本许诺他的利益也会收回，交给更适合的人选。换句话说就是，家族不缺人才，并不是非谁不可，关键时刻是审时度势、能者居之。

萧瑜问："施压的筹码包括锦瑞？"

周越说："还没有发展到这一步。锦瑞是已经交给我的项目，我没有犯错，他们就没有借口将我调离。"

至于犯错的标准，其实大同小异，比如利益输送、私相授受，或是一些不利于项目的丑闻。

萧瑜又问："虽然没有犯错，但会有人开始盯着你。稍有差池，都可能会被人故意夸大，借机做文章，对吗？"

周越点头。

萧瑜："那现在的情况，你还在和家里僵持？"

周越："不能说僵持，还在谈。"

萧瑜没有立刻接话，沉默了一会儿，想明白了一些事，又看了看周越欲言又止的神态，心里越发清晰。

她从没有在这段感情上抱有期待，这不是因为她缺乏安全感，而是从一开始她就很清醒。

片刻后，萧瑜问："你家里人知道我的存在？"

周越："知道。"

萧瑜又问："他们以为你是因为我？"

周越："是有人在拿这件事做文章。"

"因感情误事"，无论是过去还是现在都是大忌，一旦让周家的掌权者认定周越过不了这关，日后再有什么重要项目都不会放心交到他手里，哪怕他能力再强，这点都是致命的。

但反过来讲，若周越能放下个人情感，以家族利益为先，和精心挑选出来的另一方确立婚约，日后他再看上谁，只要不闹到台面上影响到公司名誉，都是好商量的。

萧瑜："你看我这样理解对不对，现在你有两条路：第一条就是接受安排，和我的事放在台面下，最好的结果就是像萧固一样，家里稳住了，项目也拿到了；第二条是你摆明立场，尽所有可能保住锦瑞，如果让人无中生有暗中使绊子，最后连锦瑞也丢了，到时候只能认。"

周越："是。"

隔了两秒，他又道："锦瑞是我努力十年才够到的。"

这一点萧瑜也很清楚，锦瑞能落在周越手里，也是一番争抢的结果，就算周越和萧固都离开了，这个项目也会继续推进。

萧瑜："虽然你家里知道咱们的事，但你这次的对抗并不是因为我，对吧？"

周越嘴唇动了动："我知道如果我说'是'，听上去会比较动听，但是……"

萧瑜笑了下，摇头："你不是这样的人。你还没有卑劣到要用这种话拿住我，骗我以为自己比你这十年努力、比你的人生目标还要重要的地步。就算你这样说，我也不会信。"

周越垂下眼，有些自嘲。

是啊，他们都是清醒的人，清醒地知道只有先爱自己，才有能力爱他人的道理。

他们走到今天，是因为自己要努力，而不是因为其他任何人。

那些口口声声说着我是因为你才如何如何的人，他们心里比任何人都明白这是一种自私的开脱，是将自己的包袱、枷锁不负责任地放到他人身上。

萧瑜是会换位思考的，她不禁自问，如果今天周越是个普通人，他用"能不能为了我妥协"这样的借口让她辞职，让她为了他们的未来牺牲，做他背后的女人，做全职太太，她会同意吗？

她的答案一定是分手。

当然，周越也不会这样逼她。

反过来也是一样，她不会让他为了她和整个家族对抗、割裂，若他真的做出这种决定，她反而觉得他脑子有问题。现在可以这样自负、冲动、任性妄为，那么将来吃到苦头，是不是要反咬她一口？

赢了会说，我是为了你，你是我的动力，没有你我不会有今天。

输了会说，我还不是为了你，不是你，我会有今天？

萧瑜问："你要和我分手吗？你家里有这个意思吗？"

周越摇头。

也是，他们不会提这么直接的要求。

周越说："接下来，我会经常不在这里。虽然事情还没有定，但和对方的接触还是要推进。目前只能走一步看一步。"

萧瑜恍然："哦，那我会知道进度吗？"

周越："我会告诉你，绝不隐瞒。"

他们都只说了半句，余下的心照不宣。

这种联姻模式，谈感情是锦上添花，并非必要条件，更多的是试探彼此的底牌、底线，台面上的利益是一方面，双方是否能容下对方是另一方面。

就好比萧固和他未婚妻顾荃，他们一个月都未必见一次面，连对方生日都记不住，但只要有需要，一定会一起出现在某些场合。

他们都认为不会结婚，订婚只是权宜之计，但也做好了万一结婚该如何相处的准备，分居是必然的，如果家里催就做试管婴儿，交友互不干涉。

起码就萧瑜所知，顾荃有一半时间在海外生活，而且一直是以单身身份。

沉默许久，周越忍不住问："我想知道你怎么想……"

萧瑜第一反应就是摇头："我不知道。真的，我真不知道。我想我也需要时间想清楚，咱们就先这样保持现状吧。"

周越松了口气，却又没有完全松懈。

他描述不出自己此时的心情。

她若一点余地都不容，一定要分手，他阻止不了，会失落，但也会理智地给予补偿。虽然这不是交易，不是买卖，可他除了感情，能给的只有物质。

反过来，她若说一定不会分手，不管他怎么选她都愿意牺牲，他又会觉得这不是她的真正想法。

这就和谈项目一样，在最终结果出现之前，整个过程都在流动摇摆、充满变数。

萧瑜没有一句责备、迁怒、怨怼，她表现得十分平静，给予充分理解，按理说他应当知足，可不知怎的他心里又有些异样。

他看她的眼神与以往不同，隐隐有什么东西压抑着，而他还在控制，没有让这些东西浮现出来，扰乱他的思路。

可即便是隐藏再好的情绪，对方也会有感知。

萧瑜捕捉到一些，却没有刨根问底，她将此理解为是压力，不想在这个时候逼他表态。

那些口头上的甜言蜜语真是没有任何实际意义，反而口头保证越多，于她而言越不靠谱。

萧瑜回了个笑容，主动拉他一起看电影，周越很顺从。

只是两人都没有太投入。

周越中途有些累了，和她靠在一起，伸直双腿。

她搂住他的头，让他靠在自己怀里，直到他的双手圈上来，越来越紧迫，像是要确认什么似的。

她感到窒息，却又有些沉迷。

她热情地回应他，彼此都在通过这样的交流释放压力。

她听到他一声声叫"小瑜"，感受到他的需要，心里有着满足。

如果他表现出焦躁、愤怒，她会下意识回避，可现在他选择隐忍、独自承受，她又觉得心疼。

现实就是，无论她多么希望能帮到他，都无法做到真正的分担。

萧瑜有些庆幸，在她身上没有发生小说和影视剧中常出现的那种狗血桥段——给你支票，离开我儿子！你会毁了他！

真是幸好。

她其实是不太理解这种桥段出现的意义，可能就是为了变相证明这段感情对这个人的影响非常大，甚至到撼动人生的地步。可话说回来，压迫越大，反抗越大，有些事你越不让，他越要对着干，不是为了证明真爱，而是为了争夺人生的自主权，摆脱枷锁和控制。

而站在强势的那一方，这样"纡尊降贵"要求弱势的一方离开，岂不是自降身价的表现？既然不在一个级别，那就不该对话。最好是一个眼神都不要给，允许他养着对方，因双方实力太过悬殊，弱势的一方不具备任何威胁，又有什么容不下的？

萧瑜没想到，在这个时候第一个关心她感情生活的人会是萧固。

萧固问她："周家的事听说了吗？"

萧瑜只是一怔，便管理好情绪："听说了。"

萧固看了她一眼："希望你能处理好这部分，如果你的决定会影响工作，要提前让我知道。"

萧瑜明白他的意思："我不会因为这件事影响我的工作，这个位置我也不会因为任何人放弃。"

在萧固面前，萧瑜大多是委婉的，很少这样直接。

感情是感情，工作是工作，这份工作是她的资本，如果没有这份资本，她不会有机会遇到现在的感情——哪有住上高层就拆掉地基的道理？

萧固笑道："我就知道没看错人。"

萧瑜没有多言，也不会向萧固取经或诉苦，再说萧固作为老板，他要的只是她一个保证，至于她心里如何消化，那是她作为一个成年人需要自行处理的部分，如果真让老板反过来安慰她，那反倒是她的失职。

没过几天，又有第二个人表示关心。

这个人是陆荆。

因在工作中和陆荆的接触越来越多，萧瑜近来越发放松，比之前少了几分防备。

短途出差即将结束，副理和助手先一步返回酒店，萧瑜和陆荆慢了一步。

两人走在路边，经过一排排南方城市才有的植物，陆荆一边挥手驱赶蚊虫，一边问："怎么最近情绪这么低落，感情出问题了？"

萧瑜从包里拿出驱蚊水给他，不答反问："我的戏这么差吗？"

陆荆眯着眼睛屏住呼吸，喷完驱蚊水才说："其实不难猜，人会被情绪困扰，要么就是事业、金钱，要么就是家庭、感情。以你现在的情况，只可能是后者。"

萧瑜淡淡地道："我会处理好的。"

陆荆将驱蚊水还给她："我知道。"

一阵沉默。

萧瑜又将问题抛给他："你呢，一直没见谈女朋友，真收心了？"

陆荆坦白："应该说是我现在的目的和以前不同了。"

萧瑜记得，他上大学时谈女朋友都是奔着感觉去的，感觉来得很快,只图开心,一旦稍有负担或者感情淡了就会分手。

萧瑜问:"怎么讲?"

陆荆说:"我不知道这算不算功利,对我来说,有共同目标、步调一致、有默契、互有助力的另一半,会比以感情为基础的伴侣更牢靠。大家共进退,有问题一起解决,在这种时候能力是最重要的,感情反而派不上用场。再说感情会变淡,能力却不会。"

这要是换作大学时,萧瑜一定会撑他两句,但她现在却说:"你这是找合伙人啊,不过也有几分道理。"

陆荆又道:"能力不能太过悬殊,不然出了事,一定会有一方变成累赘,另一方负重前行。时间长了就该成怨偶了。"

两人边说边走进酒店,穿过大堂来到电梯间。

陆荆看着电梯门上反射出来的人影,突然说了句:"听说周总可能会从项目中撤出去,会有新的老板空降。"

萧瑜目光移动,瞥了他一眼又挪开:"你想说什么?"

电梯来了,两人一前一后走进去,各自靠着一边电梯墙,对视着。

陆荆的神色很淡,但他的眼神却说明一切。

而接下来这句话,才是他今晚真正想表达的:"你就当我多嘴——不要因为感情做错误决定,因小失大。不值得。"

从电梯里出来,穿过长走廊,中间还要拐两次,直到来到房门前,总共不到一分钟的时间。

萧瑜问陆荆:"为什么你会觉得我会做错决定,你又怎么判断什么是对的,什么是错的?"

陆荆回答:"我说的对错太狭隘,只是通过眼下的得失来划分。我不是觉得你一定会做错,而是担心。"

陆荆的解释尚算过得去,情绪也是温和的。

或许他以为萧瑜已经动怒,所以表现出退让。

事实上萧瑜没有生气,她只是好奇:"在你看来,如果我因为个人情感而失去这份工作,就是因小失大,对吗?"

陆荆站住脚,维持着笑容,却没回答。

萧瑜替他说下去："因为这份工作是得来不易的,我离开这里,未必还能找到这样好的职位,享受这么好的待遇,连好不容易混出一点人缘的人际关系也要从头开始。"

最主要的是,因为情绪和情感上的价值,而失去物质上的保障,这是非常愚蠢的行为。人要先吃饱喝足,才有多余的精力去追求精神世界。

富家女更在意情绪价值,因为她不用为物质发愁。萧瑜不是富家女,工作和金钱是她目前人生的首要考虑。

试想一下,如果她只是一个普通的小白领,就算再会打扮也会被有社会经历的人一眼识破,那么当她遇到周越这样的富家子时,会发生什么样的故事?

现实就是,富家子会拿这样的小白领当解闷的玩具。

至于周越,他不是那种随手捡玩具的人,所以他也不会多看她一眼,他的视野中只有同圈层、同等能力的人。

反过来也是一样,萧瑜也不会认为自己会向下社交,尤其是感情。

前几任男友虽然出身都不高,但都有一个共同点,那就是他们努力、上进、现实,必要时刻会使手段。那种找个踏踏实实的老实人过日子的想法,已经离她很远很远了。

萧瑜忽然有了和陆荆探讨的兴致:"按照你的说法,那样选择的确太傻了。但站在我的角度,我一定是得到更好的东西,才会选择放弃眼前。你不是我,不要替我下判断。"

"的确。"陆荆笑着承认,随即问,"你说的更好的东西是什么?"

萧瑜没接茬儿。

陆荆开始举例子:"稳定的物质生活、金钱补偿、圈层越级?"

萧瑜:"你不如明说,我是被包养好了。"

陆荆:"我没有贬低的意思,这是在我的理解中可能性最大的结果。"

陆荆话落,拿出房卡开门:"要不要进来聊?"

萧瑜看了下走廊两边,的确这里人来人往。

她跟着陆荆进门，陆荆洗了手之后先去煮水，又从茶盘中拿出红茶包放到杯子里。

萧瑜看着他的动作，靠着旁边问："如果你有机会越级圈层，以入赘的方式，起码少奋斗二三十年，你会怎么选？"

陆荆说："少奋斗二三十年原本就是个伪命题。按照现在的发展来看，人与人之间的差距只会越来越大，你现在看是二十年，事实上可能是两百年。就算没有选择那条捷径，多给你二十年的寿命，二十年后你就真的能达到捷径另一端的高度吗？别傻了，那个世界的资源早就被垄断了，没有入场资格，就只能一辈子在门外徘徊。"

直到这番话落地，陆荆才看向萧瑜，笑道："再回答你刚才的问题，我一定会选择捷径。"

萧瑜看着他的眼睛，问："你很坦然，也不觉得这丢人。"

陆荆："丢了什么人？背后那些指指点点是因为嫉妒，声讨谩骂越激烈，红眼病越严重。"

萧瑜："既然如此，为什么刚才你用那种眼神看我，还暗示我，如果我选了这条路就是错的？你这是搞双标。"

"是。"陆荆点头，"因为我是男人，你是女人。"

萧瑜瞬间升起一些逆反的情绪，但她没有发作，只在表情中流露少许。

她很快就将那些情绪管理好，问："性别歧视？"

热水煮好了，陆荆将热水注入杯中，同时说："这不是我个人对你个人的看法，更不是歧视，而是一种就算你我都不承认，就算我当着你的面说得多么动听，都无法改变的事实。你接下来要面对的是社会现实，这个社会男性更有优势，更占据便利和话语权，资本和权力的性别是男。"

萧瑜看着冒着白雾的杯子，没有接话，却渐渐明白陆荆的角度。

陆荆跟着举例说："就算你我都选择少奋斗几十年的捷径，就算大家出发点一样，之后的境遇也会不同。"

是啊，萧瑜回忆着在酒桌、饭桌上，以及一些应酬场合中看到的那些中年老板身边的年轻女伴。

他们不会娶那样的年轻女人回家，他们看上的是年轻的身体和稚嫩的灵魂，这些可以作为逗闷子的消遣。有谁会让"玩具"一起上桌吃饭，并将真实的利益分给她们呢？

当然，偶尔也会看到一些年轻男人陪伴着中年女企业家或富家女，同样都是"傍大款"，周围人对待这些年轻男人就包容、宽容得多，他们也更容易融入这个本就男人居多的圈层里。

看到拜金、虚荣的女人，男人们会说：玩物、玩具。

而看到放下尊严走捷径的男人，男人们会说：有点东西，有点本事。

看不清形势且定力弱的人，脑子一热，迫不及待地抓住这种机会，哪怕最终人生被毁掉，也要爬上去看一眼不一样的风景，也就是所谓的长见识。而与之相反的人，则会理智衡量、冷静判断，这样短期获取的"暴利"是否值得去冒险，还是说长期稳定发展潜力股更值得下注。

当然也有一些个例，一些有野心有能力的人选择走捷径，且走成功了。这不只是运气，还要有足够的实力，每一步都精心计算，短线与长线充分考量。

陆荆看了萧瑜一眼，见她没有动气，才继续往下说："这很不公平，我也是这样觉得。我可以和你一起抨击这样的现象、行为，但事实不会因此改变。你看电视里那些睁着眼睛说瞎话的剧情，都知道那是假的，根本就脱离现实，但它的受众大部分都是被现实剥削的'社畜'，白天在现实中被剥削，晚上靠这样的剧逃避现实、换取情绪价值。"

萧瑜终于开口了："最现实的就是，做那些剧的人就是现实中的资本方、剥削者，白天、晚上两班倒地吸血，吸同一拨人的血。"

白天打工，晚上贡献收视率，上网发泄两句找找存在感，自以为众人皆醉我独醒，结果还是摆脱不掉被当作"玩具"被压榨的命运。

陆荆："同样的道理，如果我选了这条路，我有超过一百种办法将'玩具'身份化为资本，这不只是因为我的能力，还因为我有性别优势。但如果是你,你将面临一百种阻碍。"

这话很难听,却也足够真实。

陆荆并不是一个说话狠毒的人,否则他也走不到今天的位置,他非常懂得体面那一套。

他现在把话说到这地步,大概也是要以毒攻毒,想用狠话叫醒她。

萧瑜不得不承认,如果从今天的位子摔下去,陆荆一定会比她更快爬回到原位。

想到这里,萧瑜端起杯子喝了一口茶。

随即,她问:"你是什么时候看出来的?"

陆荆想了想,说:"在第一次见周总之前,我就听说萧总和周总都很喜欢你冲的咖啡。我们开项目会的时候,我也喝过几次。你的手艺是很好。"

陆荆:"我还听说,你是因为萧总好这口,特意跟人学的。"

萧瑜一时不解,却没有急着发问。

直到陆荆问:"你还记不记得有一天在茶水间,你在冲咖啡,我好像是有事找你,你就将冲好的那杯咖啡先给了我,然后冲了第二杯给周总?"

萧瑜努力回想着,好像是有这么一段,但她自己并没有往心里去,若不是陆荆提到,她都要忘记这件事了。

萧瑜:"所以呢?"

陆荆:"你一定没有发现周总当时的眼神,他看了我一眼,又看了看我手上的咖啡。然后他跟你说,味道稀了点。可是我喝着没问题,味道很浓郁,我想问题也不在那批豆子上,那么原因应该来自那个人的心境。"

萧瑜半晌没言语,有些惊讶陆荆对周越的观察力。

萧瑜:"只是因为这个?"

陆荆:"听上去好像是我在无中生有,你不妨想想,如果那天不是周总,而是萧总,他会不会因为我先一步喝到那杯咖啡而介意?"

答案很简单,萧固只将萧瑜视为助理,将那杯时常会喝到的咖啡视为对过去那段感情的怀念，时常入口，时常想起，他的移情作用在咖啡上，而不在萧瑜身上。

陆荆："这也从侧面告诉我另一件事。"

萧瑜："什么？"

陆荆："我猜周总应该知道咱们曾有交情，所以才会特别关注我。"

萧瑜没有反驳，因为如果那天的人不是陆荆，而是覃非或郭力，周越一定不会入眼。

萧瑜："是我跟他提过。"

陆荆："你们的关系……这么坦白吗？"

萧瑜忍不住笑了，她放下杯子，往门口走，边走边说："的确是你理解不了的关系。谢谢你的点评，明天见。"

门开了，又合上。

陆荆看着门口，又看向萧瑜放下的杯子，默默站了许久。

萧瑜不知道周越在背后做了多少事，她就和其他人一样，对于事情发生的整个过程一无所知。

即便公司里有风声说周家这边要换人过来，周越出了一些问题，已经被架空。

这半个月里，萧瑜没有主动问过周越。

周越偶尔会发来一条消息报平安。

萧瑜总是回：锦瑞这里一切都好，不要有顾忌。

直到后来，周越再度出现在公司，与萧固坐在会议室里谈笑风生。

萧瑜坐在外围看得清楚。

周越瘦了，气场却更足，那越发清晰的下颌线就像是削尖的锋芒，虽然在说笑，坐在下手的主管们却比平日多了几分紧张。

会议结束，萧瑜按照萧固的意思去给周越送文件。

萧瑜特意冲了一杯咖啡，一起端进办公室。

周越正在讲电话，目光扫来，见到是她，抬了下手。

萧瑜将文件放下摊开，周越翻了几眼，拿起笔签字。

笔尖唰唰划过纸张，简洁有力。

萧瑜合上文件，转身要走，手却被他拉住。

萧瑜回头，周越正看着她。

他靠着办公椅，因为人瘦了，眼窝轮廓也深了些，看她的眼神透出浓浓的情绪。

萧瑜没有走，就站在旁边，直到他将电话挂断。

他站起身，在萧瑜反应过来之前，欺身将她吻住。

她的臀靠向办公桌，一手落在他肩上，另一只手努力撑住自己。

幸好周越没有打算进一步，他只是用吻传达忍耐许久的思念，随即就只是搂着她，细细亲吻她的脖颈，并低声玩笑道："真是蜕了一层皮才回到这里。"

仅仅一句话，萧瑜就读懂许多，她环住他的腰背，轻轻抚着："辛苦了。"

有些感觉她说不出来，周越身上的变化非常明显。

就像经历过战场杀戮的人，眼神和周身气场会改变一样，即便是微笑也会有一股煞气在。

周越虽没有去战场，她却在他身上感知到类似的侵略性的气息。

夜幕降临，周越和萧瑜一同回到公寓。

刚进门就是一场欢爱，没有开灯，没有缓冲，一切来得那样快。

窗外透进来一点光，他们一起躺在地毯上，身上只盖着一张毯子。

他的头贴在她心口，就像是孩子寻求母亲带来的安全感一般，他的双手搂得很紧，呼吸绵长而炙热。

萧瑜想起下午同事们之间的讨论，他们都在猜测周越前段时间的经历，说他这次回来有点让人害怕，以前还能跟他开几句玩笑，现在可不敢了。

萧瑜一边想着一边顺着他那有些扎手的发尾，感受到从他鼻腔中呼出来的热气一下下滑过胸口。

周越没有对她吐露过一个字的过程，她只记得在周越上一次离开之前，他说过这样一句话："锦瑞一定不会交给别人。一个月，不出一个月。"

结果不到一个月，他就回来了。

那个和他争夺的竞争对手怎么样了？那个人是周家的谁？这些反倒不重要了。

当然，萧瑜不会因为这次周越胜利，就误以为他们之间的危机、阻碍已经解除。

锦瑞是保住了，周越也用自己的办法让周家人看到他的实力和手段，但这又怎么样呢，他只是在这次"养蛊游戏"中胜出的那一方，将来还会有下一局。

资本有一万种方法可以让一个普通人闭嘴，那么资本之间呢？

周越后来说："人只有成功了，站在高处，才会知道讨厌自己的人有那么多，每个人都恨不得把他拉下去。成功的人最容易犯的错就是不懂得保护自己。水能载舟亦能覆舟，人会因为优势而成功，也注定了会因为同一优势而摔倒，何况是缺点。所有眼睛都会盯着你，放大你的缺点，利用你的缺点。"

按照萧瑜的理解，周越应该很早就掌握了竞争对手的缺点和优势，审视他人同时观察自己，伺机而动。

他不打无准备的仗，也没有在事发的第一时间就出手，而是让事情去发展、事态去蔓延，甚至让对方一时占尽上风、出尽风头。

败于优势的人是因为大意，犯了自负、自大的错。

对手最风光的时候，就是最容易出错的时候。

事情发生得那样突然，时机成熟，所有部署同时启动，别说自保，连撇清责任的余地都没有。

周越胜出，这是一次对决，也是一次考验。

他保住了自己的东西，也因此让家族看到他的手段能力。

周越"苦"吗？苦。他吃过苦，但那和普通人吃的苦不是一回事。

大多数普通人吃苦，心里苦，生活苦，想呐喊，想发泄，却连报复的能力都没有，也不敢。

周越的苦，在于努力爬了十年，刚到顶峰就被一只脚踩住，要将他踢回山脚。

他隐忍着、等待着，最终将险境送还给对方。

周越的反击给萧瑜上了一课，令她再次斟酌自己的处境和未来。

第十一章
理智与情感

短短几个月时间,锦瑞框架搭建顺利,一切都在往好的一面发展,按照现在的速度,这个项目将会比预计时间更早回本得利。

周越和萧固交替出差,项目覆盖到的地方,都需要他二人巡视、部署。

萧瑜和周越一起出差的机会并不多,更多的是跟随陆荆的项目组。

周越就像曾经承诺的那样,关于他和家族的博弈没有对她隐瞒,每一步他都告诉她,只是没有精确到细节。

有些事即便不说,萧瑜也能大概猜到。

萧瑜知道的是,周家看中的那位千金是海外华人,自小在美国长大,她姓许。

从血缘上来讲,许小姐和周越的好友许阳是远亲,但几十年前就分家了。

许小姐在社交媒体上十分活跃,感情经历丰富,正值婚嫁年纪。

从媒体的报道上不难看出,许小姐非常受许家的爱护,其中大部分原因是许小姐的父母在家族中有不可撼动的地位,她是吃了投胎的红利,即便什么都不做,只要性格好,讨家中长辈喜欢就够了。

而事实上,许小姐并非无所事事、不学无术的傻白甜千金,她毕业于常春藤学校，大学时期就展现了商业头脑，有投资也有创业，用小成本换来了高回报。

优良家族的优良基因，简直是上选。这些个人成绩无疑是在优渥的家世背景上再添一笔佳绩，除了周家，尚有其他家族相中这位许小姐。

据说这位许小姐是个非常聪明且果断的女人，她曾差点和一位华人家族的二代订婚，而且订婚协议是她亲自下场过目，结果被她抓到对方的问题，直接翻脸毁约。

按理说，婚约谈到这一步，天大的事都不至于到翻脸的地步，有些问题只要无伤大雅，睁一只眼闭一只眼就可以了，就算忍不了也可以低调解决。

但许小姐十分坚决，还闹得很大，家里劝说无效，最终只得出面调解。

从那以后就有传言，说这位许小姐是眼里不揉沙子的，她未来的结婚对象一定是千挑万选，没有半点黑历史可扒的"好"男人。

很多人嗤之以鼻，哪有什么好男人，还是在豪门里。说穿了就是看这个男人有没有本事不被扒出来。

以上这些都是萧瑜听来的，她不在那个圈子里，自然不可能得到第一手消息，所有瓜都是二手瓜，她也只是听听，并不当真。

人们传一个故事，会在传言的过程中将它改编成自己更倾向认定的版本，这样一个接一个版本流传出去，早就失真了。

萧瑜的注意力不在甄别许小姐的"瓜"保不保熟，而在于整件事展现的逻辑。

不管是自小受宠的许小姐，还是小时候不受重视而后通过自身努力得到关注的周越，他们都有过和家族"翻脸"的历史。

事情的成因不重要，结果也不重要，重要的是："我具备了翻脸的能力，我用这个动作告诉你，我可以妥协，但我不是只能妥协，更不是被拿捏，你要利用我，就要让我心甘情愿。"

翻脸，就等于画底线。

试想一下，周越走到今天，从"寂寂无名"到"拔得头筹"，家族中必然有许多人看他不顺眼，正如他那天说的话一样："站在高处，才会知道讨厌自己的人有那么多。"没有人会真心为他高兴，除非是他的母亲和同母弟妹，他们是既得利益者。

看周越不顺眼的结果就是，他们通过另外一种方式控制、拿捏他，让他低头，并且在低头的过程中不得不向这些人的利益妥协，也令这些人得到好处。

周越如果这次选择妥协，那么下一次只能继续妥协，长远来看他就被拿住了。反过来，如果他这次反抗，那么就等于给其他人一个出手的理由：我教训你、打压你，是因为你不识抬举。

这些人要的是一个有能力且愿意将利益分给大家，"听话""听劝"的接班人，而不是一个有能力，会虎口夺食，且将其他人的利益关在门外的白眼狼。这样讲虽然有失偏颇，但这些人看到的故事版本就是如此——周越既要又要，还吃独食。

以萧瑜的理解，这就是一个驯化的过程，周越对外可以是猛兽，对内一定要"你好我好大家好"，一家人有什么事关起门来和和气气地解决。

可周越这次却选择了刁钻的处理方式，他一开始就选择反抗，进而被夺权、被消耗，一时低落。他因此偃旗息鼓，令那些人以为他已经完蛋了、消沉了，一点打击都受不了。结果就是，他们派出来的竞争者因为麻痹大意，而被周越打得一败涂地。

当然，周家还可以再推其他人出来，只要这个人防得住阴招，没有半点弱点可挖。

这件事直接令周家人明白到周越是有掀桌的能力的。平日里和和气气没问题，关键时刻不要踩底线，否则都别想好。

"具有掀桌的能力"，多么吸引人的几个字啊，萧瑜在心中感叹着。

她知道周越已经开始和那位许小姐接触了，双方都非自愿，但都没有在这场磨合中故意给对方使绊子，他们维持着表面的平和，各自代表着家族门面。

周越并没有向萧瑜提起过相亲的过程,她只知道这种安排一般都是饭局,在公开场合,各自走过场,谈些利益,试探对方的底线和接受度。

萧瑜曾在FB上见到过那位许小姐的账号,她对于私生活并不隐瞒,账号上有很多她和男伴的亲密照。

许小姐生活在美国西岸,充满着阳光海滩,身边围绕着各种各样向她发出求偶信号的男士。

萧瑜在脑海中不由得勾勒出一位千金小姐的模样,向往自由,渴望自主的权利,生活自在、潇洒、无拘无束。可这些自由自在都是建立在家族给予的宽容上,而这种宽容并非无缘无故,而是有前提的,当有一天需要许小姐做出"小小"牺牲的时候,她就要为过去享受的"特别待遇"买单了。

最好的故事走向大概是这样的:虽然被迫去相亲,却在众多相亲对象之中遇到了那个意外顺眼、独特的另一半,于是没有人再在乎是否是被迫,是否是在履行家族责任,自此心甘情愿步入婚姻,得到了爱情,还得到了巨额利益。爱情似乎让这场交易变得没那么冰冷。

三个月的时间,萧瑜一直在等,可她也不知道自己在等什么,是等周越告诉她婚期已定,他即将和许小姐订婚,还是等自己耐心耗光了,有一天忍不住脱口而出"我想一个人待一段时间"?

只要周越回来,他们就会一起过夜,但不是每次都会发生亲密行为。

其间,周越问过她一次对于未来的事业规划考虑得怎么样,他似乎还是希望她能进他的团队。

萧瑜没有给他答案,只说需要再想想。

听周越的意思,家里原本打算给他的美洲部分版图已经不再提了,主要是因为之前的事闹得不太愉快,家里认为他还太年轻,需要打磨。

表面上看这是周越因小失大，闹了一场，最终只是保住了锦瑞。

换个角度看，这次博弈是一次互相试探。就算周越一开始就选择配合，那些项目也未必会交给他。而现在的结果是，他让家里的长辈看到他的底线，就算要他牺牲、退让也要一个愿打一个愿挨才行。

周越对萧瑜说，事情平息之后他和许久没有见面的爷爷、父亲谈过一次，充分表达自己的态度。

爷爷和父亲也认识到，如果周越是个见到利益就妥协的人，那么当有外人拿出同样的好处，他可能也会毫不犹豫地与对方利益交换。

但即便如此，周越还是愿意给家长们一个面子，与许小姐磨合一段时间，但他不保证一定会成功。

事情走到这里，虽然还是发展到周越和许小姐开始相亲的流程，结果却是周越反将了家里一军，无论将来成与不成，都不会再有架空的事情发生。周越给自己争取了一条退路。

萧瑜将这些看在眼里，不禁自问，那么她的退路是什么呢？

萧瑜描绘了一张表格，用打钩打叉的方式模拟出一条可行的未来。

打钩代表"要"，打叉代表"不要"。

做人最怕的是，不知道自己要什么、能要什么，只知道不想要什么。

不想要的东西，往往是别无选择只能要的东西，而想要的东西，往往是没能力要的东西，总归一个字：贪。

婚姻：要。

萧瑜还没有自负到认为自己单打独斗就能得到规划中的蓝图，她需要另一半的助力，或者说是互为助力。但这也就意味着，她选择的不是那种相夫教子的传统婚姻，即便因为生育而暂停了，也只能是一时。

最主要的是，另一半要和她有共识，若在认知上无法达成一致，婚姻生活里一定会充满内耗和内斗。

那么问题来了，周越是否在这另一半的选项当中呢？

对萧瑜来说，这根本不是问题，她想得很简单也很清楚，只要双方可以达成共识，也都有意愿，那么另一半是不是周越都可以推进。

这件事萧瑜没有告诉周越，她认为没有说的必要，再者说出来图什么呢，难道为了测试他是否介意自己不在打钩范围内吗？他一定会不高兴的，因为自己是不被肯定的。这样的试探对她来说也没有意义，她要这一时的精神满足和他的计较有什么用呢？

除此之外，萧瑜还发现自己有另一个观念上的变化。

学生时期，她也曾向往过从一而终、一生一世的爱情，到后来走上社会，走向现实，了解现实，最终成为现实。

她觉得曾经的自己有些天真，天真在于自以为可以相信某些童话一辈子，没想到这么快就被改变。

转眼，半年过去。

周越和许小姐的磨合依然在继续，两家迟迟没有订下婚约。

萧瑜依然选择"保持沉默"，将大部分精力放在工作中，情感和身体上享受着周越带来的满足。

一天，萧瑜和叶沐聊起婚姻、爱情与出轨、背叛的话题。

叶沐说，如果双方在步入婚姻的时候是建立在"爱情"的基础上，认定感情和身体上的忠诚，那么当其中一方出轨、劈腿，以"爱情"为基础的婚姻将出现裂痕。反过来，如果双方一开始就说好了"各玩各的"，那么对于双方的其他伴侣没有人会定义这是出轨、劈腿。

人之所以排斥出轨，是因为那是一种背叛。没有人喜欢被背叛，这是赤裸裸的侮辱、践踏。

再实际一点说，是被背叛的一方利益受损。

叶沐："要是周越真和许小姐订婚了，如果我是那位许小姐，就算知道有你的存在，我也不会介意。你不影响我的实际利益，我管你是谁？而且许小姐也不会让她的感情经历来影响周越的利益。这是一条共识，谁都不要越界。个人领域不容侵犯，越界了就等于逼对方掀

桌。"

叶沐并不了解周越和许小姐,她的结论来自萧瑜的转述,以及她和萧固的过去。

萧固和顾荃订婚几年,始终维持着面上的和平,顾荃不会去管萧固的私生活,萧固也对她的私生活视而不见,彼此都享受着家族联姻带来的利益好处。

他们都是聪明人,深知跟对方过不去就是给自己设限的道理,既然自己做不到,又凭什么要求对方必须做到呢?

叶沐转而问萧瑜:"关键是你,你是怎么想的?"

萧瑜一时回答不上来,只说:"就职业规划来说,我目前非常满意现在的进度,跟着萧总能学到东西。"

但是……

萧瑜并没有告诉叶沐,虽然现状很好,她却没有因此将其他选项排除出去,加入周越的团队依然是选项之一,除此之外还有张琪的邀请。

是的,张琪——她和周越还没确定正式关系之前,因为他而有过一面之缘的女强人。

因为前段时间的一次商务谈判,萧瑜又一次见到张琪。

张琪和上次相比变化很大,她身上的女性特质更加弱化,几乎要消失了,整个人看上去中性十足,气场也更足。

萧瑜很清楚这是为什么。

这是一个男权社会,女人要往上爬,越往高处越要弱化女性特征。这是逃不掉的规律。

男人遇到女人,如果这个女人美丽,女性特征强烈,充满了吸引力,那么这个男人一定不会注意到她的工作能力,他关注的永远是她的女性特征,而这个女人将不会因为工作能力而得到重用。

别说男人,就是同性们也会在背地里非议,怀疑这个女人上位是走了捷径。

这听上去很无奈,意味着性别压榨。道理大家都懂,然而当一个人无力改变大环境固有的认知时,要么就选择妥协、趋同,要么就在对抗、反抗中消亡。

张琪说:"你来我的团队,一定比你在萧固这里更自由。"

自由,萧瑜不知道张琪是如何定义这两个字的。

张琪又道:"我可以给你更实际的东西,你会赚得比以前多,同为女人,我会更理解你的难处。"

张琪没有给萧瑜规定期限。

事实上因为锦瑞的走势,深度参与这个项目的人身价都有一定的提升,萧瑜和覃非这两位一直跟随萧固打拼的左右手也在水涨船高。

张琪是个有耐心的人,她说大家都在一个圈子里,要看得长远,现在萧瑜需要锦瑞的加持,等过几年锦瑞成熟了,萧瑜再选择其他团队会比现在更有利。眼下就让萧瑜放弃这么好的项目,改换其他家,的确不现实。

就这样,在萧瑜的选项中又多了一个张琪。

年底将至,周越再次出差回来了。

萧瑜微笑着投入他的怀抱,就像过去一样,他们亲密相拥,诉说着对彼此的思念。

激情过后,他们一起看了一部电影。

萧瑜感觉到周越并不投入剧情,他似乎有什么话想说。

直到吃过夜宵,周越终于开启话题:"如果一切顺利,我可能会在明年三月订婚。"

很突然,却也在预料当中。

萧瑜喝着碗里的汤,隔了好一会儿才在周越的注视下开口:"需要我做什么?"

周越摇头,他眼里承载着许多复杂的情绪,似乎还有很多话要告诉她,但他什么都没说。

萧瑜又问:"在你们的谈判中,包括'分手'这一项吗?"

周越再次摇头,放下汤勺说:"我没有限制她,她也不会要求我。"

萧瑜这才懂了:"所以你想知道的是我的接受程度?"

周越:"这的确是我现在最关心的。"

萧瑜垂下眼帘,花了一点时间整理心里的情绪,随即让理智占据上风,问:"如果我不分手,结果会怎么样?"

周越:"维持现状,直到我恢复单身。"

这就是当年萧固给叶沐的选项,可到现在几年过去了,萧固依然被捆绑在婚约中。

萧瑜又问:"如果我选择分手,结果又会怎么样?"

周越动了动嘴唇,半晌才道:"我会给你补偿,不管是工作上还是人脉方面。但我希望不要走到这一步,我希望……"

他没有说出自己的希望,因那太过自私。

很快,周越发给她一份协议,协议上清楚地写着她可以得到这套公寓,并且他承诺不会以任何名义将公寓索回。

周越说:"不管你的决定是什么,这份协议都不变。"

萧瑜看了协议,问:"如果将来我选择加入你的团队,是否会受到这件事的影响?"

周越摇头,随即笑道:"不会,不管将来你我是什么关系,我都很高兴你能来。"

萧瑜只说:"你让我想想。"

之后的两天,周越没有追问萧瑜的答案,萧瑜就像是没事人一样。

他们的相处模式没有改变,萧瑜却感觉到周越探究的目光总是时不时飘向她。

她装作浑然不觉的样子,认真思考几条路的可能性。

直到两天后的晚上,萧瑜主动重启话题。

萧瑜问道:"你知道萧固和叶沐的故事,对吧?"

周越闻言,意识到她将要说什么,放下手里的资料看过来。

萧瑜笑着说:"萧固对叶沐的要求有一条对她很不公平,他从没有说过这次婚约会维持多久,如果叶沐当初选择和他继续在一起,他们的关系一定会逐渐失衡，最后还是以'分手'收场。"

叶沐的选择实在聪明，既没有令自己处于劣势，还将萧固转化为大客户。

周越意会："你希望我给你一个期限吗？"

萧瑜点头，随即摇头："希望，但你没必要这么做。有这个希望吊着我，我会逐渐失去自我。你给了希望，若到时候没有做到，我一定会觉得你是在骗我，我会怪你。"

萧瑜又问："你之前说如果顺利的话，明年三月将会订婚。也就是说，也可能会不顺利。"

周越："是，这里面存在很大变数。"

萧瑜："还好你没有拿这个来说服我，让我对此抱有期待。"

周越扯动了一下嘴角，有些苦涩。

萧瑜见状，终于吐出自己的答案："这套房子你若真心实意地要给，我一定不会往外推。这很吸引人，我没必要心里想要，嘴上却说不要。至于我的答案，就以明年三月为限好了，到时候如果你订婚，我祝福。你我若仍需要彼此，可以像现在一样维持现状……"

周越："但是？"

是的，当然有"但是"。

萧瑜笑了下："但是，对于我和其他人的发展，你不要过问、干涉，可以吗？"

这不是试探，而是要求。

她知道只要周越想阻止，她一点办法都没有。

或许用萧固和叶沐的故事来举例并不恰当，叶沐是不婚主义，她拒绝的不是萧固，而是任何男人成为丈夫，而她——萧瑜的选择是，周越会从现在的唯一选项，变成多选之一。

周越许久没有说话，只是看着她，似乎已经读懂了一切，眼底情绪浮动。

萧瑜耐心地等待着。

她发现他比以前更加深沉，并不是那么容易看明白了。锦瑞险些被夺权一事,对他的改变很大。

不知过了多久,周越收起所有情绪,问:"这是你的心里话?"

萧瑜:"是的。"

周越:"其实你早就想过今天了,对吗?"

萧瑜:"是的。"

周越的目光若有所思。

萧瑜:"我这样考虑是有点自私,但我需要自私一次。"

周越:"不,我倒是觉得这样没有错。"

萧瑜:"那你是同意了?"

周越:"嗯。"

萧瑜再次笑了。

至于这套公寓,周越最终履行了协议。

于他而言,这只是一套房产,多一套少一套无所谓。

但对于整件事而言,他已经承诺的东西,若中途因为她的额外要求而改变,这就成了一种反咬一口的手段,会出现信任危机——他不承诺,她不会惦记,他承诺了若不履行,事情的性质就变了。

从另一个角度说,他还不想放弃和萧瑜的感情,不管是从情感上还是从情绪价值上,而在物质上给予一定的补偿,绝对有利于延续这段关系。

如果他翻脸或是反悔,萧瑜必然掉头就走——当然他不会这么做。

他是一个大方且看事长远的人。

他很高兴萧瑜也是这样的人,心平气和、做人豁达、思路清晰。

但反过来,他心里也生出某种针刺一样的情绪。

透过现象看本质,这是他第一次意识到,原来在萧瑜的考量和选项中,他并非占据有利的那一方,也就是说,他没有得到她的偏爱。

就算有过偏爱,也被她的理智限制住了。

就像他一样,时常被情感和理智割裂开,一边对抗着情感对自己的控制,告诉自己不要一时上头迷失心智,必须做正确的选择,一边又时不时向情感妥协，告诉自己做人需要适当地投降，这并不可耻。

显然这一次，他没能让萧瑜向情感投降。

唯一值得庆幸的是，萧瑜一开始就将底牌掀给他看，将她的决定坦白，而不是说一套做一套。

然而这也等于直接告诉他，她已经开诚布公了，那么也请他做个君子，不要出尔反尔。

来年三月的约定，它就像是一个闹钟，注定会响，不管到时候是什么样的结果。

它提醒着萧瑜，也督促着周越。

对于周越来说，这个闹钟更像是人生里的一个目标，就像他拿下锦瑞，争取家族中更高的位置一样。

严格来说，这个目标并不具备多么可观的利益，它代表的是看不见摸不到的东西，就是人们常说的情绪价值、情感价值。

仅仅是性别来说，全球有一半的女性，失去这一个或得到这一个没有什么差别，很快还会有下一个。反过来对萧瑜来说也是一样。

但对于某些通过个人努力而达成目标，却因为某些因素求而不得的上位者来说，个体的差别又是那样重要。

如果这是一场辩论会，那么正反双方会是这样的：

正方：失去这一个，你还会有一百个、一千个选择，都是人，没有什么不同，还会有更优秀的配偶，她们同样可以带给你情绪价值。你只执着于这一个，执着的并不是这个人，而是你自己的心魔。你已经是上位者了，怎么还能被这样简单的问题束缚呢，你的格局呢？再过五年十年你回头看看，只会为今日的执着而发笑。

反方：你是上位者，你无所不能，可为什么你还是得不到最想要的那个人？你的情绪价值是任何人都可以提供的吗，那一百个、一千个选项都可以给你同等的情感回报吗？如果可以，那么你要求的价值不过如此，失去这一个是不值得可惜。如果不可以，那么请问你往上爬的动力是什么？不就是为了达成一些普通阶层的人想都不敢想的愿

望吗？不就是为了享受"特权"吗？为什么你上位了，你的选择权还是这么少，连你的情感选择都要被控制？

周越深知自己在家族中有什么样的局限，本身又具备什么样的优势被家族看中。这几个月的博弈，于他和家族而言，是弱势的一方对强势的一方，真正的平等并不存在。但他可以利用一些手段、方式，令这种差距缩小。

萧瑜对他也是差不多的情况。经济实力和个人能力方面，萧瑜是弱势的一方，如果只是比较财富，他们之间不存在真正的平等。但这并不意味着萧瑜就没有话语权，她用他的那套方式来堵他的嘴，令他不得不做一个君子。

她欣赏他、爱慕他，与他在一起，其中最重要的一点是他足够尊重她。

一旦有一天他开始用强取豪夺那一套，不顾她的意愿，向她压榨、索取，她将毫无还手之力，只能妥协、投降。她不会再有其他择偶权，她只能为他一个人服务。

这样的做法是快准狠的，短期内就会见效，省时省力。

但他没有这样做。

他太清楚了，萧瑜是个嘴上缓和、心里明镜的女人，她很会以柔克刚那一套，而且她本身就具备刚强的一面，只是将它藏在里面。

当有一天他放弃他们之间默契树立的底线、边界，那就意味着他将长久地失去她对他的欣赏、爱慕。

同样的"故事"，他在他父亲、母亲身上看到过，而他的父亲对于自己失去了什么根本毫无所知，当然也可能是并不在意。

他父亲就是那种，天底下女人多的是，得到这一个有满足感，但这种满足感并不是无法取代。

虽然父亲是他的家人，也是母亲的爱人，彼此之间理应有亲情和爱情在，然而从不对等的强者和弱者角度来说，父亲并不会因为家人和爱人的身份就停止对他们的剥削、掠夺，并不会因为他已经是上位者了，人性就得到高阶净化。恰恰相反的是，权力会令一个人变得更加贪婪。

有一件事周越从未对萧瑜说过。哦,不只是萧瑜,是所有人。那是他心里的秘密,连父母都不知道。

他的母亲曾经深深爱着他的父亲,起码他是这样觉得的,母亲也是这样对他说的。

母亲身具才华,原本有美好的事业前景,父亲曾是母亲的投资者,但他看上的并不只是她的艺术天赋,还有她这个人。

他们之间纠缠、拉扯了很多年,生性自由不受拘束的母亲始终追求者不断,父亲只是其中之一,但他对她十分尊重且有耐心。

即便在母亲怀孕之后,都没有真正表示过要和父亲定下来。母亲排斥和任何男人进行长期捆绑——怀上孩子也是因为一次意外。

差不多是生下周越之后第二年,父亲用了一些手段,令母亲的身份有了彻底改变。

她不再是对外的单亲妈妈形象,而正式成为某一个有钱男人的女人。小圈子里都叫她一声"小周太",这个没有经过她允许就贴上的标签。

这听上去有点讽刺,尤其是对一个在男权社会中自主意识十分强烈的女人来说。

自那以后,母亲的艺术事业得到更高的资助,却也因此受到限制,无论她的艺术造诣多么高,卖出的艺术品多么有价值,那都是"小周太"的身份带给她的价值。

人们不再看她的作品本身,而是看她这个新身份带来的利益。即便是她个人不太满意的作品,听到的也都是天花乱坠的赞美之词。这是一个艺术家最为痛恨的事——而这一切都是那个男人带给她的。

父亲用这种方式控制了母亲,将她笼罩在他的光环之下。

恨会比爱更长久,这句话真是一点都没错。母亲从未对周越表达过这一点,但周越却看得明明白白。

母亲对父亲的爱持续了一些年,每年少一点,直到完全消磨殆尽,失去所有耐心。

她开始恨他,却不是由爱情变质的恨,而是一个渴求自由、对艺术有着超物质追求的女人,对一个限制她的自由、亵渎她艺术追求的男人的憎恨。

这种恨的成分和性质,就已经说明了爱情的消亡。

但母亲是十足智慧的女人,她虽然没有力量摆脱,却将父亲的性格吃得透透的,她在他面前做到最好,比他生命中任何一个女人都更完美,令他总是不禁赞叹着,她本身就是一件艺术品。

父亲非常自负、自大,他甚至以为是自己塑造了这件艺术品,在遇到他以前,母亲只是一块未经雕琢的璞玉。

他不仅骄傲,而且炫耀。

母亲总是微笑地看着父亲向人们展示成果,柔顺地站在一旁,看父亲的眼神就像是看一出小丑戏。

以父亲的洞察力大概是知道的,但那又怎么样呢,权力令父亲膨胀,他的内心一定在想:不愿意又如何,你离得开我吗?

人对于仇人总是更了解的——母亲在父亲身上做的功课比她的专业研究还要深刻,可她却从不对孩子们提起这件事。

周越是她的第一个孩子,她对他寄予厚望,对他的教育十分上心,远比对弟弟、妹妹来得更在意。

他是在母亲还爱着父亲时生下的孩子,又经历了母亲憎恨父亲的全部过程,母亲看他的眼神总是复杂的,好像透过他看到了自己的过去和曾经遭受的痛苦。

而怀有弟弟、妹妹时,母亲已经将父亲视为一个有生育能力的工具人看待,这个人可以是任何人,所以她没有将对父亲的憎恨转嫁到他们身上,她将他们视为只属于自己一个人的"宝贝"。

当周越看明白这一切时,他痛恨自己有这样的洞察力,宁愿自己什么都读不懂。

他还记得母亲曾微笑着称赞他,如果不走这条路,以他的敏锐度和眼光,在艺术行业可以有一番天地,真是可惜了。

他很不喜欢母亲当时的笑容和语气,他觉得扎眼,那里面除了惋惜还带了一点讽刺,那不是对他的讽刺,而是对他身上另一半基因的讽刺——之所以可惜,是因为那个姓周的男人。

父亲的自负、自大,绝对不会允许他们的第一个孩子去搞什么艺术事业,那太失格。艺术只能玩玩,是一个用来证实一个有能力的强者,闲来无事随便做点什么都能很出色的标签。但它不能作为主业,不能是他的后代在全力以赴的情况下才能做出的成绩。不管经营得多么优秀,从根本上说艺术就是富人的消遣。

借着这次出差,周越去看望母亲。

周越的心绪并不平和,他正处于人生选择的岔路口,可他没有表现出来。

母亲刚完成一件作品,笑容满面。

当拍卖会的工作人员将作品取走之后,母亲亲手给周越煮了一杯茶,感叹说,一件艺术品创作出来的时候是自由的,可当它作为商品公开售卖时,它的艺术价值就已经折损了一半。艺术家需要自己创造的作品被世俗定义价值,却又为此悲哀。

周越望着母亲,一句话都没有说。

每当他有困惑时,他都会来看望她。

这很奇妙,她虽然没有给他纯粹的母爱,他却可以在她这里获得安全感。

母子俩就这样无言地坐着,一个看着窗外的风景,沉浸在创作后的余韵中,另一个则看着杯子里的红色液体,直到心绪逐渐平定。

直到周越喝了半杯茶,母亲才想起什么似的,问:"你和那位许小姐进展得怎么样了,人你还喜欢吗?"

他喜不喜欢重要吗?周越略带讽刺地扯了扯嘴角,只在心里滑过这句话。

起码还有人关心他是否喜欢。

开口时,他的语气是礼貌的:"您终于想起关心这件事了。"

母亲笑了笑,没有接茬儿。

她关心不关心重要吗？

其实她是知道的，母爱方面她给他的不多，在她眼里，他的弟弟、妹妹是更完美的"艺术品"，而他是个瑕疵品。

母子俩对视片刻，周越最终还是选择向她倾诉自己的心声："我有一个喜欢的女人，不是许小姐。"

母亲："是姓萧的那个？"

周越点头。

母亲若有所思地看着他，有些恍惚。

半晌，她说："我还以为你们只是……"

是什么呢，她并没有说下去。

有些事她也收到一点风，比如周越回绝了和萧家的联姻，他和一个姓萧却并非来自萧家的女人在一起。

那时候她以为那个女人只是个工具人，是一时的消遣，最多就像是周越父亲对她当年一样，出于占有欲和某种"我想要我就能要"的强者标签，将那个女人霸占住、养起来，反正这对周家男人来说毫不费力。

母亲再次笑了，这次笑容更为复杂，似乎有遗憾、惋惜，还有一些怜悯。她似乎已经预见了周越和萧瑜的结局，看到了历史的重现。

但她没有斥责，没有阻止，只是打算做一个看客。

周越就在她那样的笑容中起身，说了一句"保重身体，好好照顾自己"这样的问候，便离开了。

对于周越父母那些事一无所知的萧瑜，此时的心境就如同当年的周越母亲一般，知道自己处于弱势，需要向强势的一方寻求便利，在博弈之中难免就要权衡利弊，认清楚对方有什么是自己需要的，而自己又握着什么样的筹码。

有所不同的是，周越的母亲当初要比萧瑜更自信一些，因周越父亲确实有那么几年对她格外着迷，令她以为自己胜券在握，却不知周越父亲一朝失去耐心，对她的侵略则是排山倒海一般，后面的对抗更是速战速决，她自认的那些筹码居然不堪一击。

萧瑜也不是没有想象过，如果有一天她和周越的感情不在，那么到时候她能否顺畅地转化自己的心态，将感情变为纯粹的物质追求。

除了感情方面，萧瑜现在最关心的就是事业选择，是保持现状以期再上一阶，还是转战更有利的战场？

那所谓的更有利的战场，真的存在吗？

如果是劣势，她有没有本事化险为夷，将它变成优势？

这就不得不提起张琪那边的职位邀请，很快，萧瑜就从另一个侧面探知到掩藏在表象之下的本质。

事实上，她从没有轻信过张琪画的大饼，对那种听上去越动听的蓝图，她的警惕就越强烈。

得知内情时正值年底，萧瑜这一年拿下不少业绩，年底分了个大红包，是她在萧固身边分到的最多的一次。

就在这个时候，萧瑜偶遇曾跟着张琪打拼江山长达五年的一位女经理，名叫方圆。

相比张琪的去性别化装束，方圆就是典型的三十五岁颇具魅力的职场女性，性格也好。就萧瑜所知，追求她的和张琪同级别的老总不少于三位。

来年方圆就要结婚了，对方是某上市公司亚太区的一把手。

萧瑜本没想要和方圆深入交谈，也不知方圆是否因为从萧瑜身上看到了自己曾经的影子，还是因为萧瑜是萧固身边的红人，便借着一杯酒下肚人还有些微醺的状态，点拨了萧瑜几句。

方圆问得直接："张琪是不是让你过去跟她？"

萧瑜并未否认，只是笑着点头："我还在考虑。"

既然方圆都猜到了，那么萧固必然也会收到风声。有能力者都会面临职场挖墙脚，但萧瑜不希望让萧固以为她在骑驴找马、吃着碗里惦记着锅里。

方圆说："我和你没有利益冲突，就站在过来人的角度给你点参考意见。"

随即，方圆举了两个例子，它们分别代表两条职业路。

方圆问萧瑜，她的事业比例是否占据人生的八成。八成就意味着婚姻将不在她的人生考虑范围内，她要做的是绝对独立的女强人的路子，即复制张琪的路。

方圆说："如果是，我劝你在过去之前处理干净所有感情生活，因为就算你现在不处理，将来也不得不处理，它们只会拖慢你的速度。以后你接触的人，尤其是男人，你还要控制好不要让他们对你产生别的念头，因为那些目光和好感同样会成为阻碍，你将花费很多时间去扫雷。"

这里面的道理萧瑜明白，就像张琪选择走中性路线一样，张琪总不能遇到一个男性客户就提醒对方"请你关注我的能力，正视我给你带来的利益，同时忘记我是个女人"。张琪管不住男人的眼睛和思想，控制不了男人"得一想二"的心态，就只能从自身改变，模糊"性"特征，这才能从根上杜绝那些劣根性的念头。

但这并不是萧瑜要走的路。

萧瑜问："第二条呢？"

方圆笑了笑，说："第二条，活例就摆在你面前啊。"

方圆曾经是张琪身边最大的功臣，如今却分道扬镳。张琪四处物色更合适的人选，也试过从底下再提拔一个上来，只是都不如方圆。

方圆是那种很会利用个人优势的女人，她从未放弃过婚姻，反而还将婚姻视为自己的另一张王牌。她的事业提升了，也从未忘记个人提升。因此张琪是她的老板，最终成为跳板。

看看张琪和方圆，萧瑜可不会天真地以为自己能闯出第三条路，起码她还没有见过。这不是自己想不想、愿不愿意的问题，而是大环境如此，个人做不到改变环境，只能去适应环境，并在适应之后在小圈子里达到最高。

张琪和方圆就是各自路上的赢家，而那些输了的人——她们现在在哪里，她们姓什么叫什么，没有人关心。

差不多到了一月中旬，萧瑜又一次听到张琪的名字，那是在一个酒会上，出自一位女主管之口。

张琪正在招兵买马，她就像所有老板一样，对于级别越高待遇越好的职位提出的要求就越多。看似光鲜的职位意味着更大的困境，有本事和胆量进去的人就要有匹配的能力和抗压能力破局，这就像是闯关一样，高阶版本可不是养老院。

据说这位原本要跳槽张琪公司的女主管，前期基本上已谈妥，却在临门一脚时止步。

这位女主管也不是什么守口如瓶的人，对外吐槽了一番，虽然没有点名指姓，但很快就让人猜到她说的人是张琪。

原来是张琪在最后关头给她提出几个条件，其中一条就是五年之内不能结婚、生子，必须保证不和任何圈内有业务往来、有可能会成为客户的异性发展感情。

如果是不婚主义，这根本不是什么条件，但是这位女主管已经三十二岁，且早有结婚的打算。

女主管再三保证绝不会公私不分，不会让婚姻影响自己的工作，张琪却说不能通融。

站在女主管的角度，张琪实在不近人情，可站在张琪的角度，她大概已经听多了类似的保证，也受到过背叛，她懒得再听任何保证。

而这件事听在萧瑜耳中则是另一番解读：张琪是在找志同道合的人，一定要和她有同一理念才能上她这条船，所以在启航之前就立下"誓约"，总好过船开到一半分家的难堪。

那女主管多喝了两杯，侃侃而谈起来。

有人问女主管，为什么非要选她（张琪）那儿，当初看上了什么。

女主管说："嗨，和她那里条件差不多的也不是没有，谁叫我一时大意，看上她的性别了，吃了性别大饼的亏。"

类似的事在职场上比比皆是，因同为女性或同为男性，就以为对方可以为自己提供更宽广的路。以为代沟、刁难只会发生在异性之间，同性之间本就应该互相照顾。结果就是，这张大饼对方画了一半，自己的错误认知画了另一半。

现实就是,女老板同样会抛弃女下属,女下属也有可能会出卖女老板啊。

性别之前,首先是人性,性别不是为人的标签。

女主管说:"妹妹们,千万记住,一定不能让性别决定思维,不要让性别决定选择。这时候怎么能感性呢,这可是思维陷阱啊!永远永远都要警惕成为那种,将未来和出路放在别人身上的笨蛋。给你画大饼的人,一定是因为在你身上看到更高的回报、更大的利益,才会给你画这个饼!你啊就要被吃掉了,一定要问自己有没有本事吃回来!"

萧瑜提早离开了酒会,对于女主管的话并没有尽信,但也没有半点不信。

她有些明白张琪,如果张琪不考虑自身得失,一味地体恤下属、献爱心,看在同为女人的面上就开绿灯,那么张琪根本走不到今天的位置,有的是同为女性的下属会教张琪做人。

现实中当然有"girls help girls",但"girls help girls"并不是理所当然、无条件的。

那位女主管之所以那样气愤,自己也需要负一半责任。就像她自己说的那样,有一半饼是她自己画的。如果能从一开始就将期待值降低一半,那才是更接近那份高薪厚职真实的模样。

后来,萧瑜和周越聊起这件事。

周越听了先是微笑,笑容里带了一点嘲讽意味,但他嘲讽的不是张琪和女主管,而是自嘲。

周家也在给他这个同一血脉的后代画饼。

而后,周越说:"其实职场和择偶一样,都是一种供需关系。要先搞清楚自己在这样的关系中处于什么位置,扮演什么角色。出现错误、偏差,往往是因为自认为的位置和事实中的位置有差。"

萧瑜并没有深入这个话题,她从侧面观察,觉得周越这几个月变化很大,而且颇有紧迫感。

她不知道这种紧迫感是谁带给他的，她从没有催促他表态，或是逼他放弃婚约，她始终是一种顺水推舟、顺其自然的态度。

　　但不知道为什么，萧瑜隐隐有种感觉，正是因为她这种不作为，促使他的情绪中生出一种不外露的焦躁。

　　这种时候，他们之间无论发生怎样的两性话题都是敏感的，她不希望周越以为是她在旁敲侧击地试探，始终小心回避。

　　也因此，萧瑜并没有告诉周越，就在春节前夕，陆荆非常直接地向她发出信号。

第十二章
抉择

陆荆的表现和其他异性的追求不一样，和他过去任何一次感情开始也都不一样，他这一次带着百分百的规划和算计。

当然，他也坦白了。

周越和许家千金正在接触的消息，也流到陆荆耳朵里，他默默观察着萧瑜长达两个月的时间。

他们每一次出差、每一次与客户接触、每一次打配合，他都在关注萧瑜。

萧瑜的表现一如既往的稳定，并没有犯那种因为感情影响情绪的错误，进而导致多思多虑，影响到工作，陷入干什么都不顺的"漩涡"。

其间有一次对话，萧瑜令陆荆感到有些惊讶，甚至刮目相看。

当时的陆荆压力颇大，对于项目的结果十分看重，每天都在对自己心理暗示"一定要成功"。

萧瑜看在眼里，劝陆荆放平心态，尝试接受"虽败犹荣"这四个字。

陆荆说："萧总不会想看到这样的结果。"

萧瑜却说："人无完人，如果萧总聘请员工，要求百分之百的胜率，那这个世界上没有人可以胜任。他很清楚这件事。"

陆荆："可这个项目我一定要拿下来。"

萧瑜："没有事情是一定的，'不一定'才是常态。做好迎接不一定,过程中处理好每一个细节,就算结果不如意,这件事也是办得漂亮的。"

陆荆承认,他得失心非常重,他的确输不起,也不允许自己输。

在投胎和人生起跑线上,他已经输了那些人一大截,如果后天再不努力,总是在输,那么这辈子就完蛋了。

萧瑜说他将成功学看得太重,人生起起伏伏是常态,不公平才是公平,不一定才是一定,忠于结果论的人最终也会败于结果论。

最终,陆荆十分看重的项目没有得到预期的结果,他受了一点打击,但意外的是,萧固并没有责怪,反而就像萧瑜预测的那样,萧固将整个努力过程看在眼里,还对小团队提出表扬。

陆荆不知道自己的看法对不对,但就在那一刻,他忽然有些明白了,为什么萧固会将萧瑜调过来带他们这个团队。

萧瑜是引路人,虽然她不深度参与项目谈判。

陆荆团队里一个下属还开玩笑说,陆荆就是大家的定海神针,萧瑜则是陆荆的定心丸。

陆荆自己也说不好,萧瑜在时,他的确更笃定。

另一个下属说,这就是默契,有的人天生就适合一起做事。

自那以后,陆荆便开始观察萧瑜,从与过去不一样的视角。

直到来年一月,在公司年会之后,陆荆终于逮住机会向萧瑜脱口而出。

屋子里面热闹非常,屋子外面就像是隔绝的另一个世界,有冷风,有星夜。

陆荆问:"还记不记得大学时一起看过的流星雨?"

萧瑜点头:"那是我第一次看到那么多流星,每隔一两分钟就有一颗,每一次流星划过,四周都会响起同学们的叫声。"

但流星划过太快,天色又晚,他们根本来不及许愿,且看了半个多小时就有点审美疲劳,相继返回宿舍。

萧瑜看着天,陆荆看着她。

许久过后,他问:"你和周总怎么样了?"

萧瑜收回目光,转头看他:"你什么时候这么八卦了?"

陆荆抿了抿嘴唇,既然已经开口就不可能收回:"如果我是他,我会尽量促成和许家的事,这样的机会不是随时都有的。到时候你怎么办,你有想过吗?"

萧瑜没有什么表情,只是安静地看着陆荆好一会儿,琢磨着他话里的深意,琢磨他关心的目的。

随即,萧瑜平和地反问:"我想没想过是我的事。这和你有关吗?"

陆荆是个很要面子的人,如果是在大学时,被这样质问他一定会撑回去。但这些年他的脾气收敛很多,已经逐渐学会情绪控制。

陆荆:"我希望和我有关。"

萧瑜有些惊讶,但很快就懂了。

陆荆一鼓作气道:"我很后悔,当初咱们不该结束得那样草率。是我处理不周,我有逃避责任的行为,我不知道该怎么面对当时那种关系转换,问题都在我。"

萧瑜叹了一口气:"不是说好了不再提吗?再说就算当时走到一起,后来这些年也会分手。已经过去的事,后悔再多次有什么意义?"

陆荆:"我只是想说,其实咱们是有过缘分的,只是出现的时间不对,如果……"

他说到一半停下来,观察着萧瑜的脸色,同时措辞。

萧瑜就安静地等,直到陆荆再次开口:"如果你的决定是和他分手,能不能将我视作考察对象,考虑和我的可能?"

萧瑜重复道:"和你的可能……"

陆荆点头,进一步详细描述:"以结婚为前提的交往,考察期一到两年,中途随便你怎么考核,你也有权随时判我下场。"

萧瑜疑惑了:"为什么要这样?我从你这里感觉不到……陆荆,你喜欢我吗?"

陆荆又一次停下来,再开口之前他的眼神就已经回答了。

男人对于女人的喜欢,自然是有的,但作为陆荆对萧瑜的喜欢,已经不再纯粹。

萧瑜又道:"或者我这样问,为什么是我?"

陆荆说:"因为我觉得咱们更适合,各方面都是。我这话听上去有些功利,太过现实冷酷,但人生不就是这样吗?有些人因为情到浓时而结合,结果发现爱情并不能战胜现实,爱人变怨偶。而你和我从一开始就不是会因为爱情而上头的人,更多的是考虑实际,这就避免了很多不可控,将风险控制到可以掌握的范围内。"

萧瑜听了不由得笑了,她摇了摇头,说:"避免不可控,这还是人生吗?如果未来可以预测,人生的每一步都能按照计划中的模样展开,那就太假了,一定要给自己一巴掌,看疼不疼,是不是在做梦。"

陆荆:"我不是这个意思,我是说,咱们一开始就知道对方的底牌,了解对方是个什么样的人,在一切都衡量清楚以后,如果认为对方是最适合走入婚姻的另一半,以后的事业和婚姻都会和谐得多。如果将来培养出感情,这是意外收获,培养不出来,也不至于失望。"

萧瑜第二次叹气:"你真是让我无话可说。"

陆荆低下头,半晌没言语。

他已经拿出他所有的勇气和尊严,努力表达他想表达的意思,但结果并不理想,起码萧瑜没有感受到他的诚意。

在他看来,人追求成功,做人做事功利现实,并不是什么十恶不赦的事,而且职场上人人如此,差距只在于有些人有念头却没本事实现,而有些人底线足够低却没有智商。

最起码他没有做感情投资,没有拿爱情作为烟雾弹,用欺骗的方式达到目的。

许久过去,陆荆说了句:"抱歉,我以为你对感情不再有那么高的期待,是我错判了。"

话落,陆荆转身要走。

萧瑜却突然开口:"你这句话也是错判。陆荆,你最大的问题就是自以为是。"

陆荆站住了。

萧瑜没有跟他解释自己对感情的期待,也没有必要去解释。感情

于她而言不能缺少,但也不能占据主要地位,她是没有高期盼,但这不等于完全没有期盼。

她认为做人要弹性一些,不能将所有期盼都放在一个事情上,但对每一个事情都要保持一点热情与期待,不要自己先将道路封死了。当然这只是她现阶段的想法,兴许几年之后她会改变呢,会觉得感情可有可无,最好没有呢。

萧瑜又道:"你的提议我记住了。如果真到了那一步,我会考虑的。但不是现在。"

陆荆看着她,没再接话。

后来某一天,萧瑜和周越一起在公寓里过夜。

不知是不是因为陆荆的提议,当夜深人静时,萧瑜再次梦到了大学时的一幕。

那是她对陆荆动心的最初。

酷夏、蝉鸣、毛毛虫掉落在衣服上,她吓得叫出声。

那个男生将毛毛虫弹飞,并发出笑声。

那之后的四年,她将自己的目光集中在那个男生身上,将这世界上最浓厚的滤镜和最美好的形容词堆放在一起。

结果是注定的:滤镜碎了。

她逃避,她无法面对。

直到现在回想起来,不得不说自己也有一部分责任,是她一厢情愿地戴上滤镜,一头扎进去。

当时她还幻想过,如果有一天和陆荆结婚,那会是什么样。

这一天于现在的她而言并不遥远,如今主动权已经放到她手里,她相信只要自己表态,陆荆一定乐意配合。

可是当"幻想"照进现实,当它就要实现时,却不再是幻想时的模样。

萧瑜从那个梦里醒来,看了看窗外,又看向旁边睡着的周越。

她抬起手,轻轻滑过他的肩胛骨。

周越一向睡眠浅,几下之后他就醒了。

他眯着眼睛,抓住她的手放到嘴边亲吻,随即问:"怎么不睡?"

萧瑜靠近他:"做了个梦,醒了。"

周越大概以为她做的是噩梦,侧身伸长手臂,将她搂进怀里,一下下轻抚着说:"梦都是假的,是你白天想得太多,晚上你的大脑在整理归纳之后,向你抗议工作量太大了。"

萧瑜笑了:"你这解读有科学根据吗?"

周越:"科学根据都是'现在'的人自认为的东西,到下一个时代很多现在的科学都会被推翻。"

萧瑜搂住他的腰,通过手指的触感来描绘他的肌理,尤其是腰部和腹肌。就像男人喜欢妖精身材的女人一样,女人也喜欢腰肌有力的男人。

周越吻着她的额头,问:"想要了?"

萧瑜:"不是很想,只是在想……"

周越:"嗯?"

萧瑜笑笑,最终什么都没说,只是回应他的吻。

没多久,萧瑜再度陷入梦乡。

这一次,她在梦中看到了几扇门。

而门板上清晰地写着门后的"结果"。

出于好奇,萧瑜推开了第一扇写着"和事业伙伴成为夫妻"的门。

没想到跨入门口之后,她来到的却是现在所在的公寓,时间是白天,阳光从窗户透进来。

周越走向门口,而站在阳光之下的她,没有跟上去,只是站在原地挥了挥手。

他朝她笑了一下,推门离开。

她坐下来,拿起手机,手机上的时间显示是四月。

四月,周越订婚了。

一个女人会对一个男人动心,通常是因为这个男人为人的最高处。而要确定关系，则要看这个人的最低处。

爱的时候什么都好说，什么都尽量表现到最好。一旦不爱了，底线就会暴露出来。

走进"和事业伙伴成为夫妻"那扇门的萧瑜，很快选择和陆荆成为合法夫妻。

在那之前，他们还有长达半年的相处时间，两人都谨慎思考了婚前协议的内容，中间没有任何一方改变过主意。

唯一一次险些出岔子，是因为陆荆送萧瑜回公寓，竟意外地撞见了周越。

那是五月的一天，萧瑜租的房子还没有到期，正在和房东商量提前退租的事，一星期有一半时间都会住在公寓里。

周越还有一部分东西没有拿走，他又出差了，说会回来拿。

在这之前，萧瑜和周越已经达成共识，决定结束这段关系。

萧瑜没想到要让周越和陆荆撞见，这对她没有好处，周越突然出现没有事先打招呼，萧瑜也是始料未及。

萧瑜也没有在今天就留陆荆过夜的意思，就是单纯的他送她，她请他喝杯水。

虽然公寓已经是她的了，但雄性生物天然就有地盘意识，在同一空间看到彼此，气氛一时落到地上。

作为下属，陆荆不好说什么，只是转向萧瑜，微笑道："我先回去了。"

萧瑜点头："雨天路滑，开车小心。"

直到萧瑜关上门折回，见周越正在整理箱子，问："需要我帮忙吗？"

周越说："不用，东西不多。"

按照数量来说，这将是最后一波，而且都是私人物品，他不习惯让外人插手。

萧瑜转身进浴室洗澡，出来后见周越已经忙得差不多了，正站在厨房里喝水。

萧瑜走上前，问："今晚要住在这里吗？"

周越一顿，回道："我回别墅。"

萧瑜吸了口气，将洗澡时想到的说辞脱口而出："我不知道你今天会来，刚才很抱歉。"

周越瞥来一眼："是我没有提前打招呼。"

话落，周越又问："你们……"

他只起了个头，萧瑜就知道他要问什么："只是接触看看。"

周越不再言语。

半个小时后，周越离开了。

半天之后，周越叫人拿走了最后一波物品。

半年之后，萧瑜和陆荆登记结婚。

萧瑜和陆荆很低调，没有宴客，连度蜜月也只有三天。

除了萧固和覃非之外，公司其他人是后来才知道消息的，自然也包括出差刚回来的周越。

虽然萧瑜和陆荆是夫妻，且在同一家公司，会触及一些利益问题，但这件事并不难解决，萧固对二人有着充分的信任。最终，萧瑜仍留在萧固身边带团队，陆荆的团队虽然逐渐从锦瑞退出，但因为累积了许多实战经验，名声也打响了，很快就无缝切换到另一个集团项目里。

此后三年，萧瑜和陆荆的婚姻，似乎没有给他人留下多深刻的印象，许多新进公司的人还以为他们都是单身。

他们将婚姻和工作之间的关系处理得很好，凡事都以事业为先。

直到年底，萧瑜和陆荆有了第一次争吵。

熟人吵架是很可怕的，因为深知对方的弱点，何况双方都是能说会道的人，表达愤怒的方式也比较特别。

萧瑜始终记得一个道理，要冷静地表达自己的愤怒给对方知道，而不是愤怒地表达。因此她全程都很平静，没有任何情绪化的语言，只抓住对自己有利的东西。

吵架的由头是因为买房，之前他们一直是租房住。

陆荆很抗拒住进萧瑜的公寓，因这套房子是周越给她的。

如今两人要一起买房，不够的钱就需要贷款，就在这个时候陆荆建议萧瑜将公寓卖掉。

萧瑜权衡之后，认为留下公寓才是最有利的，过几年再考虑出手。

公寓就像是陆荆心里的一根刺，他直接问道："你留着那套房子，真的只是因为这一点吗？"

萧瑜先是一怔，随即就明白陆荆的指向："不然呢，难不成留着它做念想？"

她承认，公寓一直没有租出去，因那里面很多东西对她有意义，她还会定期回去打扫。

过去陆荆一直不提，原来心里一直在介意。

两人这次争吵不欢而散，买房卖房的事一下子僵住了。

而后，陆荆就带着项目组出了长差，第二年春节前才回来。

萧瑜则按部就班地计算自己的工作。

就在陆荆回来之前，萧瑜接到一个女人的电话，女人向她爆料，说陆荆在外面有人。

萧瑜问女人是谁，女人直接挂断电话。

十有八九，这个女人就是陆荆在外面的女人，或者是被那个女人授意的。

女人没有给萧瑜提供任何证据，或许只是想在萧瑜的心里埋下一颗怀疑的种子，借此破坏夫妻之间的信任。

萧瑜接完电话之后很平静，连她自己都感到意外。

虽然这件事带给她一种被背叛的感觉，却又不是那么强烈。她不禁自问，是不是从一开始她就有了估计，料到会有这么一天？

萧瑜没有去调查，在陆荆回来和她道歉，称自己那天的言行不够理智之后，她选择直接问他。

陆荆满脸诧异，在意识到被外面的女人背刺之后，很快就变成了难堪和心虚。

萧瑜将这一幕看在眼里。

陆荆沉默一会儿之后，果断选择对她坦白。

什么"逢场作戏""一时没管住自己""当时心情很糟""事后很后悔"等等，这些电视剧里才会出现的对白竟然全都被用了起来。

可见戏剧来源于生活，自知理亏的人在无话可说的情况下如果还要努力为自己开脱，用的话术都是一样的——贫乏、可笑。

陆荆坦白之后，压力便一下子给到了萧瑜。

婚姻出轨的后续处理并不像外人看到的那么想当然，什么一方出轨就该净身出户，什么他是过错方他凭什么要求原谅，哪儿来的这个脸。

作为道理而言，这些话都没错，但在实际操作上没这么简单。

陆荆表示了不希望离婚，希望大事化小地处理，就算萧瑜无法忍受，也请她多等几个月再离婚，他现在处理的项目很重要，他在上升期……

陆荆的借口不是编的，萧瑜很清楚。

她也不是要赶尽杀绝、断人财路的人，一旦真的鱼死网破，将没有人能从这场战役中全身而退，结局一定是两败俱伤。

不止如此，萧瑜还要考虑自己的未来，如果和陆荆处理不好，导致"烂尾"，那么萧固那里一定会有看法。

萧固是上位者，是老板，是男人，是一切朝利益看的理智派代表，他一定无法理解一个女人在极度愤怒之下毁掉男人前途并自毁前途的行为，尤其这个女人有着冷静客观的处事原则，怎么会突然失心疯？

她处理得不好，就会变成是她做事有问题，反之她若能处理好，那就是格局、能力的体现。

萧瑜不禁为此感到唏嘘，到了这个时候她竟然还在计算自己能从这样的"败局"中得到什么样的好处，如何"转败为胜"。这还真是应了那个道理，没有失败的事，只有失败的人。

至于陆荆，萧瑜不在乎他怎么看自己，从陆荆背叛的那一刻开始，他的看法就不再重要。

这里面最现实的层面就是，如果她不能将陆荆完全捏死，那么未来他们低头不见抬头见，大家都还要在这个圈子里混，树立这样一个敌人对自己有害无益、后患无穷。

于是在权衡之后,萧瑜决定冷处理,随后再采取"温和处理"的方式。

很快,萧瑜和陆荆签订了一份离婚协议,婚内财产进行有效分割,并约定在半年后正式离婚。

这对萧瑜来说,只是早半年晚半年的区别,而对于陆荆来说,是一种缓和策略。

半年之中,陆荆几次试图说服萧瑜就这样过下去,他愿意写保证书。

可保证书这玩意儿就是骗人的把戏,它具备任何效力吗?难道违背了上面的条款,女人对男人进行阉割处理,就不用受到法律制裁吗?

萧瑜没有和陆荆吵架,只是心平气和地拒绝。

她已经预见了将来,允许这一次,还有下一次,她将一次又一次地允许下去——这对她不公平。

她不是不能"宽容",而是没必要这样做,恢复单身不是对他更大的宽容吗,也是对自己的,这才是在不公平当中建立起来的公平。

眼瞅着时间将至,陆荆又改换了说辞,提议开放式婚姻,还要求萧瑜也去外面找人,这样她就能解气了,彼此之间谁也不欠谁的了。

萧瑜几乎怀疑起自己的听觉,但最终她只是说:"如果你不希望将这件事情闹大,就按照协议上的约定办手续。我的确很在乎现在的事业,但我不怕事,我已经做好了最坏的准备。你呢,你做好了吗?"

这是第一次,陆荆对着萧瑜说不出话。

故事走到这里,萧瑜走出了这扇门。

她知道后面还有很长的人生路,可那些已经不重要了,她知道在结束这场婚姻之后,这个故事里的萧瑜一定能回到原有的轨道上去,她并不担心。

人生不就是这样吗?在一次又一次的选择中走入困境、死局,通过自己的能力和运气转危为安。这世界上根本没有所谓的"一帆风顺的开局",任何看似美满的设定都暗藏陷阱、危机。

萧瑜再次看向那几扇门,目光停顿片刻,将手伸向那扇写着"去除婚姻,只奔事业"的门。

走进门里,场景依然是在公寓里,时间是晚上。

萧瑜站在客厅里,一时恍惚,正在猜测剧情时,大门那边响起动静。

萧瑜走出去一看,是周越回来了。

他将行李箱放在门廊,一身风尘仆仆,笑着看她。

萧瑜不假思索地迎上去,将他搂住。

梦中的时间线再次来到三月,周越带回来的消息依然是和许家千金订婚。

那天,萧瑜看着他的脸思考了许久。

她看得出来周越是紧张的,他似乎不希望听到分手,可他既然已经将选择权交给她,就不会干涉她的决定。

直到萧瑜开口:"从你答应订婚开始,我就已经处于被动了。"

周越没有接话。

萧瑜又道:"这应该不是突然决定的,在你心里,现在的结果一定经过一段时间的考虑,对你有利的东西比不利的要多,你们双方都在促成这件事,才会有今天的局面。"

周越:"是,我不否认。"

订下婚约,一定是各方面权衡差不多了,且双方家族都非常满意。这期间但凡周越说一个"不"字,都不至于走到今天。

但有一说一,放着巨额利益不选,却选择婚姻自主和所谓的自由,真是吃饱了撑的才会这么做——这是违背人性的。

周越忍不住说:"我只想知道你的决定。"

萧瑜说:"还记得之前的约定吧,你我关系不变,但我有权和其他人发展关系。我不可能一直等你,就算等到了你们解除婚约,还会有下一个'许小姐'。我已经被动了一次,不能永远被动下去。"

周越没有回应,但也没有阻止,他已经失去了阻止的权利。

这之后几个月，两人都是相安无事的。

萧瑜和过去的态度一样没有丝毫变化，她对周越的情意就写在眼睛里，令他总是生出错觉，那天萧瑜的决定只是一番气话，是已经出完底牌的人最后的虚张声势。

周越知道，陆荆一直在追求萧瑜，但萧瑜不为所动，他以为是因为他。

周越对萧瑜十分大方，既然在情分上亏欠了，便只能在物质上满足。

萧瑜对他送的礼物从不拒绝，她在他面前从不问起许小姐，就好像她根本不知道这个人，没经历过那件事。

周越一如既往地忙碌，也曾试图让萧瑜明白，他和许小姐的订婚只是形式，他的私人生活里只有萧瑜一个女人。

直到八月，一直在锦瑞项目上忙碌的萧瑜终于有机会休假，一共七天。

萧瑜一早就规划好行程，机票是五月就买好的，酒店六月初就定下了——她还有一位同伴。

公司里没有人知道萧瑜的假期是怎么安排的，连出差在外的周越也不知道，事实上萧瑜根本没有告诉周越她去度假了，周越当时在一个很重要的项目上，谈判进行得如火如荼，根本没时间过问这些。

周越得知萧瑜去度假，还是因为萧瑜假期结束的那天，从她朋友圈里看到的照片和属地。

照片里萧瑜穿着碎花裙站在海边，对着镜头笑容甜美，而给她拍照的人，影子被阳光映在地上，拉得很长，那显然是一个男人。

看到照片的不只是周越，还有公司的同事。

萧瑜回来上班时，带了一些小礼物，同事们趁机问她是和谁一起去的，是不是男朋友。

萧瑜只回答说："一个朋友。"

除此之外，她没有多说一句，就放任大家猜测。

自然，萧瑜已经做好了准备面对周越。

她心里是矛盾的，既不希望他问，又希望他问。

不问，意味着默许，以后她会少很多麻烦。

问，意味着在意，她有些贪心，想得到更多。

结果周越还是问了，但他用的是另一种迂回的问法。

同样是在公寓里，周越问萧瑜是否愿意进他的团队。

萧瑜这次没有直接拒绝，而是反问周越："我若进去了，你该怎么对人解释呢？如果传到许小姐和你家里，他们会怎么看？你不怕再有人拿这件事做文章，说你因情误事，夺了你的权？"

周越说："这件事我会解决。既然提了，就说明我已经准备好了处理后续的麻烦。"

萧瑜："可是这又何必呢？既然明知道后续会有这么多麻烦，为什么不从根上掐断？只要我和你保持距离，就不会让人有机会搞事，无缘无故给我套上一个'祸水'的帽子。你是很会规避风险的，怎么在这件事情上想不通呢？这样做对你百害无一利。"

萧瑜的分析句句在理。

周越神色严肃，似乎还想继续说服她。

萧瑜十分了解他，知道接下来他会从更加务实的角度展开，甚至提出让她无法拒绝的条件，那她可要头疼了——理智上该拒绝，因后患无穷，可是拒绝了又难免心疼，好像已经抓到手里的好处又被收走了一样。

于是，萧瑜赶在周越提出条件之前开口："如果一定要加入你的团队，我倒是有一个办法，它可以杜绝所有麻烦。"

周越看向她，就像她了解他一样，他也了解她，因此他的脸色并不好看。

萧瑜明知道他已经在介意了，却还是说："我现在有一个正在约会的男人，我们目前对彼此都很满意，只是还没有公开。如果我们公开关系，我对外就不再是单身，那么我去你的团队就说得过去了。"

萧瑜并没有告诉周越那个男人是谁，也没有提起为什么不公开。

站在男人的角度，不公开无非就那么几条理由，要么就是不想和现在这个女人定下来，断送其他机会，要么就是工作关系不便公开，还有一种是因为法定身份而不能公开。

萧瑜既然能说出"如果我们公开关系"这样的话，显然那个男人是单身，且也有意和萧瑜确定关系，只是碍于工作之类的原因暂缓。

周越半晌才说："我以为你只是说说。"

他指的是当初的约定。

萧瑜笑道："在没有这个人出现之前，我的确是嘴上一说，给自己多一个选择的机会，不要把路封死了。现在合适的人出现了，我实在想不出理由拒绝。"

周越："可我和她什么都没发生，我们这半年只见了一面。"

萧瑜："那是你的事，周越。你我不是夫妻，不是一个整体，你是你，我是我，为什么要用你的事来干涉我的事呢？你希望咱们保持关系，我答应了。我说想要有其他发展，你也答应了。这都在咱们约定的范围之内啊。"

周越许久没有接话，不是他不知道怎么回，而是无论说什么，都只会让这件事变得更加糟糕。

他的反对和质问，就已经是自私的表现。

严格来说，如果一个人要干涉另一个人的"交友权"，除了婚姻形式之外，还可以用包养。当然包养是不道德的，但只要双方达成一致，一个愿打一个愿挨，且不涉及公职，最多也就是"不要脸"而已。

如果真是包养关系，周越完全可以质问萧瑜，但他们讲的是感情，而感情讲的是情出自愿。

高级一点的理解是，从萧瑜选择和另外一个男人发展关系开始，周越就已经输了。这意味着那个男人不仅能提供身份，在情感上还能获得萧瑜的认定。这并不是任何人都可以的，这个人一定能为她提供充足的情感价值才行。

普通一点的理解则是，萧瑜若还爱着周越，爱到心里装不下别人的地步，那么再优秀的男人她也容不下，更不要说双线发展了。她迈出这一步，不管是一段情还是一夜情，都意味着她不再爱周越，或者已经没有那么爱，她将她的爱分给了别人。

对于周越来说，这是一种剥夺。

在认识萧瑜之前，周越从未拥有过这样的感情，谈不上失去，不会觉得可惜，但现在他拥有了，却又被人拿走，心里的落差不可谓不大。

萧瑜已经不再谈情，他若再谈，就显得可笑了。

但周越是聪明人，他一直控制着自己的情绪和脾气，没有和萧瑜发生口角，令萧瑜以为他纵使不高兴，也会因为家教和个人素质而咽下这口气。

然而事实证明，是萧瑜想少了。

与萧瑜一起度假且有望公开的那个男人，很快就因为违反行业规定，牵扯进某金融案件，声誉扫地，上了行业黑名单。

萧瑜知道是谁做的，只是没有证据。

她没有当面问过周越，周越也没有再提过这个人，一切都好像没发生过一样，他每次回来依然与她过二人世界，连加入他团队的事也不提了。

不过这种事有一就有二，第二次萧瑜就小心得多，也谨慎得多，不会有事没事地刺激周越。

她不知道这里面有多少是因为情，有多少是因为占有欲，不管比例是什么，她不会再去挑战上位者的权力，哪怕是还在养成型的上位者也一样。

时间就这样缓慢流逝着，直到三年后周越和许小姐解除婚约，不到三个月又传来他和另一家的千金好事将近。

这次是直接结婚，流程推进了五个月。

事业方面，锦瑞的框架已经搭建完毕，目测可以利好十年。

萧瑜从项目上退下来，名气和身价倍增，在这三年的磨合当中也逐渐找清楚自己的定位，和未来要走什么样的路。

再见到周越,是五个月以后的事。

周越再次向她提出保持关系,还追加了一条:不再做避孕措施。

这一次,周越表现得比之前更"大度"一些,他说不会再干涉她的交友自由,但前提是他要一个孩子。

萧瑜回道:"这么大的事,我需要多一点时间考虑。"

周越应了。

结果事情的发展比萧瑜的决定来得还要快,一个月之后萧瑜意外怀孕了。

即便是做梦,萧瑜都忍不住骂了一句脏话。

单亲妈妈,有钱、有孩子,没有男人,这是多少独立女性"梦寐以求"的啊。

萧瑜生下个女孩,拿到一大笔资产,不只是钱,还有不动产、债券、基金,这个孩子的所有开支都会从周家的基金里出。她一出生就比萧瑜拥有得还要多,只要周家不收回这些许诺的东西,她此后一生即便是摆烂也是衣食无忧的。

因为生产,萧瑜不得不离开职场长达一年的时间,后来没有再回到萧固身边,公司已有人顶上。

幸而这些年萧瑜积攒了不少人脉,很多人都在猜测她孩子的父亲是谁,虽然不是很确定,但小圈子里早有风声。

背靠大树好乘凉,萧瑜即便坐在家里,也有资源从天而降。

她很清醒,知道这些东西冲着的不是她的能力。

萧瑜不再冲一线,先后做了几次投资,其中一项投资就是叶沐的画廊。

投资有回报,这令萧瑜有更多的时间去整理人生。

她进修了一些课程,利用人脉资源跟着一些大佬玩了一圈投资,又将投资的项目转手卖掉,既没有过去的工作辛苦,赚钱也容易得多。

这翻天覆地的变化令她终于认识到,为什么那么多人拼了命地要往上爬。

上面的玩法是普通人想都不敢想的,每一秒钟金钱都在作响,来得轻易且动听。

更可怕的是,她还不属于上层,只是借了一点周家笼罩下来的光而已。

就她所知,真正的上位者一个比一个焦虑,她庆幸自己没有进到那个圈子,庆幸自己不会有那样一天——那得是多么大的烦恼啊,连以亿为单位的资产都不能令这个人快乐。

几年后,在周越的"默许"之下,萧瑜又怀了一次孕。

但孩子不是周越的。

那时候,周越和她已经长达一年没有见面,即便联系也是因为孩子,他们之间彻底变成"公事公办"的孩子父母。

周家对孩子的资助没有停止,萧瑜也不再需要周家的助力,通过一些手段在一个小圈层里站稳脚跟。

她没有结婚,有一双儿女,感情生活仍在继续,只是都不长久。

故事只进行到这里,萧瑜就从门里出来了。

她有些茫然,站在门前半晌醒不过神。

她觉得门里那个女人十分陌生,不像是她。

她不知道如果事情真是这样发展,她会不会做出和门里那个"萧瑜"一样的选择,难道就没有其他方式吗?

故事的结局似乎还算不错,起码对于很多辛苦打拼却什么都没得到的人来说,这已经是美梦了。

但萧瑜想,如果真的走到了那步,她是否还会相信感情,是否还能毫无芥蒂地走入一段感情,而不去怀疑对方目的不纯。

还有周越……

她记得很清楚,周越说过,他的父亲过着"空中飞人"一样的生活,四处安置小家,和不同的女人生下不同的孩子,下一代继承人就是从中挑选出的最优秀的那个。这就是所谓的豪门养蛊计划,最终胜出的一定是蛊王。

周越还说,他不想要这样的生活,现在的他有另一种人生追求。

可在这个故事里，周越还是复制了他父亲的人生。

这是不是就应了那个道理，屠龙英雄终变成龙。

如果他注定不会成为那样的人，是不会想到说这句话的。只有可能会成为、害怕会成为的人，才会这样提醒自己："我不想，我不要。"

同样的道理，高喊口号，说明缺乏口号里的东西。

我要自由，因为没有自由。

我要钱，因为没有钱。

萧瑜不禁自问，她要什么呢？她缺什么呢？

自由，当然缺。这世界上大多数人都是不自由的，自由就是一个相对的概念，不是绝对的存在。

金钱，当然也缺。没有人会在金钱上满足，嘴上说着"只要钱够花就行了，也不需要多少"的人，绝对不会拒绝更多的、花不完的钱。

而这两样都不是她目前最迫切的。

那么她要什么呢？在她的列表里排名第一位的是什么？

她想，她要的只是一段平等的关系，不只是嘴上说着"我尊重你"，而是行动和感觉上的贯彻。

希望感情和事业可以达到一个平衡点。

可这两件事放在现实中，真是有点痴人说梦了。

第三道门写着"保持现状"，萧瑜不禁好奇是怎么一个保持法。

开门后，场景不再是公寓，而是萧瑜和周越去过一次的会所。

萧瑜和张琪面对面而坐，张琪正在和她谈入职条件。

按理说这是猎头的工作，但张琪疑心重，这种挑选左右手的工作非得亲力亲为不可。

萧瑜不动声色地听着，直到张琪提出一条，让她在入职之前处理好感情问题，最好能和周越和平分手。

萧瑜很惊讶。

这个时间段，周越正在与许家千金周旋，距离订婚只差临门一脚，萧瑜还没有做好决定是去是留。

人都是这样的，如果是自己决定，心里无怨无悔，但如果是被人要求做这个决定，总有点不甘不愿。

萧瑜问："为什么？"

张琪说："我这里工作强度大，每个人都是多面手。我不是想干涉你的交友，但你来了以后，真的没时间谈恋爱。你和周越的关系我一直都知道，说实话，如果你要做事业女性，和他的往来就该尽早切断。"

萧瑜没有接话。

张琪似乎很赶时间，又提了另外几条要求，比如希望萧瑜能和前公司的上级、同事保持距离，最好斩断私交，只保持工作上的往来。

张琪语速很快，说起话来没有让人插嘴的余地，而且轮到萧瑜讲话时，张琪想到什么就会将萧瑜打断，又将话语权拿过来。

往好听了说，这是快人快语。

难听点说，是咄咄逼人。

萧瑜感受到一股扑面而来的压迫感，虽然不舒服，却也不至于透不过气。她感觉张琪是个很会表现自己，且急于表现自己，急于控场，甚至要控制对方思路的女强人，稍微弱一点的缺乏主心骨的人可能真的会被她这套东西洗脑。

这样的人在职场上并不少见。

比起其他女人，张琪身上更多的是刚强，原本柔和的一面几乎要消失不见了。

没多久，张琪的助理来接她。

萧瑜看过去，见那位助理也在走这个风格，不只是干练，甚至是去性别化，而且不只是表面的去除，是性格、表情、言谈都去除了，好像七情六欲都消失了。

萧瑜原本还在摇摆的心，在这一刻忽然定下来了。

张琪临走前撂下一句："你考虑清楚和我联系。"

萧瑜站起来说："不用了张总，我已经考虑清楚了。"

张琪大概以为会听到好消息，终于有了点笑容。

没想到回过头来，萧瑜却说："我想以我现在的能力，还跟不上您的步子，谢谢张总抬爱。"

张琪很意外，连她的助理都投来一眼，像是看"傻子"一样。

萧瑜却一路带笑地送张琪出门，对于张琪流露出来的失望完全不解释。

就在那一刻，萧瑜想起母亲的话。

母亲说，女人走到绝境时，瞬间爆发出来的刚强，是连力量悬殊的男人都能杀死的。

除此之外还有一句话：刚则易折，柔则长存。

如果一个人处处刚强，时时刻刻都是尖锐的，这并不是什么好事，所以才有那句做人要上善若水。

萧瑜不知道张琪这条路走下去是什么样的结果，她只是以直觉认定自己不愿走这条路，这是发自内心的声音，即便她强迫自己走了，这一路上也都是纠结痛苦、自我怀疑。

她并不十分依赖这种第六感，它也不常来，偶尔来时，她会格外看重，有时候潜意识比意识更警觉。

这个故事还有一些后续，但大多是萧瑜现状的复制。

一下子多了许多选择，在她面前一一排开，这样就给人一种错觉，好像选择多了，余地就多了。

可事实上选择再多，也只能走其中一条路，路途中依然会有阻碍，也会有台阶，当心里的所有窃喜、躁动归于平静时，再回头一看，和之前并不会有多大不同。

那些幻想中的美好选择，现实里并不存在。

对现实里突然出现的"美好"，应当心存警惕。

人们常常用"太现实了吧"来形容生活，形容一件事情、一个人，这里的"现实"表达的是"残酷"。

因为人们对生活的美好向往是不切实际的，是带有一点想当然，带有一些滤镜的。所以当出现不如意时，就会觉得是自己境遇不顺，自己的生活不该如此。可事实上,生活的原貌就是崎岖不平的,正是因为这样才有许多为人的道理警醒世人。

萧瑜没有再推开任何一道门,她就站在空寂的黑暗中默默出神。

也不知道过了多久,她去过的那三道门里,分别走出一个"萧瑜"。

她们一起来到面前,看着她,又左右看了看彼此。

她们三人虽然有着同一张脸,穿着、气质却迥然有别,而最大的变化就在面相上。

和陆荆离婚的萧瑜说:"我走了一场冤枉路,好在结局还算不错,圆满解决。我和陆荆没有因此成为仇人,在工作上还要相处。这场婚姻对我来说虽然不是好事,但也不是坏事,我没有让它破坏我的气运,影响我的心态。"

生育两个孩子却没有走入婚姻的萧瑜说:"我得到了很多很多,都是外在的、有形的、物质上的,我已经没什么可求的了。感情对我来说已经是上辈子的事了,我现在只希望我的孩子能够平安长大。"

最后,拒绝了张琪的萧瑜说:"我和你应该是最接近的,但我看你好像比我还要迷茫。我已经做了选择,我对前路十分坚定,我已经知道自己未来的使命是什么,你呢?"

萧瑜从梦中醒来,天已经亮了。

周越正在厨房。

萧瑜简单洗漱之后走出去一看,周越已经做好早餐。

见到萧瑜,周越笑着说:"醒得真是时候,快,趁热吃吧。"

萧瑜坐下,喝着碗里的小米粥。

她问:"你出差在外的时候,也是这样忙活吗?早餐都是自己做?"

周越摇头:"基本都在酒店吃。这些早餐也不都是我做的,粥、茶叶蛋、豆浆,这几样是叫的外卖。"

周越给她夹了几口菜,说:"你昨晚一直在说梦话,是不是睡得不好?我记得你说这段时间睡眠质量差,要不就是浅眠多梦,要不就彻底失眠，你这是多思多忧的表现。多喝点五谷杂粮粥，补气血的。"

萧瑜平静地道："上个月去看了中医，说我脾虚，多思，耗心血。失眠多梦还只是第一步，长此以往就会焦虑、抑郁，劝我尽早调理。"

周越："嗯，这些老式文化还是有讲究的。怎么没见你吃药？"

萧瑜："过两天再去看看，到时候拿几服药。"

一顿饭吃得不紧不慢，两人聊的都是家常话，直到饭后萧瑜将碗洗干净，又煮了一壶红茶，周越已经去书房了。

萧瑜将红茶端进去给他，周越刚结束一个电话。

萧瑜笑着上前，问："你现在有时间吗？我想和你聊几分钟。"

周越点头："我有一个小时。"

一个小时之后，他就会去机场。

萧瑜坐下，见周越吹着茶杯上浮动的热气，缓慢开口："还记不记得咱们之前的约定？"

周越动作停下来："你指的是……"

萧瑜笑了笑："当时我并没有想清楚，直到现在我才有了真正的答案，是经过深思熟虑的。"

周越目光一顿，凝聚在她脸上好一会儿，随即他放下杯子，似乎已经意识到什么，神色逐渐收敛、慎重。

萧瑜吸了口气，开口时却并没有自己以为的那样艰难："距离咱们说好的三月，还有一个多月时间。我不想等到那时候，等你告诉我你的决定，我再被动地做决定是去还是留。我现在就可以告诉你，我和你分开。"

周越没有接话，他的手在身前交握合拢，看得出来他并不轻松。

他在稳定自己的情绪，没有立刻做出反应，三思而后行通常是上位者的习惯动作。

萧瑜笑着将他的细微变化看在眼中，又道："我对你仍然有感情，我很舍不得这段关系。我依然喜欢你。我只是希望这次由我来主动做这个决定：如果到了三月你依然单身，依然想回来，我会等你；如果到时候你已经订婚，不要来找我。我给你空间，让你毫无顾忌地去和许小姐接触,之后这一个多月你做任何决定都应该是为了你自己,而不是为了任何人牺牲、妥协。我不是你的包袱,同样,你也不应该是我的。"

周越默默看着萧瑜,许久后才吐出一句:"看来你真的想清楚了。"

萧瑜点头:"人不为己天诛地灭,做人就是要自修,要成为更好、更优秀的自己,要日有寸进,朝前看,而不是盲目奋斗、跟从。周越,你尽管去实现自己的目标吧,如果你已经找到了这辈子的使命,那就努力去实现,不要为任何人动摇。"

反过来也是一样。

她也已经看到了自己的前路,虽然并不是十分清晰,却已经隐隐有个雏形在。

她要朝那条路上走,她会更加爱自己。

至于他们之间,如果有缘,还能在路上相逢,如果无缘,那也没什么值得可惜。

人之所以会遗憾是因为心有执念,觉得失去的、错过的那个人和那条路,如果当初坚持下去一定会比现在好。

可事实上呢,有人无论怎么选都是一样好,有人怎么选都是一样糟,差距只在心态。如果凡事都只想到"失去",当作坏事看待,即便有好的一面也欣赏不到。

又过了一会儿,周越再次端起那杯茶喝了一口,随即点头,只有一个字:"好。"

第十三章
当我真正开始爱自己

　　择偶就和找工作一样，说难就难，说简单也简单。

　　没得选的时候，只有唯一一个选项，并没有多好，但大多数人会因为生存问题而屈就、将就。

　　若选项变多了，就很容易挑花眼，因为各有利弊。

　　要是同时几个选项摆在面前，且条件相当，该怎么选呢？这时候一定是看感觉，看谁更顺眼。

　　如果几个选项中有一个非常出挑，其他人与他悬殊太大，又该怎么选呢？或许99%的人都会选择出挑的那个。

　　那么另外1%的人为什么不选呢，他们看到了什么？难道是因为太过完美必然暗藏玄机？还是心里产生了一个疑问，看到了某个小心隐藏的致命污点，无论他的条件有多好，都无法让你的视线从那个短处上移开，你会一直盯着它？

　　开春，萧瑜身边出现了另外一位追求者。

　　是她春节回老家的时候家里人介绍的，据说和她在一个城市工作，无论是职位还是薪金待遇都比萧瑜略高一等，而且非常得上级看重，未来前途无限。

　　家里人看中男方的条件，看长相也是端正的，只是身材略微有点发福，但不至于胖。

萧瑜按照家里的意思和男方见了两面，交换了联系方式，交谈中大约了解了对方的性格。

他在金融圈，工作不错，打扮起来算得上是精英人士，但这些年一直没有女朋友，如今已有结婚打算，就靠家里介绍熟人相亲。

萧瑜跟在萧固身边见识过不少人，对"男人的多样性"也能举出几个例子，也不知怎的，对着这个条件优秀、外形尚可，却一直单身的金融男，她总有一种说不出来的违和感。

在相亲对象面前尽量表现出自己最好的一面，这不难理解，但有些东西如果装得太过，本身并不具备驾驭能力，就很容易露出破绽。

直到春节后返城，金融男开始追着萧瑜联系，几乎每天都会在微信里聊上一会儿。

萧瑜碍于情面，出去和他单独见了一次。

严格来说，这不能算是约会，只是坐在一起喝了杯茶，互相聊了一下对方的行业，找找共同话题。

萧瑜并没有告诉金融男，因为工作她和不少金融圈的人接触过，只装作对这个圈子很陌生一样，笑着问了一些问题。

前半场聊下来尚算融洽，大概金融男已经认定这是一次成功的约会，有点胜券在握，因此放松警惕，又见萧瑜十分随和，总是笑着看着他，便自恋地以为她对自己有意思。

人一旦丧失了客观判断力，就很容易犯蠢。

直到聊开了，金融男非常自然地讲出圈内一些桃色消息以及风气。

从金融男讲出第一个桃色新闻开始，萧瑜只是挑了挑眉，不动声色地接话，就像是捧哏一样让他继续往下讲，好像对此很好奇。

金融男是会看脸色的，见萧瑜不介意，便越发得意忘形，后来还试探性地讲了个黄色笑话。虽然笑话不是特意讲的，而是夹在故事里，由故事里的人讲出，他就只是转述而已。

萧瑜依然在笑。

这在金融男眼里，无疑成了一种鼓励。

试想一下，如果一个女人对一个男人的黄色笑话都表现出不介意，而且满面笑容，愿意花超过一小时的时间与这个男人闲聊，鼓励他畅所欲言做自己，那这个男人会怎么想呢：哦，她一定看上我了，被我迷住了！

　　两人分开之后，连续几天，金融男给萧瑜发的微信语气越发亲密，就像是已经在交往的男女朋友一般，黄色笑话一个接一个。

　　萧瑜很少回应，同时托人在圈子里打听，直到有了眉目，这才抽空给母亲打了一通电话，将事情原原本本地描述了一遍。

　　原来这个金融男私底下玩得很花，在圈子里不是什么秘密，他本人也不以为耻反以为荣，经常会和有同好的圈内人聊起这些。

　　其中也包括金融男接触萧瑜两三次之后，和几个狐朋狗友聊起这事，吹嘘说现在这个"女朋友"条件如何好、长得如何漂亮等等。

　　也就是说，这个男人不仅自以为是、挥霍、好色、大嘴巴，而且私生活不检点，难怪一直没有正经交往过一个女朋友。

　　萧瑜从几个角度简单切入，又给母亲看了他们的聊天记录，母亲脸色大变，转头就和萧瑜的父亲说起这事。

　　父亲只有一句话："那就算了，这种人离他远点。"

　　母亲又和萧瑜说，这个金融男只和她见了几次就把底露出来了，换个"傻"一点的姑娘未必能想得这么深入。这也从另一个角度说明，这个金融男压根儿没将这些当回事，见萧瑜很开得起玩笑，就开始暴露本性。

　　转眼，母亲就去和金融男家里委婉地提了一句，自然没有提金融男外面的那些事，只说不太适合，萧瑜近来工作忙，要到处出差，还要在外地的项目上逗留几个月，不想耽误金融男，就这样算了吧。

　　这件事对萧瑜没有什么后续影响，也没有阻碍她在感情路上的脚步，她依然谨慎地观察身边的追求者，并没有因为可能会遇到人渣就畏首畏尾。

　　有周越在前，她早已有心理准备，能在条件和她心里的分量上比得过周越的人很难再有，但她也不是个较真的人，她可以退而求其次，她也可以坦然走向现实。

而陆荆那边，萧瑜是在二月初正式给了回复："我考虑得很清楚了，咱们不合适。"

理由嘛有很多，比如她不想一个地方摔倒两次，第一次是不小心，第二次就真是活该了。为什么要浪费自己的时间精力去验证彼此之间真的不合适呢？

如果要寻找伙伴夫妻，以萧瑜的判定标准，其实覃非比陆荆更适合。

至于陆荆，他也是个体面人，并没有死缠烂打、刨根问底，工作上依然与萧瑜配合无间。

总之，萧瑜开始与追求者接触的风声逐渐传开，这就等于向四周发出一个单身信号，根本不用本人宣告。

风声自然也传到萧固耳朵里，闲聊时，他问了两句，却对萧瑜和周越分开的事半个字都没有提。

萧瑜只笑着说："萧总放心，不会耽误工作，只是按部就班地往人生下一个阶段推进而已。"

临近三月，周越又回了一次家，见了母亲。

母亲的变化不大，大部分时间依然投在艺术创作和艺术圈的社交活动上。

周越开启话题时，母亲十分意外，她没想过会有这番对话——这个儿子越成熟她越看不明白，只知道他将自己封闭起来，有些话也许更愿意和外人讲，都不愿意和家里人说。这一点倒是很像周家人的遗传，关起门来争斗，凡事总隔了一层。

周越问："您恨父亲吗？"

母亲看过来，说："曾经恨。"

随即，母亲反问："你问这个做什么？"

周越："父亲希望我与许家小姐订婚。您也是这么希望的吗？"

这个问题过去周越问过了，但这一次母亲给出了不一样的答案：

"如果你没有爱的人，和谁订婚不都一样吗？"

周越垂下眼帘："我们已经分手了。"

母亲知道他指的是谁："你提的？"

周越摇头。

哦。

母亲沉默了好一会儿，又问："你爱她？"

周越："我不知道。"

母亲张了张嘴，有些不知道该怎么接话：如果真的不爱，会直接说出来。不爱有什么难以启齿的？

母亲忍不住问："以你的能力，你可以把人留住。为什么放手？"

周越看向她："您当年也是这样问父亲的吗？"

母亲一阵恍惚，她摇了摇头，似乎已经忘记了自己疑问过什么，质问过什么。

周越又问："如果当初父亲选择让您离开，他在您心里的位置一定不一样吧？"

母亲肯定地道："那他就会是我最敬重、最爱慕、最信任的男人，是一辈子的知己。"

这话落地，母亲终于琢磨出一点味儿，问："你……不想订这个婚？"

周越没有正面回答，而是反问："那对于我呢，您对我有过亏欠吗？"

母亲回答不上来，她对另外两个孩子是什么样，对周越是什么样，外人或许看不出来，当事人怎么会感受不到？

是，她很重视周越的前途，希望他成为人上人，希望他成为他父亲最重视的孩子，拿到最多的资源，但这种期望早已变质。

至于另外两个孩子，她只希望他们开心、顺遂、健康，无所谓有什么样的大成就。

屋子里一下子陷入僵持。

两人各自看着一边，沉默着。

过了许久,母亲才打破僵局:"你这次回来怎么这么奇怪,你到底怎么了?"

周越没有接话。

母亲继续道:"从小到大,我什么事没有为你争取过?你心里是有数的,有些东西本不会落在你手里,是我为了你牺牲颜面,去和你父亲开口。我为你做得够多了,换作是你弟弟妹妹,我不会做到这步。"

她这是在"挽尊",也是为了自己叫屈。

从这个角度上来说,周越的确获得了母亲更高的"待遇"。

母亲将颜面和自尊看得很重,几次低头都是因为他。而那几次低头,也令她和父亲之间长期的冷战稍有缓和,父亲回来的次数变多了,似乎还在这里找回当年的激情。但这样的"好时候"并不长久,他们很快会再次发生争吵,再次陷入冷战。

周越缓慢道:"那么在您为我牺牲之前,为什么不问问我的意思?您这样硬塞给我,我就该接着吗?"

"你……"母亲词穷了,而且愤怒。

她性格一向尖锐,生气起来谁都不让。

周越笑了笑,在这个时候拿起桌上的茶壶倒出一杯热茶,送到母亲跟前。

这是一副求和的姿态,母亲看看茶,又看看他,半晌没那么生气了,将茶杯端起来抿了一口。

周越再开口时,直接道出目的:"既然您如此坚定,做儿子的也不想隐瞒。我现在有一件事想要达成,您愿不愿意为了我再做一次?当然,我体谅您多年辛苦,我不想看到您受委屈,所以这件事我不会勉强。"

"原来在这儿等着我呢。"母亲笑了,"奇怪了,你现在一切都好,会有什么是你自己都办不到,非要我出面去说呢?你想要什么,只要不过分,与你现在的位置、能力匹配,他还能压着不给你?我记得当时要给你美洲市场,还是你自己往外推的。"

周越也在笑:"您什么都觉得应该要,就没想过不要吗?我刚才

就问过了，为什么不问问我的意思？"

母亲的笑容又淡了，看着他的目光逐渐转变，有些茫然，有些疑惑，有些不可思议，直到最后才不确定地问："你不是到这步才要毁约吧？你想让我去做这个恶人！你自己怎么不说！"

周越却无比坦然，说话慢条斯理："如果您不愿意，我自然会去说。今天来，也只是和您提前打个招呼，等到事情出来了不要怪我。"

"你等等！"母亲将周越叫住，"你让我想想。"

她用了几分钟时间想明白整件事，不得不承认这一次她是被这个儿子拿住了。

周越出面去反抗周家的安排，周家会失望，周越的父亲会对他进行一些惩罚，可能会剥夺资产，比如基金、项目主导权等等，当然也会连累他们这个小家庭。

到那时候，她会和他父亲站在同一边，向他施压。

周越的性格里是有点宁折不弯的，他对外的圆通、豁达，都是因为没有伤及根本利益，没有触及原则，他可以稍稍抬手，无伤大雅。

但这一次是他主动提出的要求，还是用这种软刀子的方式，显然这件事他已经权衡过利弊，已经做出决定——她配合，他可以在其他事情上让步，她不配合，他就会自己出手，其他的也没有商量的余地了。

母亲良久才发问："你是让我帮你缓和一道？"

周越："我知道这很为难，您可以直接告诉父亲这是我的意思。我相信以你们之间的沟通方式，您一定知道该怎么表达。"

母亲端起茶杯喝了一大口，等到情绪降下来，又换了一个角度想这件事。

从关系上来说，周越和他父亲并不亲，就跟外人似的客气。周越父亲还有其他的孩子，不属于这个小家庭，而在这里，她和这三个孩子才是一个整体，关键时刻理应站在一块儿。

现在周越让她出面，如果她同意了，就等于他这边多了一位家人支持。如果她能说服周越的父亲，周越父亲的立场就会向这边倾斜，最起码不会站在周家那些长辈一边掉转枪头指责他。到时候再由周越的父亲去和周家那些长辈商谈，局面总比周越正面对刚要缓和得多。

这样看，周越还是顾全大局，并不想把事情闹得太难看，留下一个他作为晚辈不珍惜长辈疼爱、关照，不懂感恩的印象，这才先来找她谈。

是啊，说到底，他们才是一家人。

"就因为一个女人？"问这话时，母亲已经有了决断，但还是忍不住发问。

同为女人，她本不该这样说。但作为母亲，她难免会犯一个所有母亲都会犯的错，那就是当一向听话的孩子突然叛逆、任性妄为时，母亲出于护犊子的心理，就会倾向认定是有人教坏了自己的孩子，而不是孩子本身就有反抗意识，只是被其他人勾出了那枚种子。

周越看向母亲，十分平和："是为了我自己。"

母亲的目光中再次流露出疑惑和不解，她试图理解，但理解不了。

周越没有过多解释，他想，有些事母亲这辈子都不会明白，如果能明白也是因为自身看明白。总归人都有自己的障，他人帮不了。

时间过得很快，眨眼间到了四月。

其间，萧瑜见过周越几次，但都不是单独见面，总有旁人在。

她短时间内就将心态调整到正轨上，一如既往地忙碌自己的事，对于周越交代下来的工作认真完成，就像他们之间什么都没有发生过一样。

周越没有给她发过信息，更没有电话往来，他有事情交代都是通过内线电话，或是让郭力转达。

他变化不大，事业心依然很重，经常出差。

她却变了一些，会挤出一些私人时间去和追求者接触，偶尔和老同学约个饭。

同学也有给她介绍对象的，她没有拒绝。

要说唯一的一点不同且被萧瑜注意到的，那大概就是周越将咖啡戒掉了,她的手冲咖啡就只向萧固一人提供。

但惊讶归惊讶,萧瑜没有多问,逐渐开始习惯将注意力从他身上抽离开,专注于自己的事情,以及未来的选择。

据说两条平行线在高维空间是可以相交的,她想,他们就是在多维空间里撞见了彼此,而那之后就是无限远离。

至于周越和许家千金的婚事,萧瑜没有打听,虽然一直都没有风声传过来,她也没有往心里去。

既然已经是无关的人,那人家家里如何推进,又关她什么事呢?

要说起来,这之后倒是发生了一个和周越有关的小插曲,虽然是以萧瑜后知后觉的方式出现的。

她偶然在FB上翻到一张网友BK发的风景照,乍一看没什么特别,她也没当回事。

没想到当天晚上,她就在朋友圈刷到同一张图。

她的视线一闪而过,愣了愣神,这才注意到是谁发的:周越。

周越,他不可能做盗图的事。

周越,他的英文名叫Burbank。

所以……

所以,BK就是Burbank,取了首尾字母。

萧瑜有些蒙,又回头翻看BK那张风景照,以及他们之间的对话。

经过一番对比,她已经基本确定是他。

一模一样的语气,她怎么从没有注意到呢?

这两个月,她和BK几乎没有交谈,原来他们是一个人。

只是发现之后,随之而来的又是一阵好笑,一点唏嘘,迟来的发现,意义已经不大了。

这段小插曲很快被萧瑜翻篇,只偶尔想起来,笑一笑。

直到五月,锦瑞阶段性告捷。

某天晚上,新办公楼里举办了一次聚会,所有人都领了丰厚的红包。

聚会上，萧瑜和覃非一起给萧固敬酒，然后是周越。

他们的目光有一瞬间的交汇，只是一秒就各自错开。

周越眼睛弯着，始终带笑，因为喝了点带酒精的饮料，皮肤已经开始泛红，幸好提前吃了郭力带的药。

差不多晚上十点，萧瑜以不胜酒力为由，提前离场。

回到公寓，她灌了一瓶解酒药就去洗澡。

客厅里流淌着和缓的音乐，灯只开了一盏落地的，窗帘也只拉上一层纱帘。

洗过澡出来，萧瑜随意吹着头发，待吹到半干时，放在床头柜上的手机响了，是微信提示音。

她没有立刻去看，直到头发吹干、梳顺，这才拿起手机扫了眼。

那是一个许久没有跳出来的窗口。

周越：睡了吗？

萧瑜盯着这三个字好一会儿，这才回了一个标点符号：？

他喝多了？

周越又发来一句：我在门口。

萧瑜眨了眨眼，随即有了动作。

她来到门廊，将廊灯打开，灯光照下来，落在那两只花瓶身上。

她透过电子猫眼往外看，果然看到周越。

一秒钟的犹豫后，她还是选择拉开门。

周越微笑地靠着门框，因为酒劲儿有点懒洋洋的，他的笑容也很松弛，眼睛上像是笼罩了一层雾，有些迷蒙。

"周总，找我有事？"萧瑜喊出这几个月已经喊习惯的称呼，也是用来提醒他。

但与此同时，另一种可能性也在脑海中浮现。

周越是个有分寸感的人，他很重视颜面，有自己的底线，看不上那种吃着碗里看着锅里的不要脸行为。所以这唱的是哪出？

周越依然在笑："我能进来吗？"

萧瑜心里越发地不确定了，定定地看着他好几秒，问："以什么

280

身份？这个时间，老板来探望下属？"

周越不答，从西装口袋里摸出一个小盒子，说："我给你带了礼物。"

他将盒子递过来，就是个普通的工艺品盒。

萧瑜接过来打开，很意外，里面是一根红绳。

周越伸出自己的手腕示意："是家里长辈请的，我也有一根。"

"你……"萧瑜合上盒子，怔怔地望着他。

周越收了一点笑，站直了些，说话间有一点紧张："你现在，还是单身吗？"

这一刻，所有猜测都烟消云散。

她下意识地垂眼，避开他过于直接且火热的目光，方才已经散得差不多的酒劲儿又一次往上涌。

周越等了片刻，见她没反应，便抬手要碰她。

他脚下却跟着打了个晃，险些摔倒。

她立刻扶住他的手臂。

但他很重，她很费力，只好将他往门里扶，打算先将他撑到沙发那边。

"你站稳点，我给你拿解酒药……"

门在他身后缓慢合上。

直到她看到他一脚往后，将那扇门彻底踢严实。

下一秒，他将她抵向墙壁，他的身体贴上来，压得密密实实。

她仰着头，眼睛睁得大大的，就着昏黄的光盯住他。

他的笑容消失了，目光里火光跳动。

几秒的沉默，空气凝结了，双方都屏着呼吸。

几乎同一时间，他们一起有了动作，她抬高双手去够他的脖子，而托在她后腰的那双手则稳稳将人撑起。

他的吻炙热坚定，她的呼吸焦躁短促。

舌头交缠在一起，牙齿咬上去，充分感受着疼痛。

末梢神经战栗着，细胞躁动着，那一阵阵的酥麻感在嘴唇上舞动着。

不知多久过去,她缺氧了,就靠在他身上换气,身体已经被唤醒,每一条神经都在发抖,不听她的控制,肆意地朝同一个方向呐喊、涌动。

他的吻细细密密落下,在她耳朵上、头发上、肩膀上。

随即,他拿走一直被她紧紧抓住的盒子,从里面拿出红绳,说:"我给你戴上。"

他的声音低不可闻,将红绳小心地系在她的左腕上,进而在她的脉搏上落下一吻。

她看着红绳和他的侧脸,一手轻抚他的发尾,并不认真地问:"还要解酒药吗?"

他笑了,一把将她托起往屋里走。

偶尔有笑声传来,有人在说话,有人在喘息,渐渐这些声音越来越远,只留下客厅里的音乐声。

门廊的光温和柔顺,始终笼罩着那对花瓶。